LA NATION/ST-ISIDORE
IP030165

Un doigt de brandy dans un verre de lait chaud

DE LA MÊME AUTEURE
CHEZ LE MÊME ÉDITEUR

Quatuor pour cordes sensibles, 2000, 2004

À ta santé, la Vie !
TOME I : *Cognac et Porto*, 2001
TOME II : *Café crème et Whisky*, 2003

Michèle Matteau

Un doigt de brandy dans un verre de lait chaud

Roman

À ta santé, la Vie !

TOME III

Collection « Vertiges »

L'INTERLIGNE

Catalogage avant publication de Bibliothèque et Archives Canada

Matteau, Michèle, 1944-
À ta santé, la Vie !
(Vertiges)
L'ouvrage complet comprend 3 v.
Sommaire: t. 1. Cognac et Porto - t. 2. Café crème et Whisky - t. 3. Un doigt de brandy dans un verre de lait chaud. ISBN 2-921463-50-4 (v. 1). ISBN 2-921463-64-4 (v. 2). ISBN 2-921463-80-6 (v. 3).

I. Titre. II. Titre : Cognac et porto. III. Titre : Café crème et whisky. IV. Titre : Un doigt de brandy dans un verre de lait chaud. V. Collection : Vertiges (Ottawa, Ont.)
PS8576.A8294A73 2001 C843'.6 C2001-901408-2

Les Éditions L'Interligne bénéficient de l'appui financier du Conseil des Arts du Canada, de la Ville d'Ottawa et du Conseil des arts de l'Ontario. Nous reconnaissons l'aide financière du gouvernement du Canada par l'entremise du Programme d'aide au développement de l'industrie de l'édition (PADIÉ) pour nos activités d'édition.

Canada

Les Éditions L'Interligne
261, chemin de Montréal, bureau 306
Ottawa (Ontario) K1L 8C7
Tél. : (613) 748-0850 / Téléc. : (613) 748-0852
Courriel : livres@interligne.ca

La collection « Vertiges » est sous la direction de Lucie Joubert et d'Arash Mohtashami-Maali.

Œuvre de la couverture : Psenak/Quesnel
Conception de la couverture : Christian Quesnel
Mise en pages : Arash Mohtashami-Maali
Correction des épreuves : Andrée Thouin
Distribution : Diffusion Prologue inc.

ISBN 2-921463-80-6

Dépôt légal : quatrième trimestre 2004
Bibliothèque nationale du Canada

REMERCIEMENTS

Pour le temps qu'ils ont consacré à lire et à commenter la première version de ce texte, je voudrais remercier de tout cœur : Guy, Violaine et Caroline Archambault, Gaston Chalifoux, Lucie Joubert, le docteur Gilles Murray et Blandine Tousignant. Leurs commentaires m'ont été des plus précieux. Je voudrais signaler l'apport de Jeannine Laflamme-Beauregard qui, lors d'une conversation à bâtons rompus, a spontanément suggéré le titre du présent tome !

Je veux souligner le soutien indéfectible de mon éditeur, Arash Mohtashami-Maali, dont j'ai pu apprécier l'ouverture, la justesse des remarques, la chaleur des encouragements. Ma reconnaissance s'étend aussi à l'équipe des Éditions L'Interligne ainsi qu'à Andrée Thouin pour ses révisions méticuleuses et pertinentes. Grand merci, finalement, à l'équipe, discrète mais non moins efficace, chargée de la mise en marché de cet ouvrage.

Je remercie également le Conseil des arts de l'Ontario pour son aide financière qui m'a permis d'écrire ce livre.

À Gaston,
qui m'a appris
le courage de la lucidité

Pour ce qui reste des mirages
imprégnés de nos rides
et de nos élans
à caresser toutes ces îles
que l'on atteint par l'abandon

Pour ce qui reste de la beauté du monde
PIERRE-RAPHAËL PELLETIER

1995

1

Queenstown, quartier du marché : 6 heures

ANTOINE se lève. Le corps fatigué. La tête lourde. Le cœur fébrile. Il a dormi dans l'appartement qui se trouve au-dessus de son bistrot. La pièce non aménagée qui pendant près de dix ans a servi de bureau et de débarras est devenue un loft pratique où il se réfugie quelques heures l'après-midi et où il passe la nuit, l'hiver, quand il lui semble hasardeux de rouler sur les chemins de campagne jusque chez lui.

Il y a trois ans, Antoine a fait vitrer la terrasse du *George-Sand* qui donne sur la place de la Fontaine. Depuis, elle est envahie de clients. Peu importe la saison. Le printemps la pare de crocus, de tulipes et de jonquilles. L'été la fait exploser de géraniums qui s'échappent en cascades de leurs bacs suspendus. Octobre la couvre du dôme cuivré de trois immenses chênes. Décembre et janvier y font éclore leurs lumières voilées de neige.

En semaine, la vieille partie du bistrot est occupée par des cadres pressés qui réussissent à coincer un dîner express entre deux réunions, et par les habitués nostalgiques qui viennent y réchauffer leur niche. Mais c'est à la terrasse qu'on aime être vu ; c'est sous les arbres de la place qu'on se donne rendez-vous, qu'on attend, qu'on s'attarde, qu'on revient.

Rénové en même temps que la terrasse, l'appartement du haut a peu servi au début. Antoine regrettait presque cette dépense qu'il jugeait alors inutile. Le second hiver, le froid a été intense et hâtif, et la neige, abondante. Le vent sifflait la soirée durant et couvrait de poudre fine et verglaçante la route vers sa maison du lac Chocolate. Épuisé par une journée longue et active, Antoine préférait dormir sur le divan-lit du loft. Rapidement, il a trouvé agréable, après s'être démené comme un forcené dans ses cuisines, de pouvoir se détendre en lisant au chaud au lieu de plonger dans le froid piquant de la nuit.

Depuis dimanche dernier, Antoine n'est pas retourné à la campagne. Il est demeuré dans ses quartiers d'hiver. Pourtant le printemps éclate de toutes parts.

En lissant distraitement sa moustache à la gauloise, il contemple la place de la Fontaine qui s'éveille dans la lumière neuve de cette fin d'avril. Un couple de geais fouille les interstices des pavés en quête de la moindre graine qui s'y serait glissée. Quelques merles picorent la terre humide autour des arbres, guettant les vers imprudents. Les jonquilles de la plate-bande ouvrent leurs corolles et dessinent un liseré de soleil heureux le long de la terrasse vitrée du restaurant. Une brise de résurrection enveloppe la place.

Mais dans l'appartement de l'étage, Antoine, pourtant optimiste de nature et solide comme le roc, sent ce matin le poids et l'usure de ses soixante ans. Depuis quelque temps, le sommeil l'abandonne. Ses traits se creusent. La peur le ronge. Le mine. Son grand corps robuste se courbe. Son âme s'habille de rides. Dans le cœur de monsieur Antoine, la mort tisse son nid.

*

Banlieue de Queenstown : 6 heures 30

Les yeux mi-clos derrière des lunettes graisseuses, les cheveux en bataille, la robe de chambre mal nouée, les pieds nus, Paul-André bâille devant le comptoir de sa cuisine.

L'homme est rentré tard hier après une discussion corsée avec Jean-Marie, son employé. Un autre face-à-face mouvementé sur le même sempiternel sujet : l'achat de l'école de musique *Paul-André Côté* – son école – par celui qui, dans les faits, la dirige depuis six ans... Jean-Marie a grand-hâte de devenir maître à bord. Mais le propriétaire le tient en laisse, de saison en saison, avec de vagues promesses de retraite... l'année suivante.

Les rideaux de la cuisine sont fermés. On devine à peine la lumière qui renaît. Paul-André branche le moulin à café et l'approche au bord du comptoir. Il se traîne sur trois pas, ouvre l'armoire et prend le contenant dans lequel il conserve les fèves grillées. Le couvercle est coincé. Ce contretemps banal a l'heur de mettre Paul-André en rogne. Il tente de soulever la pièce de métal en maugréant, comme si cela allait lui donner plus de force. L'homme remonte ses verres qui ont glissé sur le bout de son nez et fait une nouvelle tentative en serrant les dents. Rien ne bouge. Il laisse monter sa colère et le ton de sa voix ; les mots deviennent de moins en moins élégants dans sa bouche. Comme avec Jean-Marie, hier soir !

Paul-André persiste. L'objet résiste. Le sexagénaire s'acharne et réussit enfin à faire tourner le couvercle sur quelques centimètres. Aussitôt, des éclats de voix déchirent le silence :

– Maudite patente à gosses !

Paul-André s'est cassé un ongle. Très ras. Il serre le poing et frappe le comptoir à répétition croyant ainsi chasser la douleur. La boîte de métal tombe, roule par terre. Le couvercle s'ouvre comme par magie et le contenu se répand sur le carrelage.

Paul-André quitte le lieu du désastre domestique et tire d'un bras vengeur les tentures de la pièce vitrée qui jouxte la cuisine. Le bruit du frottement des anneaux de bois sur la tringle est vite couvert par des hurlements. Devant le spectacle qui s'offre à ses yeux, Paul-André se déchaîne :

– Les écœurants ! Les dégueulasses ! Les chiens sales !

Au bout de sa cour, une forêt de grues strient de noir la transparence du jour. La ferme qui le protégeait hier matin encore de l'envahissement de la ville s'est transformée en chantier de construction.

*

Montréal : 8 heures

En peignoir et la tête enturbannée de ratine jaune, Danielle jette un œil discret entre les rideaux du salon pour voir qui sonne si tôt chez elle, un jour de repos.

– Suzanne ! Qu'est-ce que tu fais ici, à cette heure ?

– Bon anniversaire, maman !

Danielle laisse couler son rire clair et proclame en refermant la porte :

– Soixante-deux ans, tu crois que c'est bien nécessaire de fêter ça ?

Suzanne a apporté croissants et gâteries.

– C'est moi qui te reçois, maman... Assieds-toi et laisse-moi faire.

Après avoir, pendant plusieurs années, parcouru la planète avec *Médecins sans frontières,* Suzanne a décidé, il y a cinq ans, de reprendre racine au pays et de se spécialiser en gériatrie.

Danielle observe sa fille cadette qui prépare le café avec des gestes précis et mesurés. Le bonheur émane visiblement d'elle. Elle resplendit. Sa peau a un éclat superbe. Son corps est ferme et musclé. Même avec la mèche grise qui tranche ostensiblement sur sa chevelure châtain, on ne peut deviner qu'elle approche de la quarantaine.

– J'aurais aimé me joindre aux autres à Queenstown, mais je suis de garde cette fin de semaine, s'excuse-t-elle.

– Ça nous permettra de parler un peu toutes les deux sans risquer d'être interrompues par ton père qui, chaque fois qu'il me voit, insiste pour que je prenne ma retraite et que j'achète le condo au-dessous du sien.

– L'idée ne te plaît pas ?

Danielle réfléchit un instant, incline légèrement la tête et se mordille la lèvre inférieure.

– Disons que je n'ai pas le goût de quitter l'enseignement tout de suite.

– Pourtant, tu te plains que ta classe est difficile.

– Un mauvais cru... Il y a des années comme ça ! Et puis, j'ai peut-être moins de patience...

Suzanne sourit, moqueuse :

– Je te rappelle que, l'an dernier, tu disais la même chose !

L'institutrice relève brusquement la tête. Le turban de ratine se dénoue et glisse sur ses épaules. Elle s'en empare et, frottant son cuir chevelu avec force, répond d'un ton incisif.

– Je quitterai l'enseignement un jour, mais je ne le fuirai pas.

Suzanne sait que sa mère n'aime pas faire face à ses propres contradictions. Elle se contente de verser le lait chaud dans les bols à café et d'apporter sur la table les croissants fleurant bon, croustillants et bien brunis comme les préfère Danielle. Mais celle-ci ne semble ni les humer ni les voir.

Soucieuse, elle poursuit :

– Il faudrait que je vende ici... Avant de mettre en vente, il faudrait rafraîchir les murs, faire faire quelques réparations. La maison doit avoir le *look* du jour si je veux en tirer un bon prix. De nos jours, ce qu'on achète, c'est une impression de luxe concrétisée habituellement par une salle d'eau disproportionnée et clinquante et une robinetterie design. Des murs solides et un toit étanche, ça ne suffit plus !

– Mange, maman, pendant que c'est chaud.

Danielle se laisse enfin aller à savourer son petit-déjeûner. Le jour illumine la salle à manger. Danielle touche le bras de sa fille et la remercie tendrement de sa présence.

Quelques croissants plus tard, en reprenant un peu de café, Suzanne laisse échapper :

– Si, je dis bien si, tu décidais de vendre, maman, avant de te lancer dans la rénovation, parle-m'en, veux-tu ? Je serais peut-être intéressée.

– Tu viens d'emménager dans ton appartement.

– J'aurais besoin de plus grand.

Suzanne replace son col de chemisier devant le miroir de l'entrée. Elle ouvre son sac, prend les clés de sa voiture. En passant la main dans ses cheveux encore humides, Danielle demande sur un ton qui se veut indifférent :

– Olivier et toi... vous avez décidé... de vivre ensemble ?

Suzanne embrasse sa mère et, avec un sourire équivoque, murmure avant de sortir :

– C'est plus... complexe que cela.

– Ce qui veut dire ?

– Je t'expliquerai, lance Suzanne en ouvrant la portière.

– Quand ?

– Bientôt.

– C'est bien toi, ça. Tu arrives les bras pleins de nourriture et tu pars en me laissant sur ma faim. Typique !

Riant comme une enfant espiègle, Suzanne fait démarrer la voiture qui disparaît bientôt au coin de la rue.

*

Queenstown : 10 heures

Gérard quitte la place Saint-Vincent et gagne la piste cyclable qui longe la rivière aux Bernaches. Il avance à un bon rythme, mais en se donnant le temps d'observer, d'écouter, de flairer. Le vent est encore frais. Le soleil brille. Narcisses et jonquilles étirent leurs tiges souples. Leur pointillé jaune et blanc surgit sur l'émeraude de l'herbe nouvelle. De l'autre côté de la rivière, les reflets argentés d'un clocher illuminent la rondeur des collines. Quelques corneilles agressent le silence. Un train siffle au loin.

Après une heure d'exercice, Gérard a chaud. Au tournant d'un sentier, il s'arrête, retire son coupe-vent, l'enroule minutieusement avant de le déposer dans le panier accroché au guidon. Il s'empare d'un bidon d'eau et, avec satisfaction, apaise sa soif. Il avise un banc de bois qui, non loin de là, fait face à la rivière. Il y appuie son véhicule, s'assoit, s'étire les jambes, déballe un muffin au son et, le sourire aux lèvres, entame sa collation.

Depuis cinq ans, chaque samedi, d'avril à novembre, Gérard Legault enfourche sa bicyclette et s'aventure sur les pistes qui traversent la ville. Il a établi différents trajets, dont il connaît parfaitement le kilométrage, les accidents, les raccourcis, et parmi lesquels il choisit selon le temps qu'il fait, la chaleur ambiante, la vélocité du vent, la fluidité de la circulation. Ces randonnées l'emplissent d'une énergie et d'un calme qu'il ne savait pas possibles. Les solutions se présentent à lui, les idées jaillissent. Ses cours de littérature s'en trouvent rafraîchis. Le goût de la retraite ne le talonne plus. Le mi-temps lui convient parfaitement. Gérard ne saurait plus se passer de ces heures de ressourcement.

*

Montréal : 11 heures

Devant l'appareil téléphonique, Danielle hésite. Deux fois, depuis le départ de Suzanne, elle a saisi le combiné, composé les premiers chiffres du numéro d'Alex à Hampton, puis l'a brusquement remis en place.

Elle n'a pas vu Alex depuis près de quatre mois. Il l'a appelée à la fin de janvier, à son retour de Belgique. Frank, son fils unique, venait de se marier. Le père avait longuement décrit la cérémonie. Sa jeune bru lui plaisait beaucoup et il était certain qu'elle et Frank seraient heureux ensemble. Alex se disait, ce soir-là, au comble de la joie, mais certains commentaires, le ton de la voix, les silences dont il clairsemait la conversation avaient laissé Danielle perplexe. En dépit des mots qui exprimaient la fierté et l'espoir, elle avait senti Alex désemparé.

Deux semaines plus tard, c'était l'anxiété qu'elle décelait dans la voix de l'homme, malgré l'ironie dont il usait... et abusait. L'existence du laboratoire qu'Alex McNeil avait mis vingt ans à construire était menacée. Au début du printemps, Alex se disait profondément blessé par l'attitude d'une collègue de l'université : à la faveur de la crise financière de l'institution, les mesquineries sournoises rampaient librement et de vieilles rancœurs refaisaient surface.

Mardi dernier, Danielle recevait de lui une grande enveloppe matelassée. Dans sa lettre, Alex nostalgiait sur leurs amours et il faisait accompagner sa missive de photographies prises au fil de leurs rencontres récentes et de leurs voyages d'autrefois. Une sentimentalité qui n'est guère dans la gamme habituelle de leur relation. Par ailleurs, il passait des remarques amères sur ses confrères et la faculté. Alex semblait avoir perdu tout optimisme. Danielle s'est tout de suite inquiétée et l'a appelé le soir même. Il n'était pas là.

Elle a tenté de communiquer avec lui le lendemain et, cette fois, elle a laissé un message sur le répondeur. Alex n'a pas encore donné suite et elle doit s'absenter.

Le combiné en main, elle réfléchit et décide finalement d'attendre : elle reviendra à la charge demain, à son retour de Queenstown.

Queenstown : 12 heures

Aujourd'hui, Édith a trahi l'habitude qu'elle déguste chaque matin depuis qu'elle a quitté le travail quotidien : aller au bout de son sommeil. Un luxe auquel ni sa vie de couventine ni sa vie de mère de famille ni ses années d'enseignement ne l'avaient accoutumée.

Levée tôt, elle s'est empressée de mettre de l'ordre, de faire un peu de ménage avant de se précipiter à l'épicerie. Danielle viendra ce soir, après la fête au *George-Sand,* et elles passeront leur dimanche ensemble.

Édith a quitté l'enseignement peu avant la mort de Robert, le père de ses enfants. Elle s'est occupée de lui jusqu'à la fin, même si le couple s'était séparé vingt ans plus tôt. Elle lui a prodigué une indéfectible et affectueuse tendresse et a su tenir bon devant les souffrances horribles de l'homme rongé par le sida ; elle a usé de diplomatie au milieu des tensions familiales, et de force intérieure face à la solitude. Le drame qu'ont vécu Édith et ses trois enfants les a toutefois rapprochés.

Encore tout jeune officier, Guy, l'aîné de la famille, avait fort mal réagi en apprenant l'homosexualité paternelle. Il avait mis entre eux une distance à la fois géographique et psychologique. Lentement, les deux hommes avaient repris contact, mais la situation restait délicate pour celui qui gravissait d'un bel élan les échelons d'une carrière militaire prometteuse. Il y a six ans, Guy avait été muté à Hampton, la ville où il avait grandi. C'était quelques semaines avant qu'il n'apprenne l'effrayant diagnostic concernant son père. Le lieutenant-colonel Leclerc n'a pas laissé l'ambition professionnelle ternir leurs relations. Il s'est comporté en fils exemplaire durant quatre ans, et c'est avec lui, sa femme Jennifer et leurs enfants qu'Édith a vécu au quotidien, à Hampton, le déclin physique de Robert.

Au cours de ces difficiles années, Édith a appris à mieux connaître l'homme qu'est devenu son fils aîné. Elle a commencé à apprécier Jennifer dont elle avait jusque là mal décodé la timidité maladroite et figée. Elle s'est peu à peu attachée à ses petits-enfants et les a regardés grandir avec plaisir. Le jour où Guy, promu au rang de colonel, a été rappelé au quartier général de la Défense nationale, Édith les a suivis, lui et sa famille.

Et autre chose la poussait vers Queenstown. Sa fille Ginette était devenue une fonctionnaire chargée de lourdes responsabilités. C'est dans cette ville qu'elle élevait, seule, ses trois enfants, tous nés de pères différents de culture et même de continent !

Quant à Michel, le fils cadet, il poursuit une carrière professorale à Montréal, à deux heures de route de là. Auprès des enfants de sa sœur, il joue l'oncle gâteau et assure une présence masculine significative en les visitant régulièrement. Il s'annonce plus fréquemment chez sa mère depuis l'hiver. À 39 ans, le beau célibataire n'a apparamment pas encore trouvé la femme de sa vie. Il semble avoir toutefois changé récemment de rythme amoureux. Édith n'a pas entendu parler d'une nouvelle perle rare depuis plusieurs mois ! Michel a vécu, voilà six ans, une relation prolongée – pour lui – avec Claire, la fille de Danielle. Fréquenter la même femme durant deux ans, c'était établir un record dans ses annales amoureuses. Mais les va-et-vient obligés entre Montréal et Genève, où étudiait et travaillait alors l'avocate, avaient apparemment eu raison de leur idylle. Le naturel de Michel était revenu au galop.

S'installer à Queenstown signifiait aussi, pour Édith, se rapprocher de Danielle, son amie et sa confidente depuis vingt ans... Se débattant au milieu d'émotions contradictoires, Édith avait vendu la grande maison familiale et distribué mobilier et souvenirs à leurs enfants. Tant de choses accumulées, d'objets inutiles, de possessions compensatoires... et dérisoires ! Édith revivait l'expérience déchirante de Lac Désert : après le décès de sa sœur Noëlla, elle avait dû vider la maison minuscule remplie à craquer de meubles, de cadeaux d'élèves, de photos, de fleurs séchées, de carnets de notes, de cartes d'anniversaire et de vœux du Nouvel An, de draps jaunis dans leur emballage, de serviettes de bain portant encore leurs étiquettes et de vaisselle n'ayant servi à nulle fête. Il lui avait fallu des mois pour trier, examiner, se souvenir et... donner.

Il y a treize mois, Édith a dit fermement adieu à quarante-quatre années vécues à Hampton. Débarrassée de ce qu'elle jugeait superflu, elle a entamé, légère, le chemin du reste de sa vie.

À Queenstown, elle habite un appartement déniché à la hâte dans un immeuble qu'elle n'aime guère, mais dont l'emplacement lui convient. Pour l'instant. Au

George-Sand, elle rencontre parfois Gérard, l'ex de Danielle, et Paul-André, un habitué du lieu. Ils sont devenus de bons amis et monsieur Antoine, le chef et propriétaire du bistrot, vient parfois boire un verre avec eux en fin d'après-midi. Édith voit régulièrement ses enfants et ses petits-enfants. Elle apprend à devenir grand-mère. Sans forcer la note. Lentement.

*

Queenstown : 14 heures

Les tables de la terrasse du *George-Sand* ne font que commencer à se libérer. Le patron sort des cuisines, la toque à la main et s'arrête au bar où Paul-André termine son café :

– Oublie la partie, Vieux.

– Encore ?

Les lèvres de monsieur Antoine dessinent une moue sous la moustache envahissante. Depuis l'ouverture du *George-Sand,* la tradition veut qu'en début d'après-midi, quand le restaurant se vide, Antoine et Paul-André s'affrontent en toute amitié dans une partie d'échecs.

– C'est la troisième fois en cinq jours, proteste le compère.

– Pas le temps, marmonne Antoine en guise d'explication.

– Tu négliges même ta sacro-sainte promenade de 15 heures, constate Paul-André. Tu es absent... même quand t'es là. Qu'est-ce que t'as ?

Antoine remet sa toque blanche et conclut :

– Je pense que mon marmiton va prendre du galon... Place aux jeunes !

Déçu, Paul-André se lève.

– Attention ! ronchonne-t-il en déposant le montant de l'addition sur le comptoir. Si nous leur laissons la place, ils la prendront, les chenapans !

Paul-André quitte le bistrot et, d'un pas traînard, traverse la rue vers l'école de musique. Antoine hausse les épaules et s'engouffre dans les cuisines. Il vérifie avec son assistant les derniers détails concernant la réception pour Danielle. Car ce soir, le chef prend congé. Il dîne avec des amis. Chez lui !

Auparavant, il doit se rendre ailleurs.

L'homme monte à son refuge. Il sent le besoin de s'arrêter. Il doit refaire ses forces morales pour pouvoir affronter la réalité. Il ne sait ni pourquoi ni comment, mais l'espoir s'est éteint en lui. Aujourd'hui. À l'aube. Sans bruit, comme une bougie vacillante que le vent a mouchée. Il lui faut dorénavant penser à l'impensable. S'y préparer. Et surtout, ne pas s'effondrer quand le jour viendra.

Sous l'eau presque brûlante de la douche, Antoine se détend. Un peu. Juste assez pour accrocher un sourire timide à ses lèvres quand il confie au barman :

– Je serai de retour dans deux heures.

*

Queenstown : 17 heures

Édith part d'un pas alerte au rendez-vous de l'amitié. Elle a toujours été bonne marcheuse et conserve, malgré son apparente fragilité, une résistance étonnante pour son âge. Elle a revêtu un ensemble gris perle et enroulé autour de son cou gracile un foulard rayé de fuchsia et de blanc. Une broche de vieil argent et les boucles d'oreilles assorties donnent du chic à sa tenue. Les ans n'ont pas fait perdre à Édith le goût de l'élégance.

Ses cheveux courts lui permettent de demeurer indifférente aux soubresauts du vent qui s'est levé. Dans un sac de toile qu'elle a dessiné et fabriqué elle-même, elle a glissé un présent pour Danielle, un lainage et une paire de souliers fins. Mais, pour le trajet, Édith a chaussé une paire de baskets. On peut avoir du chic et chercher aussi le confort.

Il est encore tôt. Elle entre à la librairie et s'y attarde un long moment ; elle jette un œil distrait sur les *best-sellers* du mois, feuillette des guides touristiques, puis quelques magazines, se décide finalement pour l'un d'eux, paie et reprend sa route vers le marché.

Les étalages ne sont pas encore très fournis en cette saison. Ce sont les vendeurs de produits de l'érable et les marchands de fleurs qui occupent presque tout l'espace. Un guitariste fait danser ses doigts sur son instrument au milieu des allées et venues des passants. Tout le monde ralentit un peu. Personne ne s'arrête. Les notes coulent dans l'air léger comme des rendez-vous perdus.

Édith entre dans le vieil édifice de briques du marché. Là, se sont installés en une chaîne gourmande, une charcuterie, une boulangerie, une fromagerie, une épicerie fine, une brûlerie, une poissonnerie et un commerce de bougies parfumées. Les odeurs s'y entremêlent avec force. Témérité. Le mélange d'aujourd'hui n'est pas des plus heureux et pousse rapidement Édith vers la sortie.

En face, s'aligne l'étalage improvisé d'un bouquiniste. Édith ne l'a jamais encore aperçu. Curieuse, elle s'approche. Elle entend le marchand vanter les livres qu'il a à offrir, leur ancienneté, la rareté de certains d'entre eux, mais elle ne voit, exposés devant elle, que des livres relativement récents qui n'ont d'attrait que leur prix réduit.

– *Look at this one, lady, how beautiful it is,* lance-t-il à la nouvelle venue en sortant d'une boîte en retrait un volume de cuir défraîchi, doré sur tranches.

Édith saisit le livre qu'on lui tend.

– Vous en avez en français ?

– Ici, lance l'homme en désignant deux caisses près de lui.

Devant les boîtes au trésor, Édith s'amuse à se souvenir : plusieurs vieux livres sont estampillés d'un pensionnat de Queenstown détruit récemment pour faire place à un centre commercial. L'ancienne couventine repense aux prix de fin d'année, aux biographies pieuses dont les religieuses les abreuvaient, aux romans édulcorés à des fins d'*imprimatur,* aux éditions épurées des grands classiques...

– Vous n'avez rien de moins... édifiant ? s'informe Édith.

L'homme scrute sa cliente et pouffe de rire :

– Jetez un œil... ou deux... de ce côté-ci.

Dans un chuchotement, il explique :

– Ils m'ont été vendus par la famille d'un vieux curé, un peu libre-penseur !

Édith plonge le regard dans le coffre de bois que lui a désigné le marchand : Chateaubriand ! Elle s'y attendait un peu à celui-là ! Mais elle va vite de surprise en surprise. Se succèdent en lettres d'or gravées dans le cuir souple les noms de Lamartine, Balzac, Flaubert, Voltaire, Sand. Sand ? Édith songe aussitôt à offrir l'exemplaire à monsieur Antoine.

– Je prends celui-ci, dit-elle en indiquant une édition du *Prince Karol.*

– J'en ai d'autres.

Le bouquiniste plonge la main dans le trésor secret du vieil abbé et, tout sourire, place *Elle et lui, François le Champi* et *La Mare au diable* devant sa cliente.

– Je vous fais un spécial : trois pour le prix de deux.

*

Queenstown : 18 heures

– On vieillit...

– C'est tout un effort de lucidité, ça, Paul-André !

Gérard et son compagnon se sont assis au bar du bistrot en attendant les autres invités.

– Vois-tu, c'est dans des moments calmes comme celui-ci que me revient le goût d'allumer une bonne pipe, laisse tomber Gérard.

– Moi, c'est dans le feu de la discussion que la cigarette me manque. Ou entre deux plats. Ou quand je regarde la télé. Ou quand je suis seul. En somme, tout le temps.

Gérard habite depuis plusieurs années un des condos de la place Saint-Vincent sise de biais avec le *George-Sand.* Il vient régulièrement au bistrot d'Antoine. C'est là qu'il a rencontré, il y a près de sept ans, Paul-André, pour qui l'endroit est une sorte de résidence secondaire. Car c'est là que, chaque jour sauf le dimanche, jour de fermeture du restaurant, le musicien vient boire, manger, discuter, se plaindre, faire étalage de ses connaissances et défier Antoine aux échecs.

– On vieillit, on vieillit, répète Paul-André en entamant un second verre de vin.

– Tu vieillis depuis le jour de ta naissance. Pourquoi t'en alarmer aujourd'hui ? C'est d'avoir reçu ton premier chèque du gouvernement qui t'accable ?

Les doigts de Paul-André s'affolent dans le poil de sa barbe. Il grimace :

– On l'empoche et on n'y pense plus. Au bout de soixante-cinq ans, il est temps que l'argent circule dans l'autre sens... Non, ce qui me chicote, c'est... c'est...

– C'est quoi ?

– Regarde-nous !

– Je me regarde dans la glace chaque matin : collier de barbe blanche, cheveux argentés, à peine un petit ventre. Pas si mal pour mon âge ! se réjouit Gérard en terminant son Perrier-citron.

– Des détails, ça. Constate l'évidence, Professeur. Ici, à ce bar, le vin clairet a succédé au whisky, l'eau minérale à l'apéro.

– Ce n'est que partie remise. J'attends que Danielle arrive, c'est tout.

Paul-André arrache des mains de son ami la serviette de papier qu'il manipule distraitement :

– Et ça ? C'est de l'entortillage compensatoire. Du chiffonnage de remplacement.

– Je ne me suis jamais si bien senti de ma vie depuis que j'ai arrêté de fumer !

Paul-André poursuit son monologue :

– Tu commandes plus souvent du poisson que de la viande parce que tu te piques de bien gérer ton cholestérol. Comme si c'était un placement boursier ! Tu fais le compte de tes heures d'exercice. Tu montes chez toi par l'escalier au lieu d'utiliser l'ascenseur. Dans un an, tu vas commencer à mettre de l'eau dans ton vin. Tu vis au ralenti, Gérard. C'est ça, vieillir.

Gérard n'écoute qu'à moitié. Il consulte sa montre, nettoie ses lunettes avec des gestes lents. À bout d'arguments, Paul-André s'impatiente :

– Fais un effort de lucidité, bon Dieu. La vie est en train de nous avoir !

Son interlocuteur se contente de sourire :

– Tu t'es levé du mauvais pied, toi, hein ?

Paul-André vide son verre avec fureur.

– C'est après le lever que ça s'est gâché.

– Raconte.

Antoine donne quelques directives à Vincent, un étudiant qui aide au service de la salle à manger les vendredis et les samedis. Il a indiqué au serveur d'abouter des tables dans un coin tranquille, à la fois loin de la porte d'entrée et du va-et-vient des cuisines, mais d'où l'on peut apercevoir la place de la Fontaine.

Sous l'œil vigilant du patron, le jeune homme dresse les couverts avec minutie, apporte un vase de fleurs fraîches et des bougies.

Antoine le remercie d'une tape amicale sur l'épaule et rejoint ses amis au bar.

– Ces dames se font attendre, ma foi ! lance-t-il en prenant place sur un tabouret.

– Bizarre qu'Édith et Danielle ne soient pas déjà là, fait remarquer Paul-André, les maîtresses d'école, c'est toujours à l'heure !

La phrase est à peine achevée que la porte s'entrouvre. Les trois hommes se retournent d'un seul élan. Claire apparaît, souriante, élégante et belle. Gérard va à sa rencontre, l'embrasse avec affection. Le père voit un peu plus souvent sa fille depuis qu'elle travaille au ministère des Affaires étrangères. Paul-André regarde avec ravissement la femme à l'allure déterminée, au visage fier auréolé d'une chevelure sombre et généreuse.

– La table est prête. Allons-y, suggère Antoine.

– C'est sympathique ! s'émerveille Claire.

Paul-André s'empresse autour d'elle avec des gestes d'une galanterie surannée. Puis, il se hâte de s'asseoir en face d'elle. Gérard et Antoine les rejoignent et la conversation s'anime.

Édith pénètre discrètement dans le restaurant et se dirige en catimini vers les toilettes. Elle ajoute un peu de fard à ses joues, se recoiffe et remplace ses chaussures de marche par les souliers élégants cachés dans son sac.

Antoine l'a aperçue et marche à sa rencontre.

– Je suis en retard, s'excuse-t-elle en voyant le patron.

– Danielle n'est pas encore là.

– Ah, non ?

Édith fouille nerveusement dans son sac.

– J'ai quelque chose... pour vous. Enfin... pour le bistrot. Un élément de décoration... Enfin, vous en ferez ce que vous voulez.

Antoine scrute les livres qu'Édith a déposés au bout du bar. Étonné, il les feuillette, admire les reliures, caresse le papier de ses mains immenses. Il est visiblement touché de l'attention :

– Quelle délicatesse.

– Ce n'est rien, voyons, roucoule Édith.

Antoine range les livres dans un tiroir derrière le bar et ajoute :

– Je les mettrai bien à la vue. Ils me porteront chance.

– Vous les croyez magiques ?

– J'ai besoin de le croire.

Elle voudrait risquer une question, mais la timidité la fige et les mots s'immobilisent sur ses lèvres.

*

Queenstown : 19 heures 30

– Une heure de retard. Ce n'est pas Danielle, ça !

– Papa ! je t'en prie... ne recommence pas.

– Tu connais ta mère. Ce n'est pas du tout son genre de se faire attendre.

– C'est que tu ne lui en as peut-être jamais donné la chance.

– Me voilà redevenu bourreau !

Autour de la table, les convives rient pour se convaincre que tout est normal.

– Tu viens de téléphoner, raisonne Paul-André entre deux gorgées de vin. Il n'y avait pas de réponse. C'est qu'elle est en route.

– Il y a sûrement une explication. Toute simple. Et nous l'aurons dans un moment, j'en suis convaincue.

– Édith a raison, papa. Détends-toi.

Après un moment de malaise partagé, la conversation reprend. Banale. Artificielle. Les blagues de Paul-André tombent à plat. On entend grésiller les bougies. Bientôt, plus personne ne sait quoi dire. Claire rompt le silence.

– Hampton ne vous manque pas trop, Édith ?

– Mon fils Guy, ma fille Ginette et mes petits-enfants vivent ici. Michel, pas très loin...

Claire rougit aussitôt. Édith constate l'effet que le prénom de son fils exerce encore sur son ancienne flamme, en dépit des années.

Après avoir discrètement consulté sa montre, Antoine offre l'apéritif à ses invités.

– Danielle ne nous en tiendra pas rigueur.

Vincent s'approche, il note les commandes et disparaît. Gérard fait tambouriner ses doigts sur la nappe blanche. Ce geste nerveux agace visiblement Paul-André. Claire pose sa main à plat sur celle de son père.

– Et pas de reproches à maman quand elle arrivera, murmure-t-elle.

Vincent revient rapidement :

– On vous demande au téléphone, Patron. C'est d'un hôpital.

Antoine devient livide. Il suit prestement le serveur. Le cœur serré. La tête en feu. Les convives de leur côté s'enveloppent dans un silence rigide. La main de Gérard saisit désespérément celle de Claire. Édith baisse les yeux. Paul-André fixe la place et regarde le soleil s'étioler sur l'horizon.

Après une attente qui a semblé interminable à ses amis, Antoine revient vers eux. Il lisse sa moustache et se racle la gorge avant d'annoncer :

– C’était Suzanne. Danielle sera de retour chez elle dans une heure environ. Elle a eu un... accident.

Gérard se lève d’un bond. Affolé. Tremblant. Claire le saisit par le bras et se fait rassurante :

– Ça ne doit pas être si grave, Papa, puisqu’elle rentre chez elle.

2

DANIELLE peste contre tout depuis une semaine. Elle maudit les marches de bois qui pourrissent, les talons hauts qui ne soutiennent pas suffisamment la cheville, les jupes étroites qui gênent la chute des corps, l'égocentrisme des passants qui s'esquivent et ne portent pas secours à une femme étendue par terre, la lenteur des soins dans les salles d'urgence et la lourdeur des appareils de contention en plâtre !

Danielle est tombée en sortant de chez elle. Entorse à la cheville droite. Fracture de l'avant-bras gauche. Encore une quinzaine à marcher comme un revenant de guerre, et cinq longues semaines à ne pouvoir utiliser son bras. L'institutrice est condamnée au repos forcé. Jusqu'à la mi-juin.

Le soir de l'accident, lors d'un conciliabule familial et amical, il fut décidé d'aller chercher la blessée à Montréal et de l'installer chez Gérard où elle pourrait jouir d'une chambre à elle, de tranquillité le jour durant, d'un choix de lectures à faire rêver un bibliophile, et de l'attention soutenue et affectueuse de sa fille et de ses amis.

Depuis son arrivée à Queenstown, Danielle se renfrogne, ronchonne, grogne, bougonne et passe des heures à ruminer sur son triste sort. Elle refuse cette dépendance obligée, cette vulnérabilité temporaire qui lui fait entrevoir la fragilité qui risque de devenir la sienne un jour. Danielle a brusquement pris de l'âge. Dans sa tête. Là où s'installe d'abord la vieillesse.

Après deux visites, Claire a prétexté un surplus de travail. Gérard allonge ses journées à l'université. Édith, elle, essaie de temporiser : elle excuse, patiente, s'efforce au calme en espérant de plus en plus ardemment un prochain changement d'humeur chez son amie. Fidèle, elle lui téléphone en matinée, après le départ de Gérard pour l'université, s'informe de ses besoins et, immanquablement, s'annonce pour l'après-midi, après être allée aux provisions. Aussitôt arrivée à l'appartement de Gérard, elle offre quelque gâterie à son amie et lui prépare sa tisane préférée avant de la rejoindre au salon. Danielle, toute à ses malaises et à son malheur, la salue distraitement.

Elle refuse, encore aujourd'hui, de s'installer dans un fauteuil confortable :

– Tu as peur de devoir demander de l'aide pour te relever, c'est ça ? ne peut s'empêcher de lancer Édith avec une pointe de sarcasme.

En haussant les épaules, la convalescente s'assoit sur une chaise à accotoirs et s'y maintient comme sur un trône, le port rigide et la bouche amère. Recroquevillée sur la causeuse, Édith boit un tilleul-menthe et écoute les lamentations du jour en tournant doucement la tasse de liquide chaud entre ses mains aux veines proéminentes : elle se concentre discrètement sur cette source de bien-être, ce gage de sérénité. Pour demeurer souriante. Pour ne pas se laisser gagner par l'émotivité de plus en plus agressante de sa compagne. Entre deux élans de compassion, elle cherche à glisser quelques remarques pratiques, mais tout ce qu'elle suggère est pris en mauvaise part par son interlocutrice :

– Tu me vois à la retraite ? Tu ne vas pas me ressasser les beaux et bons conseils de Gérard et de Claire ! Pas question que je cesse de travailler, tu comprends ?

Édith avale une gorgée et, après une hésitation, avoue :

– Non, justement, Danielle, je ne te comprends pas. Depuis plus d'un an, tu n'arrêtes pas de parler de ta retraite. C'est ton soutien. Ton espoir. Et... pour être franche, c'est devenu ton unique sujet de conversation. Tu as fait tous les calculs, prévu toutes les dépenses, budgeté comme un expert-comptable et joué au vérificateur général des finances.

– J'ai horreur, mais horreur, qu'on m'impose des choses.

– Personne ne t'oblige à quoi que ce soit, Danielle. Mais puisque c'est le projet que tu caresses, pourquoi ne pas en devancer l'exécution ?

Danielle soulève péniblement sa jambe pour faire reposer son pied sur le pouf qu'Édith a mis à sa disposition. Elle relève dignement le menton, évitant le regard de son amie qui continue, emportée par son argumentation :

– La vie nous indique parfois la route, Danielle !

– J'aime prendre moi-même mes décisions.

– Prends donc celle de te plier aux circonstances. C'est ce que tu me chantes depuis qu'on se connaît !

Danielle reste bouche bée. Édith poursuit :

– Sur ton conseil, je me suis laissé indiquer le chemin par la vie, et tu avais pleinement raison : je ne l'ai jamais regretté.

– Ce n'est pas la même chose.

Édith laisse échapper un soupir de lassitude :

– Bien, explique-moi ce qui fait la différence.

– Je me suis assez inclinée. Cette fois, je ne céderai pas, proclame Danielle en déposant sa tasse avec fracas sur la table à café pour mieux ponctuer sa phrase.

Danielle fuit le regard inquiet posé sur elle. Après un moment, visiblement exaspérée, Édith se lève, s'empare des deux tasses vides et marche rapidement vers la cuisine.

– Tu deviens grincheuse, lui lance-t-elle au-dessus du bruit de l'eau.

Édith s'empare d'un linge pour essuyer la vaisselle et ajoute d'une voix forte :

– Hargneuse même.

Avec des gestes nerveux, elle range la porcelaine dans l'armoire, nettoie le comptoir, rince le chiffon et se sèche les mains. Au salon, Danielle se mord la lèvre inférieure, mais ne dit mot. Édith revêt le blouson déposé sur le banc de l'entrée, saisit son sac à main, le place en bandoulière, reprend son filet à provisions et conclut à distance :

– C'est bien simple, je ne te reconnais plus !

Le mutisme de l'amie avive la colère d'Édith. Au moment de quitter l'appartement, elle jette une pierre dans la mare du silence :

– Danielle Saint-Martin, t'es rien qu'une orgueilleuse ! Une grande orgueilleuse !

Sur la place Saint-Vincent, Édith tremble. Elle s'est arrêtée pour prendre une profonde respiration. Elle cherche à se calmer. Le vent s'élève. Une fenêtre du second étage se referme brusquement. Le claquement du métal se répercute sur les murs anciens. Le temps a fraîchi. Édith frissonne. Elle dépose son sac à provisions sur le pavé, relève le col de son blouson, sort un fichu de laine fine de son sac à main, le plie en pointe et s'en couvre les épaules avant de filer en direction du marché. Brusquement, elle fait demi-tour, et d'un pas déterminé parcourt la place d'un bout à l'autre, passe sous la voûte de pierre, traverse la rue et entre au *George-Sand*.

Édith n'a pas eu le temps de prendre place à une table qu'Antoine est derrière elle, le visage défait, le regard soucieux.

– Quelque chose ne va pas ? Vous me semblez complètement bouleversé.

L'homme laisse apparaître un pauvre sourire et avoue :

– Je le suis.

– Je peux vous aider ?

Antoine hésite. Du coin de l'œil, il consulte l'horloge du bar :

– Je vous offre un verre.

Le couple s'installe à un guéridon, au fond du restaurant. Loin de tous. Édith a commandé une eau minérale. Antoine attend son brandy quotidien.

– Vous-même, vous n'êtes pas aussi sereine qu'à votre habitude, fait remarquer le chef.

Édith laisse échapper un long et triste soupir :

– J'ai rendu visite à Danielle. Et...

– Et ?

– Elle n'accepte pas du tout son accident. Cela rend... enfin... parfois... les rapports plus... disons... malaisés. Périlleux même. J'ai manqué de patience, aujourd'hui, confesse-t-elle en baissant la tête.

Le serveur vient déposer la commande. Le brandy tremble légèrement dans le verre, tout comme les mains de l'homme qui s'apprêtent à le saisir. Antoine ouvre la bouche, mais renonce à dire ce qui lui vient du cœur. Seuls ses yeux parlent.

Le temps s'immobilise.

Édith se sent soudain enveloppée d'une rassurante chaleur. Tout comme la première fois que le géant s'était assis près d'elle. Au milieu de l'orage intime qui s'acharnait alors sur elle, tout à coup, elle avait ressenti le goût du bonheur.

Le temps se remet en marche.

Sur le marbre de la table les deux liquides agitent leurs reflets. Antoine savoure longuement une gorgée d'alcool. Édith presse le morceau de lime accroché au rebord de son verre.

Antoine ne peut plus retenir ses émotions ; il saisit fébrilement les mains d'Édith et la supplie :

– Auriez-vous la patience de m'écouter ? J'ai grand besoin de parler à quelqu'un.

*

Péniblement, Danielle se lève et, canne à la main, se campe dans sa dignité offensée. Le mot claironné par Édith résonne encore dans sa tête : « orgueilleuse ! » Son amie l'a traitée d'orgueilleuse.

Elle boite lourdement jusqu'à la fenêtre et, derrière le voile des rideaux, observe la place, espérant chasser l'écho mordant des syllabes dont le son cru persiste en elle. Une douzaine de pigeons s'agitent autour des bacs à fleurs. Dans le carré du ciel, une corneille surgit et dessine quelques cercles noirs avant de plonger sur le lampadaire. Ses croassements s'intensifient et font vite fuir les bisets affolés.

Danielle se sent très seule.

Une foule d'images la hantent. Celle de sa rencontre avec Édith à Hampton en 1975. Danielle tentait alors de survivre au pire cataclysme qu'elle aurait pu imaginer : la fin du couple qu'elle formait avec Gérard Legault depuis plus de vingt ans. Sa nouvelle collègue de travail l'avait accueillie comme une sœur, écoutée comme une mère, et guidée comme une amie bienveillante. Leur amitié avait résisté au temps et à la distance. Les deux femmes s'étaient soutenues mutuellement, encouragées, conseillées. Elles s'étaient souvenues ensemble. Elles avaient découvert ensemble. Elles avaient toujours été présentes l'une pour l'autre : dans la joie et l'angoisse, le rire et le deuil, le calme et la tempête.

Danielle se mord la lèvre inférieure avec rage. Elle s'en veut de son comportement ; elle se reproche de n'avoir pas retenu son amie, se blâme d'avoir précipité son départ. La première fêlure dans une amitié jusque-là cristalline. Elle a honte. Honte comme la petite fille d'autrefois obligée par sa mère à l'aveu humiliant d'une tromperie. La jeune Danielle, après avoir dentelé la réalité des festons de son imaginaire, s'était entortillée dans ses fabulations et entêtée dans ses mensonges même après qu'ils eurent été découverts.

Une terrible envie de pleurer la prend à la gorge. Ses yeux restent secs ; elle se refuse la faiblesse des larmes. Les mots d'Édith martèlent toujours : « Orgueilleuse ! T'es rien qu'une grande orgueilleuse ! » Le firmament s'est ennuagé. La lumière du jour grisonne. Gérard sera là dans une demi-heure tout au plus.

Danielle marche vers le téléphone. Elle fixe l'appareil quelques secondes. La réconciliation est là, au bout du fil. Elle n'a qu'à composer le numéro de l'amie. Édith acceptera ses excuses. Édith comprendra. Édith reviendra. Leur amitié retrouvera la sérénité de son cours. Danielle appuie sa canne contre un fauteuil, s'empare du combiné et presse un bouton, un deuxième, un troisième... au quatrième chiffre, elle hésite. L'orgueilleuse résiste à la tentation du regret officiel. Elle raccroche.

Le visage crispé, le corps tendu, clopin-clopant, elle se réfugie dans sa chambre.

3

ÉDITH n'est pas retournée voir Danielle. Elle n'a pas téléphoné le lendemain. Ni le jour suivant. Cependant, à maintes reprises durant ces deux jours, elle s'est attendrie sur le sort de son amie. Elle a attendu un signe d'elle. Rien n'est venu. Elle a choisi de prendre un peu de recul.

De son côté, Danielle broie du noir et s'enfonce peu à peu dans le mutisme et l'isolement. Gérard tente de l'aider. Il cherche à provoquer ses confidences. Pour la soulager. Ses questions ne font qu'irriter Danielle. Gérard s'étonne de cette armure dans laquelle elle cherche à se protéger et ne s'habitue pas à la distance qu'elle met entre ses amis et elle. La femme qui habite chez lui se durcit de jour en jour. Même après leur séparation, leurs rencontres étaient plus chaleureuses, se souvient-il.

Gérard se sent las. Il ne sait trop comment réagir. Il s'est confié à ses filles. Claire a été compatissante. Suzanne lui prêche la patience.

Pour éviter que les tête-à-tête ne se transforment en face-à-face, Gérard se fait chaque jour discret, rentre plus tard, lit de longues heures dans son bureau, se retire tôt dans sa chambre. Piéton surpris par une pluie imprévue, il se réfugie sous la marquise du silence, le temps que passe l'orage.

Pour en savoir davantage et tenter de comprendre, il a communiqué avec Édith entre deux séances de correction d'examens à l'université. Celle-ci a rapporté, dans ses moindres détails, l'incident malheureux du début de la semaine.

À l'insistance de Gérard, elle a promis de tenter un retour... dans quelques jours.

*

Depuis, une autre voie est brusquement apparue devant Édith. Invitée à en suivre le tortueux parcours, elle a accepté. Spontanément. Sans s'interroger. Sans résister. Avec la candeur et la foi qui déplacent les montagnes.

Il est quinze heures. Antoine doit venir la rejoindre à son appartement. Elle le guette. L'attend sans le vouloir. Sans y croire elle-même. Le voici enfin, marchant d'un pas ample et régulier. Il descend la rue. Sa rue. Il vient chez elle. Avant même qu'il ne frappe à sa porte, elle ouvre.

Dans l'entrée, Antoine, gêné, fait du sur-place. Sur ses lèvres charnues, un sourire éphémère clignote entre deux phrases nerveuses. Il finit pas articuler :

– Vous pouvez encore changer d'idée, Édith.

Édith ne répond pas. Elle se contente d'inviter Antoine à passer au salon, une pièce minuscule dont le décor pastel est tristement dédaigné par la lumière de l'après-midi. Le géant semble avoir quelque peine à y circuler à l'aise. Ses longues jambes ne trouvent guère d'espace pour la détente. Un geste un peu trop ample et son bras heurte un abat-jour. Le visiteur est confus.

La conversation s'amorce avec une lenteur un peu raide. Antoine veut s'assurer, encore une fois, qu'Édith se sent tout à fait libre de changer d'avis. Il insiste : elle peut encore décider de ne pas l'accompagner.

– Ce que vous m'avez confié m'a bouleversée, Antoine. En vous écoutant...

– Vous pouvez vous désister, Édith. Je ne vous en tiendrai nullement rigueur, je vous assure, interrompt-il.

– Je me suis engagée envers vous, et envers... lui.

– Je vous entraîne où je n'ai jamais demandé à personne de me suivre.

– Ma décision est prise. Je vous accompagnerai. Le temps qu'il faudra.

Édith sert le café. Elle fait couler le noir liquide dans les tasses. Ses gestes sont précis. La nervosité d'Antoine est palpable. Il avale la boisson sans y goûter, par gorgées rapides. Édith s'informe un peu plus sur le malade qu'elle s'apprête à rencontrer pour la première fois :

– Il aura 38 ans, en août, répond Antoine.

Puis, d'une voix éteinte, il ajoute :

– Peut-être...

– Il est hospitalisé depuis longtemps ?

– Trois semaines...

– Et le diagnostic ?

– Inéluctable.

Dans l'appartement, ne s'entend plus que le tintement de la faïence qu'on dépose sur la table à café. Après un regard à sa montre, Édith emporte les tasses à la cuisine. Elle demande à son visiteur de l'excuser un moment et, devant le miroir de sa chambre, se recoiffe et remet du rouge sur ses lèvres. Elle revêt un blazer marine qu'elle boutonne minutieusement avant de nouer autour de son cou un fichu aux couleurs brillantes.

Antoine la rejoint bientôt dans le vestibule, dévorant des yeux la femme frêle mais résolue qui se tient toute droite devant lui.

– Où trouvez-vous cette force ? finit-il par lui demander.

Édith hoche la tête et, en sortant le trousseau de clés de son sac, explique :

– Ces dernières années, Antoine, j'ai côtoyé la maladie, la souffrance, le désespoir et la mort. Je me suis... habituée à les fréquenter. J'ai dû apprendre vite ! Je me suis montrée bonne élève, vous savez, ajoute-t-elle, narquoise.

– Vous êtes un ange.

– Non, Antoine, juste un être humain qui cherche à aider un autre humain à trouver en lui la force dont il a besoin.

– Je suis épuisé... j'ai perdu...

– Vous trouverez !

Édith prend le volant. Jusqu'à l'hôpital, ils se taisent, laissant des sentiments équivoques et contradictoires habiter le silence. Antoine savoure ce moment de tendre complicité. Il lui semble qu'auprès d'Édith il baigne dans une paix intérieure. Une émotion l'envahit, qu'il n'avait plus ressentie depuis des semaines. Il se sent bien. D'un bien-être simple, semblable à celui qui enivre après qu'on a pris une grande goulée d'air en haute montagne. Une pureté qui étourdit un peu. Oxygénée, la flamme vacillante de son courage reprend de l'éclat. À mesure qu'ils s'approchent de leur destination, l'appréhension le gagne. L'énergie qui semblait vouloir renaître en lui s'estompe de rue en rue.

Édith, elle, voyage dans un autre monde. Elle se sent l'audace d'une chargée de mission. La compassion lui emplit le cœur et rayonne dans tout son être. Elle prend conscience que l'aventure où elle s'engage lui fera revivre d'intenses émotions. Une angoisse sourde l'inonde tout à coup. Mais il est trop tard pour reculer. Trop tard, même pour se permettre d'hésiter une seconde de plus.

Le géant et la femme toute menue marchent côte à côte dans le couloir terne de l'hôpital. Une infirmière les salue d'un geste automatique. Une autre leur sourit avec une sympathie sincère.

– C'est ici, chuchote Antoine devant une porte à peine entrouverte.

Il entre le premier, perçant la pénombre de la chambre d'un triangle lumineux. Il s'approche avec précaution du lit où repose un homme affaibli qui, en l'apercevant, tend les mains dans sa direction. Antoine fait signe à Édith de venir à ses côtés. Celle-ci s'avance, sans précipitation, obsédée par la respiration haletante du malade.

– Lionel, c'est Édith.

Un grognement sinistre tient lieu de salutations.

– C'est l'amie dont je t'ai parlé, tu te rappelles ?

L'homme alité tourne péniblement la tête. De son regard hanté, il dévore la nouvelle venue. Il cherche à appuyer son bras sur l'oreiller et tente un sourire. Mais sa bouche ne réussit qu'à dessiner une grimace désarmante.

4

CHAQUE soir, à son retour, Gérard trouve Danielle d'une humeur plus sombre que la veille. Elle mange du bout des lèvres, s'isole dans sa chambre, ne lit plus, n'écoute ni radio ni télévision. Gérard se désespère. Il s'est de nouveau confié à ses filles.

Claire est revenue voir sa mère, un après-midi, après le travail. Ni les fleurs, ni les magazines apportés n'ont réussi à l'intéresser. La conversation s'est étiolée. Les silences se sont allongés. Claire est repartie déçue. Triste. Découragée.

Suzanne, enfin libérée d'une garde de quinze jours, se présente, un samedi midi. Elle s'est levée tôt, même en ce jour de congé. Elle est partie de Montréal avant le réveil d'Olivier et a brûlé rapidement les kilomètres de l'autoroute jusqu'à Queenstown. Sa visite semble avoir un peu plus de succès que celle de sa sœur. Au début.

Gérard est parti faire quelques emplettes. Danielle sort de sa chambre et accepte de manger avec sa fille. Suzanne, ravie de l'attitude de sa mère, reprend avec elle l'échange entamé deux semaines plus tôt à Montréal au matin de son anniversaire.

– Tu voulais savoir pourquoi je cherchais un logement plus grand, Maman ?

– Avec toi, mieux vaut ne pas insister... alors je n'insiste pas, jette Danielle, d'une voix âpre et tranchante.

– Ton ironie reprend du service : c'est bon signe.

Danielle se tait. Suzanne continue en mesurant ses mots :

– Olivier vit maintenant avec moi. J'attendais, pour t'en faire part officiellement, que nous ayions pris certaines décisions concernant notre vie à deux.

– Ah ! se contente de dire Danielle.

– Voilà pourquoi l'appartement ne me suffit plus.

– Ah !

Un peu déroutée, la visiteuse persiste et explique :

– Nous cherchons plus d'espace. Olivier a besoin d'un atelier.

– Ah bon !

Suzanne prend la main libre de sa mère et confie en souriant :

– Ton sous-sol serait parfait. C'est pourquoi je t'ai dit, l'autre jour, de me faire signe avant de mettre ta maison en vente. Alors, si tu...

Danielle se raidit sur sa chaise. Le regard en feu, irritée, elle s'en prend à sa fille :

– Tu veux me mettre dehors de chez moi, c'est ça ? Vous êtes tous de connivence !

Heurtée de front par cette réaction imprévue, Suzanne proteste :

– Mais, Maman... c'est toi qui...

Danielle n'entend pas. Elle crache son venin :

– Tous les prétextes sont bons pour que je prenne ma retraite et vienne vivre à Queenstown, c'est ça ? Tu t'es mise d'accord avec ton père. Je vois clair, tu sais. Toi et ta sœur, vous jouez toutes les deux son jeu !

Danielle se lève. Maladroitement. Elle refuse le bras que Suzanne lui offre spontanément, saisit sa canne et du pas sonore et déséquilibré qui est devenu le sien, elle marche vers sa chambre et s'y enferme après en avoir fait claquer brutalement la porte.

Décontenancée, Suzanne ne peut retenir ses larmes. Revenu avec les provisions, Gérard trouve sa fille les yeux rougis.

– J'ai besoin d'air, Papa ! Grand besoin d'air.

Le père et la fille se sont échappés. Ils marchent côte à côte dans les rues grouillantes du marché. Une odeur de renouveau, de fraîcheur se répand dans le quartier. Une brise parfumée serpente entre les étalages. Une sève vivifiante monte en eux. Mais le pli soucieux qui barre le front de Suzanne ne s'efface pas :

– Je n'ai jamais vu maman comme ça. Elle est d'une sensibilité à fleur de peau et, en même temps, d'une dureté que je ne lui connaissais pas.

– Laissons-lui un peu de temps. Ne prends pas ça trop à cœur...

– Il faut faire quelque chose.

– Tu crois qu'elle est capable d'accepter de l'aide, toi ? souffle Gérard en haussant les épaules.

*

Gérard a demandé secours à Édith. Ils se sont rencontrés et ont eu une longue, très longue conversation. Pour conclure, l'amie a résolu de faire les premiers pas.

Gérard place beaucoup d'espoir dans la démarche d'Édith. Il connaît sa diplomatie et sa douceur. Il sait aussi l'amitié profonde que les deux femmes se portent mutuellement. Peut-être, Danielle retrouvera-t-elle un peu de sérénité ?

Le cœur léger, rassuré, plein d'espoir, il a regagné son bureau de l'université. Il range le contenu de ses classeurs. Résolu à se débarrasser de tout ce qui n'est plus essentiel, il jette au recyclage les notes périmées, les rapports dépassés, les photocopies devenues inutiles. Chaque geste le soulage d'un poids : chacun d'eux est un pas vers les vacances, les matinées qui s'étirent, les randonnées sans but, les lectures sans crayon, les conversations sans objet...

Pour tenir sa promesse, Édith téléphone à Danielle le jour suivant, un peu avant l'heure du lunch. La sonnerie du téléphone se prolonge indûment. Édith reste patiente. Au bout du fil, elle prend de profondes respirations en comptant les coups qui sonnent, sonnent, se prolongent sans trouver d'écho.

Danielle ne répond pas. Édith laisse alors un message, espérant que transparaissent dans sa voix son inquiétude et sa déception de n'avoir pu lui parler.

La journée passe. La convalescente ne l'a pas rappelée. Le lendemain, le cœur battant, Édith se rend à l'appartement de Gérard, déterminée à la secouer. Elle est prête, s'il le faut, à lui offrir toutes les excuses du monde pour acheter un retour à la chaleur et à la spontanéité de leurs relations.

À la faveur de l'arrivée d'une autre copropriétaire, Édith se rend à l'étage de Gérard. Elle frappe. Un pas irrégulier perce le silence. Édith demande :

– Danielle ?

De l'autre côté de la porte qui les sépare, Danielle fait la sourde oreille.

– C'est moi, c'est Édith, ouvre !

Elle insiste, attend un long moment. Seul le silence lui répond.

Édith repart, chagrine. Blessée.

5

GÉRARD entre à l'école de musique. Paul-André est assis sur un tabouret derrière le comptoir de la section magasin, ses journaux étalés devant lui, une paire de ciseaux à la main. Il savoure un entrefilet insolite avec le sourire lubrique d'un voyeur devant un trou de serrure.

– Tiens ! De la grande visite !

– Tu es seul ?

– Jean-Marie est allé se chercher de quoi manger. Tu m'accompagnes au *George-Sand* ?

Gérard est attendu à l'université. Un lunch entre collègues. Un repas qui ne l'enchante guère, mais il faut ce qu'il faut. Il avoue que c'est Jean-Marie qu'il est venu voir. Paul-André ressent un pincement au cœur. D'une voix sèche, il fait savoir :

– Je suis toujours le patron, ici !

Sans entrer dans les détails, Gérard explique qu'il est à la recherche d'un instrument de musique à donner en cadeau et que Jean-Marie devait se renseigner sur les prix.

– Ah bon ! laisse tomber Paul-André tout en découpant son article.

Gérard devine facilement une pointe de curiosité et un soupçon de ressentiment dans cette remarque banale. Il s'amuse, mais il est vite interrompu dans sa rêverie :

– Écoute-moi ça, Professeur. *Un instituteur français nie que la France occupée ait reçu de l'aide des Alliés durant la Seconde Guerre mondiale. Selon lui, le débarquement serait une supercherie, une pure invention de propagande britannique. Interrogé par des fonctionnaires de l'Éducation nationale, l'homme de 50 ans dit avoir en sa possession des documents qui changeront l'Histoire.* C'est pas beau, ça ?

Gérard hausse les épaules.

– Tu t'acharnes toujours à éplucher les quotidiens pour collectionner des insignifiances ?

– Pardon, Professeur émérite, je recueille des preuves de l'absurdité humaine.

Le musicien replie ses journaux, les lance dans un bac de recyclage caché sous le comptoir et conclut :

– Tout va mal.

– On a les gouvernements qu'on mérite, paraît-il.

– Je ne parle pas de politique. Je parle de vie ordinaire. De nous. De toi.

– Quoi, moi ?

– Toi ? Rien. Mais ta femme, elle...

– Danielle n'est plus ma femme.

– Ton ex, d'abord.

Gérard soupire :

– Elle n'accepte pas son accident. Elle déprime. C'est tout. Quand elle pourra marcher normalement, le moral suivra... sans doute.

– Tu dis « sans doute » comme les gens qui, justement, doutent.

Gérard ne peut s'empêcher de sourire et reprend le fil de la conversation en demandant qui, à part Danielle et lui, ne va pas bien.

– Antoine. Il n'est plus lui-même, répond Paul-André sur le ton de l'évidence.

– Je te l'accorde. Mais rien de nouveau là-dedans. Tu radotes, l'Ami.

Gérard fait quelques pas en direction de la sortie.

– Attends, Professeur. J'ai quelque chose d'intéressant à te raconter.

Gérard se retourne vers son interlocuteur avec un soupir sonore. Paul-André poursuit, l'air ravi.

– Hier, comme j'arrivais au bar, j'ai surpris Édith qui descendait de chez lui... enfin de l'appartement du *George-Sand*.

– Tu les espionnes ?

– J'observe ! Nuance !

Gérard est visiblement agacé et réplique :

– Il lui aura fait visiter l'endroit. Comme il l'a fait avec nous.

Paul-André se penche au-dessus du comptoir et affirme qu'il a sa petite explication.

– Laisse-les tranquilles !

Abruptement, Gérard s'approche de son compère et, l'œil faussement sévère, demande :

– Qui ai-je rencontré hier, à 16 h 30 ?

Surpris de la tournure de la conversation, Paul-André se redresse et bougonne :

– Comment tu veux que je le sache ?

Gérard se détend et sourit de toutes ses dents :

– Tiens, tiens, je ne suis pas sur la liste d'épicerie du grand détective ?

Constatant qu'il a été piégé, le musicien, se rebiffe :

– Tu veux vraiment rien comprendre, hein ?

– Encore faudrait-il que je sache de quoi tu parles.

– Je parle de ce qui se passe entre Antoine et Édith. Non. De ce qui se passe dans la tête de la copine de ta femme...

Gérard fronce les sourcils et mordant chaque syllabe, rappelle une fois de plus :

– Danielle n'est plus ma femme depuis vingt ans.

Paul-André s'empresse de rectifier :

– Ton ex.

– Et qu'est-ce qui se passe dans la tête d'Édith, selon mon ami Sherlock ?

– Elle est amoureuse du Chef.

– Tu manques de travail, Paul-André. Tu gères mal tes loisirs. Tu divagues.

Gérard rit franchement. L'autre contourne le comptoir et fait face à son ami. Le plus sérieusement du monde, il lui confie que le couple se voit tous les jours. Enfin, presque. Qu'Antoine ne dort plus à sa maison de campagne, mais couche au bistrot depuis des semaines. Et qu'il sort tous les après-midi.

– Faire sa promenade, je sais.

– Je parle de sortie, Gérard. Complet sur mesure. Souliers cirés. Il ne manque que la cravate. Il part à pied et, une fois sur deux, Édith le ramène en auto.

Gérard enlève ses lunettes, les nettoie minutieusement en hochant la tête :

– Je comprends que tu ne veuilles pas vendre l'école à Jean-Marie. Tu ne jouirais plus de l'observatoire qui te permet d'espionner les allées et venues du tout-Queenstown.

Paul-André s'impatiente.

– Gérard, mais tu ne saisis pas ?

– Rien que ta merveilleuse inclination pour le potinage. Depuis bientôt sept ans que tu me connais, tu devrais savoir que j'ai d'autres passe-temps, continue Gérard en remettant ses lunettes. Ce que je ne saisis pas, c'est pourquoi tu me racontes ça.

– Par amitié pour Édith.

– Si c'est comme ça que tu conçois l'amitié, oublie-moi !

Gérard reprend sa serviette et se dirige à nouveau vers la porte. Paul-André hâte le pas et le rejoint à la sortie :

– Réveille-toi, sors de tes livres, l'Intellectuel. Rappelle-toi ce dimanche à la campagne quand nous avions suivi Antoine.

– Quel dimanche ?

– Ça fait deux... peut-être trois ans. Tu sais, moi, les dates...

– Ça ne me dit rien.

– On était allés à Rousselle faire des photos, puis on s'est aventurés plus à l'ouest...

Brusquement, Gérard se souvient d'une randonnée en voiture six ans plus tôt. Paul-André s'était remis à la photographie et, pendant quelques heures, ils avaient parcouru les environs de Queenstown à la recherche de pittoresque et d'inusité. À un moment donné, un 4 X 4 les avait dépassés et Paul-André avait cru reconnaître le chef au volant.

La mémoire ravivée, Gérard précise aussitôt :

– Tu avais suivi Antoine. Pas moi.

– Laisse faire les nuances qui ne mènent nulle part. Pense plutôt à ce que nous avions vu, ce jour-là. Il n'était pas seul, le Chef.

– Si j'étais toi, Paul-André, je porterais ça en Cour suprême !

– Ses dimanches, Antoine les passe avec un homme.

– Chacun sa vie, lance le professeur en saisissant la poignée de la porte.

– Écoute-moi. Rien qu'un moment, Gérard.

Ce dernier dépose sa serviette sur le plancher en précisant avec ironie :

– Exposez vite votre cas, monsieur Holmes, car docteur Watson a un rendez-vous.

Paul-André enchaîne :

– Depuis des années, il ferme le resto le dimanche et perd, de ce fait, un argent fou. Tout ça pour passer sa journée avec un homme.

– Nous savons cela. Mais la nature exacte de leurs relations, nous l'ignorons.

– Fais pas l'innocent.

– Si je me souviens bien, c'est toi qui ne voulais pas croire ce que je considérais, moi, comme une évidence. Bien, tu m'as convaincu, Sherlock. À présent, je doute.

Le musicien se gratte le menton, caresse sa barbe et, après une brève hésitation, ajoute :

– Ben... Disons que je peux dire, sans crainte de me tromper, qu'ils sont intimes.

Gérard fronce les sourcils et interroge Paul-André du regard.

– Je les ai suivis. Juste une fois... ou deux.

– Paul-André, que tu me déçois. Pire. Ta conduite me dégoûte. C'est quoi, cette manie de l'espionnage ? Tu n'as rien à faire d'autre dans la vie ?

Lassé de cette conversation, Gérard reprend brusquement sa serviette en poussant Paul-André d'un geste de la main. Le détective du dimanche le supplie :

– Pense de moi ce que tu veux, l'Intellectuel. Mais la copine de ta femme... pardon, de ton ex, elle s'embarque sur un bateau qui prend l'eau. Si tu as un peu d'amitié pour elle, il faudrait lui dire. Lui faire comprendre. Avant qu'elle se noie.

Gérard soupire en se redressant. Il ne dit mot, mais il est visiblement troublé. Paul-André regagne son tabouret derrière le comptoir et, l'air de rien, ajoute au moment où Gérard quitte le magasin :

– J'ai pris une grande décision ce matin même.

– Tu ouvres une agence de filature ?

– Plus tard... peut-être, badine le musicien.

– Alors tu t'es décidé à laisser enfin l'école à Jean-Marie ?

Paul-André se rembrunit. Les sourcils sévères, il dévisage Gérard, embêté que son ami remette ce point litigieux sur le tapis :

– Chaque chose en son temps.

– Alors, quelle est cette grande décision ?

– Ce matin, à 7 heures et 12 minutes, j'ai décidé de mettre ma maison en vente.

6

DANIELLE est demeurée muette durant tout le trajet vers Montréal. Le vol des oies sauvages qui fendaient le ciel ne lui a arraché nul cri d'admiration. L'aura vert tendre qui enveloppait les boisés bordant l'autoroute n'a guère attiré son attention. Le concert radiophonique coulait ses harmonies sur le silence qui s'était installé entre les anciens conjoints. Danielle rêvassait dans sa bulle. Gérard conduisait avec une régularité rassurante en scrutant la chaussée qui déroulait devant lui son ardoise bleutée.

À la clinique, Danielle s'est montrée résignée malgré l'interminable attente. La perspective d'être débarrassée bientôt du plâtre encombrant de sa jambe l'avait sans doute rendue patiente. Aucun sourire, toutefois, n'effleurait ses lèvres. Le masque demeurait impassible et ses remerciements, réservés, quand Gérard lui avait offert un café et un sandwich.

C'est une tout autre femme qui accompagne Gérard cet après-midi. Ce n'est certes pas la Danielle rieuse qu'il a connue adolescent, ni la femme sûre d'elle qu'il a vue mener rondement sa vie. Ce n'est plus par contre la personne butée, murée en elle-même qui vivait chez lui ces derniers temps. Libérée de l'appareil de contention qui écrasait sa joie, Danielle retrouve avec un visible plaisir son condo d'Outremont.

Au moment où la voiture s'immobilise devant la maison, elle jette ostensiblement sur le siège arrière la canne qu'elle traîne depuis trois semaines.

– Tu devrais la garder, tu sais, suggère Gérard. Tout au moins les premiers jours.

Danielle refuse net, d'un geste sans appel. Le conducteur fait rapidement le tour de son véhicule. Il arrive trop tard : impatiente et fière, Danielle a déjà ouvert la portière et se tient debout bien droite sur le trottoir. Elle accepte machinalement le bras de Gérard.

Les trois marches d'escalier ont été remplacées.

– Suzanne s'est occupée de faire venir un ouvrier, explique Gérard.

– Ah !

En pénétrant dans le vestibule, Danielle ajoute d'une voix faible :

– C'est gentil de sa part.

D'abord hésitant, le pas de Danielle s'affermit à mesure qu'elle avance dans le couloir. Sa démarche devient graduellement plus assurée. Danielle ressent une enivrante sensation de légèreté. C'est presque un sourire que Gérard surprend sur son visage quand il revient à l'intérieur avec un sac de voyage.

Danielle insiste pour faire le tour de la propriété. C'est avec surprise qu'elle constate que les plantes ont été soigneusement arrosées, qu'un immense bouquet de fleurs égaie la salle à manger et qu'un laurier rose fleurit audacieusement dans le solarium. Dans le réfrigérateur,

Suzanne a déposé tout ce qu'il faut... et un peu plus, pour le petit-déjeuner du lendemain.

Assise sur le bord de son lit, Danielle, comme une enfant éblouie par un jouet neuf, fait osciller le pied nouvellement libéré de son carcan de plâtre, lui fait faire des cercles de plus en plus rapides. Elle se lève et devant la psyché bouge, recule, avance, se regarde de face, de trois quarts, de profil. Elle se tourne vers Gérard et, désignant son bras gauche, elle annonce :

– Si je pouvais me débarrasser de cette horreur, j'aurais enfin l'air d'une personne humaine.

Gérard la rejoint devant la glace. Lentement, il pose sa main sur l'épaule libre de Danielle et murmure :

– Tu n'as jamais cessé d'avoir l'air d'une personne humaine.

– Regarde-moi : je suis monstrueuse !

Au son brutal du mot qui lui collait à la gorge depuis l'accident, les écluses libératrices des larmes s'ouvrent subitement. Danielle s'effondre sur le lit et pleure.

Perturbé devant tant d'émotion, Gérard reste coi. Puis, hésitant, il s'approche lentement, s'assoit à côté d'elle et masse un long moment le dos secoué de sanglots. Peu à peu, Danielle devient plus calme. Gérard la prend délicatement dans ses bras. La femme de 62 ans n'est plus qu'une petite fille perdue que son père vient rassurer. Gérard la serre contre lui, tendrement. Il sent ses larmes brûlantes couler dans son cou.

Danielle s'abandonne à cette intimité simple et glisse même la tête dans le creux de l'épaule offerte. Gérard caresse la joue mouillée et pose un baiser sur le front découvert pendant qu'elle verse toute l'humiliation qui la minait depuis l'après-midi de son anniversaire.

Cette journée ratée. Ratée comme la marche qui a précipité sa chute. Dans la chaleur du corps de Gérard, elle redevient peu à peu elle-même.

*

Ils ont dormi. Plusieurs heures.

Tous deux épuisés par la tension pernicieuse qui suintait entre les murs de l'appartement de Gérard depuis trois semaines, par leur nuit agitée en raison des inquiétudes de la veille et par une longue journée de voyage, d'espoir et d'attente, ils ont sommeillé étendus l'un près de l'autre.

Ils s'éveillent, désorientés, mal à l'aise de se surprendre dans cette intimité équivoque. Entre deux ricanements, ils blaguent sur leurs vêtements froissés, leurs cheveux ébouriffés, les marques de plis de draps sur la joue de Danielle, les sourcils en broussaille de Gérard.

Il est tard. Très tard. Ils ont faim. Très faim.

Dans la cuisine, après un bref inventaire du réfrigérateur, Gérard constate :

– Pas le choix, Danielle... Il faut petit-déjeuner.

– Alors, petit-déjeunons.

Les assiettes, les fruits, les pots de confitures, le beurre, les croissants dorés et les tasses de camomille recouvrent bientôt la table étroite de la dînette. Danielle allume la radio. Un air de jazz emplit la pièce. Triste. Langoureux.

Ils mangent, face à face, sans parler. À la seconde tasse de tisane, Gérard s'informe machinalement :

– À quelle heure veux-tu partir demain ?

– Je ne repars pas.
– Pardon ?
– Je reste chez moi.
– Pas question que je te laisse seule ici à la merci d'un faux pas. Tu reviens chez moi. Comme il a été entendu. Pourquoi changer d'idée maintenant ?
– Je peux parfaitement me débrouiller. Je connais bien les lieux, tu sais.
Gérard s'énerve un peu. Il cherche à mettre Danielle face à la réalité. Comment s'arrangera-t-elle pour faire ses provisions ? La lessive ? Le ménage ? Suzanne est à nouveau de garde. Elle ne pourra pas compter sur elle.
– Tandis que moi... je suis en vacances, continue-t-il. Maintenant que tu peux marcher, nous pourrions sortir un peu, passer un après-midi au Musée des beaux-arts, aller ensemble au marché. Et je porterai les sacs !
Danielle réfléchit en se mordant la lèvre inférieure. Elle n'est nullement convaincue. Gérard poursuit ses suggestions. Il parle cinéma, promenade, théâtre, concert. Il vante le printemps magnifique et exceptionnellement fleuri de Queenstown. D'une voix brusque, il la réprimande :
– Tu pourrais peut-être commencer à profiter de ce congé forcé et inattendu au lieu de te défendre de tout plaisir.
Danielle reste pensive, presque boudeuse. Elle déchire un croissant, en mastique un morceau avec lenteur. Après un long moment d'immobilité, elle finit par avouer :
– Je n'ai pas vraiment le goût de revoir... Queenstown.
Gérard se fait sévère :
– Queenstown ou Claire ? Queenstown ou Édith ?

Danielle pâlit. Elle baisse la tête, soupire et se verse une autre tasse de camomille. Les mots que retenait Gérard depuis quelque temps déjà s'échappent librement, avec fermeté :

– Tu as dérouté les gens qui t'aiment, Danielle. Tu les as même blessés profondément. Tes filles et ton amie ne te voulaient que du bien.

Danielle se lève. Somnambule. Gérard s'en veut d'être allé au bout de sa pensée. Inquiet de la réaction de Danielle, il la suit du regard. Sa cheville est encore faible, son pas demeure hésitant. Elle se rassure discrètement en faisant glisser sa main libre le long du mur qui sépare la cuisine du solarium. Puis, Gérard la perd de vue. Elle s'est assisse : il ne voit plus que ses jambes allongées...

Gérard termine sa tisane et, quelques minutes plus tard, la rejoint dans la pièce étroite où s'aventure autour d'une fenêtre un philodendron fouineur. Il la trouve perdue dans ses réflexions. La tête rejetée en arrière, appuyée sur le dossier d'un fauteuil d'osier, elle garde les yeux clos, les lèvres entrouvertes.

Immobile. Abandonnée. Vaincue, peut-être...

Pas un muscle de son visage ne bouge. Seule la lumière du réverbère, voilée par le brouillard qui s'insinue entre les maisons de la rue, fait danser des reflets ambrés sur les murs.

Gérard prend place, discrètement, dans l'autre fauteuil. La radio répand toujours la sensuelle indolence de son jazz.

Sans préambule, d'une voix rauque et faible, celle d'une voyageuse épuisée, Danielle demande :

– Tu m'amènerais voir Suzanne, au matin ?

Surpris, son interlocuteur s'empresse de répondre qu'il en serait ravi. La musique de la radio enveloppe à nouveau le couple. La nuit s'engouffre dans un solo de trombone. Un ange passe. Puis Danielle s'informe, comme si sa suggestion faisait partie d'une conversation sans écueil :

– Ça t'irait de partir vers 14 heures ?

– Tout à fait.

Dans la pénombre cuivrée, Danielle sent le besoin de s'expliquer :

– Puisque maintenant je peux marcher, je suppose que c'est à moi de faire les premiers pas.

Gérard se sent soulagé. Allongeant le bras, il saisit la main de Danielle, la serre et ajoute :

– L'humour te revient, ma Danielle. Si tu savais comme ça me rend heureux !

7

PAUL-ANDRÉ a lunché. Abondamment. Il se sent lourd. Il n'aurait pas dû manger cette profiterole. Il a beaucoup trop bu aussi. Distraitement. Sans plaisir.

Ce matin, il a dû percer un autre trou à sa ceinture. Ses vêtements le serrent. Il n'attache plus son veston : un bouton a cédé hier. Le cuir s'amincit aux coutures. Il grossit. Il le sait. Mais il fait celui qui ne s'aperçoit de rien et persiste à acheter des chemises de même taille. Question de tenir tête à la réalité.

Paul-André n'aime pas se voir. Il fuit son reflet dans les vitrines, son image sur le métal gonflant de la voiture. Il ne possède pas de miroir en pied chez lui. Il peut donc encore s'illusionner. Un peu.

Depuis quelques mois, il se laisse à nouveau pousser la barbe. La moustache. Même les favoris. Une broussaille grisonnante lui envahit la figure. Ainsi, il n'a pas à fixer une glace pour se raser. Il se lave les dents, les yeux à demi-clos, en évitant son image au-dessus du lavabo. Tout pour ne pas voir son crâne qui luit au-dessus de la chevelure presque blanche qu'il laisse couler sur ses épaules.

– Pas d'échecs ce midi.

Antoine est venu prononcer sa phrase rituelle avant de monter à l'appartement du haut. Un autre après-midi sans joute. La situation perdure. Le chef a la tête ailleurs. « Et pas rien que la tête », se dit Paul-André.

Au barman, il lance :

– On saura plus jouer si ça continue.

Le jeune homme n'a que faire de la déception de son client. Il se contente d'acquiescer poliment d'un mouvement de la tête. Paul-André se renfrogne. Il s'attendait à plus d'attention. Il aime qu'on le regarde, qu'on le dorlote, qu'on s'intéresse à ce qu'il dit... L'indifférence de ce David le choque.

Les conversations d'autrefois avec Laura lui manquent tout à coup... Laura ! Ses yeux brillants. Ses cheveux de jais. Son rire lumineux. C'était un autre temps. Et bien autre chose. Laura au bar, c'était un jardin fleuri. Une oasis au milieu de la journée. Un rayon de soleil sur la grisaille de l'hiver. Elle surveillait sa sortie de l'école de musique. Quand Paul-André s'asseyait sur le tabouret au bout du bar, son whisky l'attendait déjà. Elle l'écoutait raconter, critiquer, ironiser, divaguer. Elle s'intéressait à ce qu'il pensait de l'actualité, elle riait de ses boutades et l'observait durant sa partie d'échecs avec Antoine après le coup de feu du midi. Elle s'inquiétait amicalement de lui quand le cafard l'envahissait.

Après quelques années de travail au *George-Sand,* elle avait repris ses études ; les travaux et les recherches universitaires avaient raréfié ses heures de service au bar. Le musicien avait modifié son horaire pour passer avec elle quelques instants chaque semaine.

Une fois reçue la maîtrise tant désirée, Laura était disparue du bar et de la vie du bistrot. Ce David, avec son regard pâle, sa tête rasée et ses lèvres pincées, ce David qui occupe sa place ne l'a jamais remplacée.

Paul-André revoit Laura à l'occasion. Rencontres fortuites. Au marché, le plus souvent. Elle enseigne maintenant dans un collège de la région. De l'autre côté du pont. À quelques kilomètres du bar. Mais la rivière aux Bernaches trace une démarcation beaucoup plus puissante que son courant. La vie a fait le reste. Laura a un mari et un fils de deux ans.

– Le temps nous fuit, laisse échapper à haute voix Paul-André dans une demi-rêverie.

– Hum, hum, répond le barman distraitement en essuyant les verres.

Paul-André se tait. Il finit son carafon de vin rouge. Les yeux dans le vide.

Il met ses lunettes et ouvre le journal. Un bic à la main, il encercle des annonces classées. Il veut fuir au plus tôt la ville qui l'a rejoint et l'emmure maintenant dans la fadeur de son uniformité. C'est à la campagne qu'il cherche une maison. Pas trop loin de Queenstown pour pouvoir y venir rapidement, mais assez loin pour ne pas l'entendre gronder, craquer, s'emparer du silence. Il ne veut pas la voir venir une fois encore frapper à sa porte, éventrer le paysage et faire triompher devant ses yeux ses dinosaures métalliques, ses autoroutes disgracieuses, ses camions-remorques affolés et ses néons stroboscopiques.

Au journal vite replié, a succédé une brochure polychrome où les photos de maisons à vendre s'alignent comme les bungalows de la banlieue.

Gérard entre dans le restaurant presque désert à cette heure. Il prend place à côté de son ami et commande un café crème.

– Tu cherches la propriété de tes rêves ?

– J'ai rien vu de bien attirant, je te dis ! C'est quoi l'idée de vendre une maison plus cher parce qu'elle a une piscine, ce qui est juste un tas de troubles ? Ou de promouvoir une pelouse de deux acres à tondre et une haie de trois kilomètres à tailler ?

Gérard ne peut que pouffer de rire devant les exagérations du musicien.

– Tous les goûts sont dans la nature, paraît-il.

– Et des fous plus fous que les autres.

Paul-André conçoit mal qu'on décrive comme un avantage la proximité d'une école, d'un centre commercial ou d'une autoroute.

– Que cherches-tu, au juste ? s'enquiert Gérard.

– Quelque chose de raisonnable.

– Peux-tu m'apporter quelques précisions ?

– Une maison avec un salon, une cuisine, une chambre à coucher.

– La salle de bain, tu la préfères dans la maison ?

– Si possible. J'ajouterais une cave qui prend pas l'eau. Un toit étanche. Un terrain pas trop grand. Des fenêtres qui ferment et qui ouvrent aussi. Enfin, luxe d'entre les luxes, je veux, à travers ces fenêtres-là, voir de quoi qui ne soit pas en ciment.

– Une maison avec vue sur les champs ou sur un cours d'eau. C'est ça ?

– Le bout d'une concession, oui. Mais pas sur des champs. Je veux un lac. Mieux une rivière. Je veux être sûr de ne plus jamais me réveiller un matin d'avril avec des monstres de métal dans ma cour.

– Tu pourrais faire passer une annonce dans le journal, libellée comme suit : Paresseux notoire cherche maison banale pour contempler paysage naturel intouchable ou jardin fantastique travaillé par les autres...

– Excellente synthèse, Professeur.

Gérard reste silencieux, buvant son café à petites gorgées.

– As-tu déjà analysé la langue des agents immobiliers ? Es-tu capable de saisir le sens de ces charmantes envolées littéraires ? Écoute : « maison idéale pour bricoleur... » ou *handyman's dream* et *renovator's delight* !

– Euphémismes pour... maison en pièces détachées ?

– Pas mal, l'Universitaire ! Celle-là : « propriétaire muté ». Comment tu décodes ça ?

– On est pressé de partir. Votre prix sera le nôtre. La compagnie nous dédommage.

– *Executive home,* tu traduis ça comment ?

– ...

– Pas d'idée ?

– Disons qu'à vue de nez ça sent l'habitat du jeune cadre prétentieux.

– Bravo ! Tu me surprends vraiment.

Paul-André feuillette la brochure mensuelle :

– Tiens. « Rêve de retraite » et *country charmer.* Celles-là te font penser à quoi ?

Gérard réfléchit un moment, fait la moue et finit par hausser les épaules.

– Tente quelque chose, l'Intellectuel.

– Une maison... avec jardin ?

– Pour cultiver des roses ? Candide, va ! Ils lisent pas Voltaire, les agents immobiliers. Un « rêve de retraite », ça veut dire que dans dix ans t'es mieux d'avoir ta place en résidence, mon Vieux, sinon il faudra que tu refasses le toit, rachètes une fournaise et installes un chauffe-eau plus moderne. Rien que ça ! Si les fenêtres sont encore étanches et si la tuyauterie tient le coup, bien entendu !

– Heureusement, j'ai déjà un condo. Je frissonne rien qu'à t'entendre...

– C'est comme ça que les petits vieux se font pogner. Parce qu'ils rêvent.

– Et toi, tu es le réalisme incarné en matière d'immobilier, je suppose ?

– Parfaitement.

– Je suis ébloui.

Paul-André empile brochures et journaux et les fait glisser au bout du comptoir. En bâillant, il s'appuie le dos au mur.

– Tu sors pas ta femme... euh, ton ex, aujourd'hui ?

Gérard explique que Danielle et lui font une promenade chaque jour et profitent, le soir, de ce qu'offre la ville. Ils ont vu le dernier Woody Allen, l'exposition au Musée des beaux-arts, et une pièce au Centre des arts. Mais manger au restaurant n'est pas la sortie rêvée pour une dame qui n'a l'usage que d'un seul bras.

– Ouais. J'imagine. T'as parlé à Édith à propos de... notre affaire ?

– Tu veux dire de tes soupçons ! La réponse est non. J'en ai glissé un mot à Danielle. Elle trouvera le bon moment pour lui exposer la chose.

– Il sera trop tard.

Paul-André fixe son compère d'un regard dur. Gérard se lève brusquement, paie et sort en laissant tomber :

– Alors, fais-le toi-même.

Resté seul, Paul-André crie au barman qui, à une table voisine, achève son repas avec les deux serveuses :

– David, un autre carafon de rouge.

8

— On dirait qu'il vient d'assassiner sa mère !
– Pas si fort. Il parle peut-être français, chuchote Danielle après le passage du jogger.

Il fait chaud en ce dernier dimanche de mai. Édith est venue chercher son amie. Les deux femmes se sont réconciliées. Sans beaucoup de mots. Édith n'attendait qu'une ouverture amicale de la part de Danielle pour la revoir. Aucune animosité ne semble ternir leur entente renouvelée.

Elles ont longtemps marché. Elles se reposent sur un des bancs qui tracent un long pointillé sur les rives de pierre qui emprisonnent l'eau du canal. Moqueuses, elles observent les cyclistes, les coureurs et les patineuses sur roulettes qui s'ébrouent dans la lumière. Chacune d'elles, tour à tour, passe ses commentaires acérés sur les musclés, les belles, les essoufflés, les haletantes, les vraies sportives, les maniaques de la forme.

– Ils s'arrachent la piste, les héros du jogging ! laisse échapper Danielle après avoir noté un irréductible en dépasser dédaigneusement un autre.

– Elles suent comme des bûcherons, les inconditionnelles de la ligne.

– Sueurs et maillots de lycra !

Les deux amies étouffent un rire pour ne pas troubler le roulement méditatif des cyclistes qui viennent vers elles.

– Des bicyclettes rutilantes. Équipées pour le Tour de France.

– Fini le temps de la roue de fortune. Place aux fortunes sur roues !

Un groupe de coureurs s'entraîne durement. Édith marmonne entre ses dents :

– Des facies torturés de ligne d'arrivée.

– Édition spéciale de *Paris-Match* !

Entre deux pelotons d'athlètes, Édith réfléchit à voix haute :

– Tout coûte cher aujourd'hui. Même la marche. Il faut le soulier de l'expert, la tenue du pro...

Danielle scrute les visages défaits, elle note les gestes nerveux et les halètements saccadés quand d'autres adeptes de l'aérobic arrivent à leur hauteur :

– Il avait l'air d'un Christ en fin de chemin de croix, le dernier. Le bandeau de ratine au lieu de la couronne d'épines. La bonne forme, ça n'a pas l'air de la rigolade... Pour faire ça le dimanche... il faut être croyant, lance-t-elle, admirative.

– T'as vu la petite dame ? s'informe Édith. On dirait qu'elle va léviter !

– Ce sont les martyrs canadiens de notre époque. Les charbons ardents, ils courent dessus, siffle Danielle entre ses dents.

Après un silence, cette dernière poursuit :

– C'est dur, la vie de nos jours ! Il faut être conscient de tant de choses. Il faut fuir les mets cancérigènes, connaître les méfaits du tabac, savoir faire la différence entre le bon et le mauvais cholestérol, se palper les seins chaque mois, vérifier régulièrement sa pression artérielle, son poids, sa masse osseuse... On se tâte, on se jauge, on se tripote, on se pèse, on s'examine, on s'analyse... On se rend malade d'angoisse !

– Et les savantes études se contredisent de saison en saison.

Les deux femmes replongent dans le silence. Un long moment. Le sentier qui longe le canal ne résonne d'aucun pas, d'aucun glissement de roue, d'aucun souffle saccadé. Elles se perdent dans leurs pensées jusqu'à ce qu'un *house-boat* surgisse devant elles et les enveloppe d'odeurs grasses et de sons violents.

– C'était le bon temps, celui de notre jeunesse, hein ? nostalgie Danielle lorsque le bateau s'éloigne enfin.

– Pourquoi tu dis ça ?

– Parce qu'on se payait alors le luxe de la naïveté ! Pour être dans le droit chemin, il suffisait d'apprendre par cœur les réponses du *Petit catéchisme*. Rassurant.

– T'es sûre que c'était plus... simple ?

– La liste des péchés est bien moins longue que celle des produits cancérigènes !

Pour la première fois depuis des semaines, Danielle roule des cascades de rire. Édith, ravie de retrouver pleinement son amie, mêle sa joie à la sienne.

Danielle pense à ce que Gérard lui a confié à propos d'Antoine et des doutes de Paul-André. Peut-être devrait-elle profiter de ce moment... Elle hésite, regarde Édith à la dérobée : son amie rayonne.

– Tu me parais très heureuse, toi.

– C'est que je le suis.

– Comme une femme en amour ?
– Disons... en amitié... en grande amitié.
Danielle refuse du coup d'éteindre la lumière qui danse dans les yeux d'Édith. Elle n'en a pas le courage. Elle laisse aller. La désillusion peut bien attendre encore un peu.
Édith rompt le silence :
– Danielle, j'ai à te confier quelque chose à propos d'Antoine. Tu auras une surprise, je t'avertis.
L'amie écarquille les yeux.
– Et je devrai garder ça pour moi seule ?
– Tu peux en faire part à Gérard. Antoine ne veut rien cacher. C'est simplement qu'il trouve difficile de parler de lui-même. De son intimité. Une pudeur toute masculine.
– Je vois...
Danielle écoute son amie d'abord avec curiosité, puis avec une immense tendresse. La confidence se prolonge de détail en détail. Les sentiments se bousculent dans la voix d'Édith et dans le cœur de Danielle.
– Je t'admire.
– Je ne cherche pas à être admirable, tu sais.
– C'est justement ce qui te rend exceptionnelle à mes yeux.
Les deux femmes se lèvent. D'un seul mouvement. Danielle tente d'ajuster l'écharpe qui retient son bras gauche et soupire d'impatience. Édith l'aide et cherche à l'apaiser :
– Tu n'en as plus que pour huit jours.
– Il est temps que je revienne à la vie normale.
– La vie n'est jamais normale, Danielle. C'est toi qui m'as dit cela. Il y a des années !
– J'en ai dit des insignifiances, hein ?

Elles reprennent leur promenade, montent l'escalier spiralé donnant accès au pont qui surplombe le canal. Elles le traversent lentement pour reprendre leur souffle. La brise s'éveille et fait papilloter des feux follets à la surface de l'eau. Danielle s'arrête pour appuyer son bras trop lourd sur le parapet de métal. Édith la rejoint en décrétant :

– Mes fils sont des hommes faits, ma fille, une femme qui fait comme elle l'entend. Maintenant j'accepte mieux la vie qu'ils ont choisi de mener. Ils n'ont plus besoin de moi. J'ai le sentiment d'une mission accomplie.

– Tu crois qu'il vient un jour où nos enfants n'ont plus besoin de nous ?

Édith ne peut s'empêcher de sourire.

– Pas de la même manière. Je pense que je peux tourner cette page-là de ma vie.

Danielle ne répond pas. Les yeux grands ouverts, elle semble s'offrir, au milieu du pont, un bain de lumière. En secret, elle plonge dans un sombre labyrinthe. Elle entend encore Claire qui vantait, il n'y a pas si longtemps, les mérites des amours à temps partiel. Cette liberté proclamée à la criée la laisse perplexe. Danielle pense à Suzanne qui a décidé de se mettre en ménage, pour la première fois, à 39 ans ! Avec Olivier. Un homme si différent d'elle. Danielle Saint-Martin se demande si elle aime vraiment ce peintre un peu narcissique qui joue la désinvolture. Est-il si parfaitement amoureux de Suzanne qu'il semble l'être ? Elle rejette les réponses qui s'agitent dans son esprit. Ses filles sont maintenant des femmes matures. À leur âge, Danielle, elle, entrait dans ce qu'elle appelle « sa seconde vie »... Le temps court. On ne réussit que rarement à se l'approprier. Jamais à le rattraper.

C'est d'une voix presque éteinte qu'elle articule enfin :

– Je me demande, Édith, le pourquoi de ce voyage ? Je voudrais que l'on me dise où mènent les sentiers qu'on défriche dans la souffrance et dans l'angoisse. Sais-tu, toi, où se cachent la foi trompée, les espérances vaines, les amours inutiles ? Après tous les méandres d'une vie, Édith, qu'est-ce qui nous reste d'autre au bout du chemin qu'une incommensurable fatigue ?

– La vie, Danielle. Encore et toujours la vie.

Elles sont entrées dans le parc. Les arbres tentent d'étendre une ombre juvénile au-dessus des massifs de tulipes tardives. Les jeunes feuilles dessinent des dentelles transparentes sur les vastes triangles carmin et safran qui jettent leur géométrie entre les allées de fin gravier. Devant la fontaine, les promeneuses se sont assises.

– Il me tarde de retrouver mon corps, souhaite Danielle en s'épongeant le front de sa main libre.

Hésitante, elle bafouille quelques phrases enchevêtrées pour s'excuser auprès de son amie de son comportement des dernières semaines. Après quelques détours, elle avoue finalement :

– Tu avais raison, Édith. Je suis une « maudite orgueilleuse ». Mais... Comment t'expliquer ?... Quand je suis tombée en avril, j'ai été envahie par le sentiment d'impuissance que j'avais connu, il y a vingt ans, en me retrouvant face à la jeune maîtresse de Gérard. Tu sais, ce bref instant où la vie bascule. À Strasbourg, ce sont mes illusions qui m'avaient abandonnée. Dans l'escalier d'Outremont, c'est mon corps qui m'a lâchée. Il refusait de suivre. Je n'étais plus qu'une masse inerte. Un faux mouvement stupide et l'équilibre s'était rompu. Je n'avais plus de prise sur ma propre vie. Je me suis sentie devenir vieille, Édith. D'un coup. Vieillir, c'est quoi sinon perdre le contrôle ? Je suis devenu dépendante, en une seconde. J'ai dû vivre cela sous le regard de tous. Le tien, celui de mes filles, celui de Gérard... Moi qui aurais tant voulu me recroqueviller, me faire oublier dans la solitude. Vous m'avez forcée à paraître au milieu de vous.

Les phrases frappent Édith de plein fouet. Elle enfouit au plus profond d'elle-même la bouffée d'angoisse qui l'empoisonne à son tour. En tapotant l'épaule de son amie, elle lui chuchote :

– Dans soixante-douze heures, tout ça ne sera plus qu'un mauvais souvenir. Tu retrouveras ton bras.

– Mon bras ? Tu veux dire mon corps, mon chez-moi, ma salle de classe. Le fil de ma vie, quoi !

9

PAUL-ANDRÉ sillonne les environs de Queenstown depuis plus d'une semaine dans l'espoir de dénicher le bijou de maison qui comblera ses désirs... contradictoires. Il se pique de subtilité et de perspicacité et reste convaincu qu'il saura détecter l'objet rare sous les descriptions alambiquées des petites annonces. Il a proposé à Gérard de l'accompagner cet après-midi pour la visite de trois propriétés dont les descriptions respectives ouvrent la porte à toutes les espérances. Celui-ci a accepté mais à condition que Danielle vienne avec eux. Cette dernière a invité Édith qui a transmis l'invitation à Antoine.

Le chef n'a pas été des plus faciles à convaincre.

– Je me dois de passer mes dimanches avec lui.

– Il ne sait plus que c'est dimanche. Vous êtes près de lui chaque jour, Antoine. Vous avez droit à quelques heures de soleil.

Fort de la promesse d'Édith de l'accompagner à la résidence de soins prolongés où Lionel vient d'être placé, Antoine a finalement suivi les autres. Paul-André qui croyait avoir percé depuis longtemps le mystère des dimanches d'Antoine est resté bouche bée en le voyant arriver. Gérard a insisté pour qu'on prenne sa propre voiture, de loin la plus spacieuse. Paul-André joue le navigateur. Antoine et les femmes ont pris place à l'arrière.

Premier arrêt au programme de l'après-midi, une « maison de ferme avec vue panoramique » à quelque trente kilomètres du centre-ville. Gérard conduit en chantonnant discrètement. Papillons sonores et fugaces, quelques notes s'échappent de ses lèvres entrouvertes. Paul-André semble nerveux, comme si son destin allait se jouer dans l'heure suivante. Antoine et Édith se parlent de sourires en regards. Danielle, la tête appuyée contre la vitre, les observe à la dérobée : elle a surpris leurs mains qui se cherchaient...

La route s'étire devant eux. Soudain, Paul-André demande à Gérard de ralentir. Il veut lire une adresse sur une boîte aux lettres.

– Ça devrait être la propriété suivante, annonce-t-il au moment où la voiture accélère à nouveau.

À cinq cents mètres de là, Gérard immobilise son véhicule. Paul-André vérifie deux fois l'adresse inscrite sur son carnet et la compare à celle écrite en blanc sur la boîte rouge vif qu'il a sous les yeux. Visiblement déçu, il grimace devant une maisonnette délabrée, mais fait signe à son ami de remonter le chemin cahoteux qui s'enfonce dans ce qui reste d'un verger livré à lui-même.

Antoine lance d'une voix tonitruante :

– Remise ou maison ?

En faisant la moue, Paul-André sort de la voiture et se rend, seul, frapper à la porte. Un vieil homme l'invite à entrer. Gérard abaisse les vitres de l'auto. Un frisson de vent rafraîchit les passagers. Entre les remarques sur le temps qu'il fait, l'été imminent et la pommiculture, ils attendent le retour de Paul-André.

Quelques minutes plus tard, ce dernier revient, furieux :

– Ça s'appelle rire du monde... Un demi-million pour ce *shack* malodorant.

– Un malentendu sans doute ! lance Gérard en caressant son collier de barbe.

– Pas du tout ! D'abord, il faut dire que le verger fait partie du marché. Mais ce qu'il vend surtout le vieux ratoureux, c'est l'espoir d'un coup d'argent pour l'acheteur.

– Je ne comprends pas, laisse échapper Édith en fronçant les sourcils.

– Regardez derrière, au fond là-bas, explique Paul-André en indiquant des champs en jachère. Vous voyez toute cette terre amoncelée ?

Chacun étire le cou pour suivre l'index pointé :

– Ben, il y a un immense trou derrière, poursuit Paul-André... Une trentaine de bungalows vont s'aligner là avant la fin de l'été.

– La banlieue vient brouter jusqu'ici, laisse tomber Antoine avec dégoût.

– Elle dévore tout, la maudite ! On a beau la fuir, elle vous rattrape.

Paul-André claque la porte, attache sa ceinture de sécurité. Gérard démarre et reprend la route vers le rêve suivant de son ami. Danielle soupire, se mordille la lèvre. Elle regrette d'avoir accepté cette balade. Elle a chaud, malgré l'air qui entre par la fenêtre. Elle soupire. À l'avant, Gérard et Paul-André discutent du meilleur itinéraire à prendre pour franchir la prochaine étape, comme s'il s'agissait d'un rallye. Les deux hommes forment équipe. À côté d'elle, Antoine et Édith, eux, forment un couple. Ils vibrent en harmonie, loin du paysage qu'ils traversent, seuls au monde. Danielle se sent la cinquième roue du carrosse...

Quelques indications plus tard, Paul-André ordonne :

– Bon, va tout droit, maintenant. Roule jusqu'à la neuvième concession.

– Avant que les promoteurs découvrent cette concession-là, tu vas pouvoir respirer en paix, ajoute Danielle pour rompre sa solitude.

Le navigateur ne bronche pas. Il semble n'avoir rien entendu. Mais Gérard, lui, a capté dans le rétroviseur le regard moqueur de son ex-conjointe. Il lui sourit.

La maison de la lointaine concession a un charme certain. Deux lucarnes animent sa façade et une longue galerie de bois blanc trace un collier délicat autour de solides assises. L'espoir revient sur le visage de Paul-André. Il sonne. Une dame dans la force de l'âge l'accueille et, d'un geste ample, fait signe aux occupants de la voiture de se joindre à eux. Les hommes et Édith entrent. Danielle préfère rester dehors.

Le terrain est vaste. Le vert des feuilles, luxuriant. La pelouse est découpée d'une large plate-bande ondulante où éclate l'indigo d'iris tout neufs. Plus loin, un massif de pivoines éclaire de sa blancheur une rangée de cèdres. Un bain d'oiseaux a fait le plein de la pluie de la veille. Au bout d'un sentier de gravier, Danielle découvre une construction blottie sous les tilleuls. Par l'une des fenêtres, elle aperçoit une longue table où des bacs et des jardinières de toutes les grosseurs attendent encore leur ration d'annuelles. L'endroit est magnifique. Si paisible...

Danielle revient vers le côté de la maison. Elle s'assoit sur le banc de pierre qui s'allonge à l'ombre d'un vieux chêne : la brise caresse son visage. Des parfums se prélassent et embaument. Pour mieux les humer, Danielle ferme les yeux. Quelques bribes de conversation lui parviennent de la maison. Le rire d'Édith dentelle la voix de contrebasse d'Antoine. Gérard apparaît, de dos, devant une fenêtre. Puis, la porte latérale s'ouvre. Paul-André reste à l'intérieur. Les autres viennent vers elle :

– Tu aurais aimé, chantonne Édith d'une voix extasiée. Un rêve !

– Il y a même un piano à queue pour notre musicien ! s'exclame Antoine.

– C'est un peu grand pour un homme seul, non ? jette le raisonnable Gérard en s'approchant de Danielle pour l'aider à se relever.

– Fatiguée ou songeuse ? s'informe-t-il.

– Impatiente. Je ne peux plus tolérer cette horreur. C'est lourd... usé et sale, répond Danielle en pointant le rebord du plâtre qui tourne au gris et le tissu qui s'effiloche. Non seulement ça m'embête depuis des semaines, mais, maintenant, ça me dégoûte !

Gérard l'entoure de son bras, affectueusement.

– Profite un peu de l'air de la campagne. Demain, c'est la libération.

Les deux couples regagnent la voiture. Un Paul-André enthousiaste les rejoint enfin et murmure en reprenant sa place à l'avant :

– Je pense que je pourrais faire baisser le prix. Elle veut vendre, la belle veuve. Sa fille habite en Colombie-Britannique et la mère ne rêve que des cerisiers japonais de Victoria.

La voiture démarre. Paul-André devient volubile :

– Vous avez vu la grandeur du salon ? L'âtre en pierres des champs ! Dans la cuisine vous avez vu l'îlot et le four encastré ? La propriétaire est prête à me laisser des meubles. Je pourrais me remettre à la poterie dans l'atelier. Je vais me débarrasser de mes vieilles affaires et lui offrir un prix global... Je calcule tout ça dès ce soir et demain...

Mais l'acheteur potentiel n'a pas le temps de terminer sa phrase. Antoine l'interrompt :

– T'as lu l'écriteau, l'Ami ?

– Non...

– Tourne à droite, à la croisée des chemins, Gérard, commande Antoine de la voix ferme et grave d'un vieux loup de mer dirigeant les opérations dans la tempête.

Le chauffeur s'exécute. La voiture se retrouve sur un chemin de terre où le dégel a creusé de larges et profondes ornières. Un kilomètre plus loin, la route se termine abruptement devant les hautes clôtures d'une carrière de pierre.

– La maudite ! hurle Paul-André. Je comprends qu'elle ne fasse visiter que le dimanche ! Le reste de la semaine, la maison doit flotter dans un nuage de poussière.

– La pluie d'hier a laissé le tout bien propre juste pour notre visite, ajoute Danielle, coquine.

Gérard donne sans le vouloir le dernier coup de massue au rêve de son ami :

– Le calme des lieux n'est que dominical.

La déception se lit à la une sur le visage de Paul-André.

– Tu as une autre propriété à visiter, Vieux ? demande Gérard.

– Ouais !

– Ce sera la bonne, s'empresse d'ajouter Antoine pour le consoler.

À une dizaine de kilomètres de là, aux limites du village de Sainte-Mélodie, ils trouvent, à l'adresse indiquée dans l'annonce, une maison mobile à laquelle ont été ajoutés deux modules plus ou moins compatibles...

– C'est *handyman's dream* ou *renovator's delight,* ça ? ironise Gérard.

Paul-André prend mal l'allusion. Brusquement, il lance, harassé :

– Ça suffit pour aujourd'hui. On rentre. Assez de temps perdu. Traverse le village : tu vas retrouver la direction de la ville juste à la sortie.

La voiture s'engage dans la rue principale. Les enseignes des boutiques attirent l'attention de Danielle. *L'écrin* annonce une bijouterie miniature. Un coin plus loin, *C'est le bouquet !* indique le fleuriste... Danielle sourit, se tourne vers Édith pour lui faire part de ce qu'elle a vu. Un cri de détresse jaillit de sa poitrine.

Doublant à toute allure une auto qui le ralentissait, un conducteur fou fonce sur eux. Gérard, les yeux écarquillés, semble hypnotisé et incapable de réagir : la collision frontale est imminente. La voix de Danielle le sort de sa torpeur. Il donne un violent coup de volant à droite et fait hurler le klaxon pour libérer sa rage. Les freins gémissent. L'auto fait une embardée. Édith se réfugie dans les bras d'Antoine. Danielle se mord la lèvre avec une telle force que le sang gicle. Paul-André émet à tue-tête une litanie blasphématoire à transformer le programme télévisuel le plus osé en un carillon !

La voiture s'est immobilisée sur une pelouse impeccable... à quinze mètres du presbytère du village. Un homme élancé, au visage ascétique et au front dégarni, a tout vu de la galerie où il lisait. Il court vers le véhicule et s'enquiert avec empathie :

– Vous n'êtes pas blessés au moins ?

– Sains et saufs, mais... secoués, répond Gérard au nom de tout le groupe.

– Il faut vous remettre un peu. Vous ne pouvez reprendre la route tout de suite. Permettez-moi de vous offrir quelque chose à boire, le temps de vous détendre un peu.

Les cinq amis descendent de voiture et se présentent. Leur hôte leur tend la main à tour de rôle en secouant la tête en guise de bonjour.

– Armand Bordeleau. Je suis le curé de la paroisse.

La petite troupe suit le prêtre vers une demeure d'allure seigneuriale et pénètre au salon.

– Je suis navré, articule timidement l'hôte. Sainte-Mélodie connaît rarement de ces écarts de conduite... automobile, précise-t-il. J'espère que vous ne garderez pas de notre village un souvenir trop pénible.

– Ce genre d'incident, on peut le vivre n'importe où, répond Gérard.

– C'est si calme ici, d'habitude, insiste le curé avant de prendre la direction de la cuisine.

La grandeur de la pièce contraste avec le dépouillement du décor.

– L'endroit a sûrement connu des jours meilleurs ! chuchote Danielle à l'oreille de Gérard qui, encore tremblant, s'est assis à côté d'elle sur une causeuse ancienne.

Elle lui indique les tentures décolorées, le tissu transparent aux accoudoirs des fauteuils et note que tout, des vitres aux tables, est d'une propreté parfaite.

L'ecclésiastique revient avec, sur un plateau, six verres dépareillés, un pichet d'eau glacée et deux contenants de jus.

– Ça manque de choix, mais c'est de bon cœur.

Chacun boit en silence pour laisser le temps les rejoindre en ce lieu imprévu. Paul-André s'humecte dédaigneusement les lèvres dans le verre d'eau qu'on vient de lui tendre, puis s'informe pour faire la conversation :

– Y a un marché, à Sainte-Mélodie, il me semble ?

– Oui. Chaque samedi.

– Fréquenté ?

– C'est l'activité de la semaine.

– Et, le reste du temps ?

– Il ne se passe pas grand-chose. Voyez-vous, le drame des petits villages comme Sainte-Mélodie, c'est d'être situés trop près de Queenstown. Pourquoi inventer quand on trouve tous les divertissements dont on peut rêver à trente minutes de chez soi ?

Édith pose son verre vide sur le plateau, se lève et marche vers la fenêtre. La rivière dessine à gauche un méandre profond qui découpe une presqu'île verdoyante. Sur la pointe, un saule agite sa chevelure tendre.

Armand Bordeleau rejoint son invitée et explique :

– En fait, ce que vous admirez, c'est le terrain du couvent.

– Je me ferais bien religieuse, moi, pour pouvoir me réfugier sous cet arbre une heure par jour !

– Vous arrivez trop tard, répond le curé avec un brin d'ironie. Les sœurs n'y viennent plus. Même l'été. Leurs rangs se sont décimés. Le couvent sera mis en vente dans quelques jours.

Se levant à son tour, Paul-André lance :

– J'aimerais bien voir ça de près, cette construction-là.

Ses amis le regardent, étonnés de la proposition.

– Simple curiosité, explique-t-il en aparté.

– J'ai la clé. Si vous êtes intéressés, je vous y amène, annonce le prêtre.

Antoine jette un œil à sa montre et avec une moue éloquente, exprime son désaccord :

– J'ai à faire, moi, Paul-André.

– C'est pas ton jour de congé, le dimanche, Chef ?

– Le chef a congé, oui. L'homme a ses obligations.

Paul-André insiste.

– Qu'est-ce qui presse tant que ça ?

Armand Bordeleau est revenu. Rayonnant, il guide les visiteurs vers le couvent. Un long escalier mène à l'entrée de l'étage, au-dessus de laquelle s'inscrit la date de construction de l'édifice : *1930*.

– Tiens, on a le même âge ! blague Paul-André en pénétrant dans le hall.

Le curé raconte que le couvent était un internat pour jeunes filles. Il accueillait une trentaine de pensionnaires auxquelles s'ajoutaient autant d'externes. Pendant quarante ans, la clientèle est restée stable. Quand, au début des années 70, les écoles publiques ont enfin offert le secondaire en français, les institutions de ce genre ont passé de mode. Le couvent a définitivement fermé ses portes lorsque s'est ouverte une école moderne, au village même.

– L'édifice a servi ensuite de lieu de retraite pour les religieuses qui l'ont finalement converti en résidence pour leurs membres âgés. Des transformations ont été faites pour répondre à chaque nouvelle vocation.

Une large entrée éclairée accueille le groupe à l'étage principal. Les amis suivent leur guide qui explique :

– À droite, l'ancien parloir est devenu salon et salle de télévision ; une classe a été divisée en cuisine et en salle à manger... Enfin, vous voyez. En haut, ce sont des chambres, et sous les combles aussi. On a adapté selon les besoins, quoi !

Édith s'est aventurée vers la gauche et a découvert la chapelle. Elle admire la luminosité des vitraux qui filtrent le jour et le rejettent en flaques colorées sur le plancher de bois franc.

– Des morceaux de lumière. On pourrait en faire des bouquets, confie-t-elle à Antoine qui ne la quitte pas.

Ce dernier sourit avec une infinie tendresse. Devant les hautes fenêtres de la salle à manger, elle goûte une fois encore la vue sur la rivière et sur les érables qui séparent à demi la cour du couvent de celle du presbytère. Antoine s'approche derrière elle et, les mains ancrées aux épaules de son amie, il la retient un court instant contre lui.

– J'ai l'impression d'être arrivée à bon port, lui confie-t-elle.

– Moi, de vous y rejoindre, ma mie...

Dans le couloir, Paul-André interroge encore et encore le guide qui semble se prêter de bonne grâce à son nouveau rôle. Gérard n'écoute plus ni les questions ni les réponses. Il circule d'une pièce à l'autre pour se pénétrer de la paix qui règne entre les murs.

– Vous voulez voir les chambres ?

– Certainement, s'empresse de répondre Paul-André en empruntant aussitôt l'escalier.

Antoine et Édith le suivent. Au bas des marches Danielle hésite. À Gérard, elle murmure :

– Ça sent le couvent de mon enfance !

Gérard se frotte vigoureusement la barbe pour cacher un large sourire que Danielle surprend.

– Pourquoi ris-tu ?

– Nous, nous disions que ça sentait les bonnes sœurs.

Lentement, le couple rejoint les autres à l'étage. Les anciennes salles de classe, divisées chacune par une cloison, ont donné naissance à douze chambrettes.

– Et le sous-sol ?

La question de Paul-André fait soupirer discrètement ses compagnons. Armand Bordeleau, poursuit ses explications :

– On y trouvait autrefois les cuisines, le réfectoire et la salle de récréation. On y entasse maintenant tables, chaises et vieux meubles... Vous voulez y jeter un œil ?

– Non. Je dois vraiment rentrer à Queenstown, interrompt Antoine, mordant chaque mot avec une exaspération grandissante.

Pendant qu'Antoine et Gérard remercient le curé Bordeleau de son accueil, les deux femmes sortent par la porte arrière et se rendent jusqu'à la pointe, sous le saule.

L'eau frappe un muret de pierre. Danielle ferme un instant les yeux pour mieux écouter le clapotis de l'eau. Édith ouvre les siens bien grand :

– Je vivrais ici, moi.

– Tu nous verrais en bonnes sœurs ? Antoine te manquerait bien vite...

Édith fixe son amie et, troublée, s'enquiert :

– Tu crois que je fais une erreur ?

– Non. Plus maintenant.

Gérard, un peu nerveux, a repris le volant et déplacé le véhicule jusque devant l'entrée du couvent. Antoine et les femmes ont pris place dans la voiture. Ils attendent Paul-André qui paraît, enfin, avec le curé. Les deux hommes échangent des bouts de papier et une solide poignée de main. Leur entente semble avoir été instantanée.

Armand Bordeleau se penche à la portière et leur souhaite un retour sans embûche :

– J'espère vous revoir. Tous.

– Je m'en charge ! promet Paul-André, avec la détermination d'un chef d'entreprise.

Sur la route qui les ramène à la ville, Antoine rompt son silence boudeur pour interroger le musicien d'une voix ferme :

– C'est quoi, cette promesse de nous ramener ici ?

– C'est qu'une idée me trotte dans la tête.

– Tu peux nous en faire part ? J'ai la vague intuition qu'elle nous concerne tous !

– Nous sommes de bons amis. On se plaît bien ensemble. Aucun de nous ne rajeunit. Nous sommes tous plus ou moins en instance de retraite...

– Ravi de te l'entendre dire, coupe Gérard.

Édith précise, amusée :

– En fait, Paul-André, je suis la seule retraitée.

– Mais les autres, on y pense tous, non ?

– Pour y penser, tu y penses... depuis six ans, lance Gérard en prenant la grand-route.

– Pis ? Au lieu d'attendre chacun chez soi la solitude, la maladie, la vieillesse, pourquoi on ne devancerait pas les événements ?

– Ça veut dire quoi, ce charabia ? s'impatiente Antoine.

– Pourquoi on ne se créerait pas notre propre maison de vieux ? Pourquoi on n'achèterait pas le couvent ?

10

DANIELLE se sent étrangère dans son propre logis. Elle a fait la brave et joué la femme parfaitement autonome durant l'heure que Gérard a passée chez elle à leur retour de l'hôpital, jusqu'à ce que, rassuré, il reparte vers Queenstown.

La voici seule.

Elle visite chaque pièce. Pour se réapproprier son espace, reprendre contact avec sa propre vie. Pour se retrouver elle-même. Elle a défait ses valises en prenant tout son temps. Ce bras gauche ankylosé, trop blanc, cadavérique comme le plâtre qui l'enveloppait, n'a pas été pleinement rapatrié : il n'est pas encore redevenu tout à fait le sien. Il lui faut l'apprivoiser par de patientes lenteurs. Elle a téléphoné à Suzanne pour la remercier d'avoir arrosé ses plantes et rentré fidèlement le courrier durant son séjour à Queenstown, et laissé, une fois encore, des provisions dans le frigo. La mère et la fille se verront le lendemain, au petit-déjeuner. Danielle a aussi communiqué avec l'école : la directrice n'a pas tari d'éloges sur la suppléante qui a pris sa classe !

Danielle se sent... oubliée... dépassée.

Songeuse, elle se prépare un bain chaud. Très chaud. Sous le jet, elle fait mousser abondamment le savon avant de laisser glisser son corps maladroit dans ce cocon ouaté. L'eau la recouvre. Les bulles l'enveloppent d'un nuage vaporeux. La tête appuyée sur un coussin de ratine, elle ferme les yeux et respire profondément. Elle déguste ce moment de paix. Quelle volupté de pouvoir laisser flotter ses membres et de permettre à son corps de se relaxer dans le liquide parfumé ! Quel délice que ce bain prolongé après des semaines de douches rapides ! Quel sentiment de plénitude euphorique !

Danielle renoue enfin avec la vie qui lui a échappé un après-midi d'avril... Elle s'agrippe au fil du temps qui tournoie dans sa tête. Pourquoi cette parenthèse dans sa vie ? Pourquoi cette pause forcée ? Pourquoi cette déchirure soudaine ? Cette déconcertante humiliation ? Qui a osé lui ravir six semaines de son existence ?

Avec des précautions infinies, elle sort de la baignoire, s'enroule dans un épais drap de bain et retrouve ses vieilles mules. Malgré un léger étourdissement, elle sent le besoin de bouger, de s'agiter même pour ne pas perdre le rythme retrouvé. Elle jette des vêtements dans la laveuse, ajoute le détergent et met l'appareil en marche. Dans la cuisine, elle passe l'éponge sur le comptoir, fait briller l'acier inoxydable de l'évier, replace les chaises et se prépare un café fort. Très fort.

Elle confie à sa main gauche retrouvée la tasse presque brûlante et, de la droite, oriente les lamelles du vénitien de façon à atténuer la lumière dans le solarium. Elle rectifie l'angle d'un coussin, déplace un bibelot, range un livre... Des gestes inutiles qui la rassurent. Elle reprend possession de son corps et de sa maison.

À côté du fauteuil en rotin, le courrier des trois dernières semaines l'attend. Sur le haut de la pile, un mot de bienvenue griffonné par Suzanne. Suivent un avis de paiement de la commission scolaire que l'institutrice accueille avec un sourire de satisfaction ; puis, les comptes des cartes de crédit, du téléphone, de l'électricité qui la font grimacer. Une lettre de sa banque lui offrant un prêt pour d'éventuelles dépenses lui fait hausser les épaules. Une immense carte de prompt rétablissement et les messages individuels de ses élèves la ravissent jusqu'à l'attendrissement : ces enfants ne l'ont pas oubliée tout à fait. Tout en dessous, elle trouve un paquet rectangulaire en provenance de Hampton. Danielle reconnaît immédiatement l'adresse de retour.

C'est celle d'Alex McNeil.

Les doigts de Danielle libèrent l'emballage du ruban gommé qui l'entoure. Des bribes de moments vécus avec Alex s'imposent à sa mémoire et la réconfortent. Tout est simple entre eux. D'une complète transparence ! Depuis vingt ans. Leurs rencontres sont celles d'amants qui ne se sont jamais vraiment quittés, mais qui n'ont que rarement l'occasion de se voir. Ce sont les rendez-vous de deux amis dont la passion mutuelle se rallume aussitôt qu'ils se touchent du regard. Si la mémoire des corps s'estompe durant l'absence ce n'est que pour mieux faire jaillir ses étincelles au premier contact. Alors, le désir qu'ils ont l'un de l'autre les possède à nouveau, les enflamme, les subjugue. Leurs trajectoires se sont éloignées durant plusieurs années, mais elles se sont croisées de nouveau, voilà six ans. Depuis, ils se sont sans cesse inventé des carrefours.

Alex, c'est le jardin secret de Danielle. Claire et Suzanne ignorent tout de cette relation. Édith a su le nom des amours de son amie au temps de Hampton, mais Danielle ne l'a mise que récemment au courant de leurs rencontres des dernières années. Elle ne voulait pas cacher à son amie le retour d'Alex dans sa vie. Pas vraiment. Mais Danielle est toujours fort avare de confidences quand il s'agit de ses histoires de cœur... Et tant de choses occupaient Édith, alors. Robert s'enfonçait vers la mort, soutenu par une Édith elle-même vacillante. Ce n'était pas le moment de crier son propre bonheur. Elle s'était tue, un peu par pudeur, beaucoup par simple décence.

De l'emballage, Danielle retire une boîte où reposent deux rectangles de carton gaufré. Entre eux, une enveloppe blanche, cachetée, et une photo prise par Alex, deux ans plus tôt, dans le solarium d'Outremont. Ce jour-là, Alex avait surgi à la porte du condo, en route pour Banyuls-sur-Mer. Il s'y rendait cette année-là encore, comme tous les deux ans. Il en était déjà ainsi du temps où Danielle enseignait à Hampton. La photo, il l'avait prise pendant qu'elle feuilletait, le regard ébloui, le livre qu'il venait de lui offrir sur le Languedoc.

Alex McNeil est un homme de science dont toute l'énergie se porte sur la connaissance des céphalopodes. Il ne s'absente de son laboratoire de recherches sur les calmars à Hampton que pour étudier les pieuvres avec une équipe du Centre national de recherches scientifiques dans le sud de la France. Danielle l'avait accompagné un été là-bas. Ils avaient loué une petite maison à la sortie de Collioure, et Danielle avait filé le parfait bonheur entre la Méditerranée et les Albères. Tous deux se levaient tôt. Elle préparait le café pendant qu'il allait chez la boulangère cueillir les croissants à la sortie du four. Durant le jour, Danielle lisait, se rendait au marché où elle s'émerveillait de la couleur des poivrons, de l'odeur des melons, marchait dans la vieille ville et se gavait d'abricots fondants. Elle visitait, en flânant, le château ou le musée... Elle retrouvait Alex à l'heure de l'apéro. Ensemble, ils flânaient à la terrasse d'un café de la vieille ville et, dans la soirée, admiraient les jets enflammés qui ricochaient sur le dôme à l'heure où le soleil plongeait derrière les hautes collines.

Le paquet prend soudain une allure de rupture. Au fond de la boîte, éparses, Danielle reconnaît des cartes de vœux envoyées au cours des ans. Ses mains s'agitent nerveusement. Elle s'empare de l'enveloppe, la déchire vivement et déplie les feuillets. Un frisson glacial la parcourt de part en part : ce n'est pas l'écriture d'Alex.

Maladroitement, Danielle cherche la dernière page. Ses yeux glissent vers la signature : la lettre est de Frank. L'ancien élève de Danielle est devenu un homme de 29 ans qui, après les circonvolutions d'usage, lui annonce ce qu'elle a déjà compris. Alex est mort ! Foudroyé par un accident vasculaire cérébral.

Je le priais de prendre sa retraite, de vendre la maison familiale, de venir s'établir près de moi à Bruxelles, ou dans le midi de la France où il avait tant d'amis. Il m'assurait qu'il y pensait sérieusement. Il répétait de ne pas m'en faire pour lui, qu'il ne connaissait pas le stress, qu'il était bâti pour vivre jusqu'à 100 ans. Il se mentait à lui-même, je le sais maintenant. Sa réflexion n'aura pas eu le temps de porter des fruits. Il a été re-

trouvé par le gardien de nuit, dans son labo, voilà six semaines... Il était mort en fin d'après-midi. La veille, il avait reçu l'annonce officielle de la fermeture de son centre de recherches. Mon père, vous le savez, n'était pas l'homme des demi-mesures. Sa passion l'aura fait vivre. Mais elle aura eu aussi raison de lui.

D'une écriture mal assurée, Frank ajoute, en post-scriptum :

J'espère que vous savez l'importance que vous aviez dans sa vie depuis vingt ans.

Le temps s'arrête.

Le corps de Danielle devient rigide, le sang se glace dans ses veines. Photo, cartes, boîte et papier d'emballage coulent de ses genoux et plongent vers le sol. Entre ses doigts, la lettre s'est froissée. Danielle ne pleure pas. Elle s'anéantit dans ses pensées.

Alex est mort.

Son corps à peine retrouvé, Danielle vient de perdre à jamais un rameau de son âme.

Le plus beau, le plus vigoureux...

*

Alex...

Je ne t'ai jamais écrit. Pas vraiment. J'ai parfois signé des cartes d'anniversaire ou griffonné des notes à la hâte. Mais t'écrire une longue lettre où les phrases glisseraient sur mes états d'âme... je n'ai jamais osé.

Jamais du temps de Hampton. C'était bien inutile puisque nous nous voyions fréquemment, et dangereux puisque nous ne voulions par mettre Frank au courant de notre relation intime. Nous avions convenu d'être « officiellement » de bons amis. Sans plus. Puis, j'ai quitté ta vie en rentrant à Montréal. Tu as disparu de la mienne. Le silence était normal.

Quand nous nous sommes revus, nous avons misé davantage sur les rencontres impromptues et brèves que sur les longs épanchements. Peut-être avons-nous eu tort l'un envers l'autre. Amis, nous nous serions mieux compris sans doute. Les amis, eux, ont le temps. Le temps de se regarder, de se deviner. Amants, nous nous sommes laissé accaparer par la passion, dédaignant le temps que prennent les tendres confidences.

Ta lettre d'avril révélait une amertume qui m'a troublée car elle a toujours été, chez toi, signe d'une grande souffrance. J'ai voulu te parler. Immédiatement. Mais la vie qui se fait parfois cruelle ne l'a pas permis. Je t'écris ce soir parce que le cri de ma révolte brûle ma gorge et m'étouffe de trop de regrets.

Quelques années encore et nous aurions été libres de notre temps. Libres de porter nos pas ici ou ailleurs. Ensemble. Qui sait ?

Tu es parti, Alex. Je n'arrive pas encore à le croire. Je relis la lettre de Frank et les mots me semblent de plus en plus improbables, irréels.

Je veux te garder vivant. Je veux te confier les petits riens de mon existence, les détails domestiques, les décisions quotidiennes. Te décrire mes heures de détente et d'affolement, les temps mornes, les jours éclatants et ces cauchemars qui veillent en grugeant ce qui me reste de vie, termites besogneuses dans la poutre de mon âge.

C'est bête. Irrationnel. Mais si réconfortant...

11

— J'AI vendu ma maison. J'ai deux mois pour déguerpir. Le couvent me plaît. Je l'achète... ou pas ? Je dois répondre à cette question d'ici la fin de juillet. Et, pour ça, j'ai besoin de savoir si vous me suivez, ou non !

Paul-André a lancé ce ballon, voilà trois jours, à ceux et celles qui l'accompagnaient l'autre dimanche à Sainte-Mélodie. Il attend leur réponse. Anxieusement.

Lui qui n'aime guère prendre de décision à la hâte, lui qui savoure chaque instant quand d'autres s'agitent au bout de l'hameçon qu'il leur tend, s'est placé, cette fois, à la merci de ses amis. Une position nouvelle pour lui, et qu'il ne prise guère. Pour Paul-André, l'attente devient presque insupportable. Il se reproche cette impulsion. Alors, pour mettre son angoisse en bride, il cherche à prévoir leurs réponses.

Le jour s'incline sur l'horizon comme une fleur fanée au bout d'une tige trop flexible. Dans la pièce vitrée où il passe une grande partie de ses journées, il s'est versé un mauvais vin qu'il boit par petites gorgées, sans plaisir, en regardant s'élever les maisons qui déjà lui bloquent à moitié la vue.

« Ils ne pourront pas résister à mon offre », articule-t-il dans le silence de sa maison, quand la possibilité d'une réponse négative effleure son imagination. Un sourire de satisfaction anime son visage bourru, à moitié camouflé sous les poils poivre et sel. Il fait glisser la main gauche dans ses cheveux qui flottent sur ses épaules. Paul-André n'aime pas garder le cou découvert. Il l'a fait quelque temps pour se croire un autre homme, mais un malaise l'habitait constamment. La méfiance. Une sensation qui persistait des jeux enfantins d'autrefois quand le matamore de sixième année se vantait de pouvoir hypnotiser qui il voulait en fixant sa nuque dénudée. Depuis, Paul-André protège ses arrières, comme il cherche à contrôler les situations qui le touchent directement. Sa dernière coupe de cheveux date de trois ans.

« Je vais créer ma propre maison de vieux. Dessinée sur mesure. J'invite qui je veux à partager mon domaine. »

Paul-André éclate d'un large sourire satisfait. Il finit la bouteille entamée en début de soirée et plaque son verre vide sur la table encombrée de journaux, de mots croisés inachevés, de magazines défraîchis et des restes d'un repas.

« Aussi bien vieillir avec du monde que je choisis que de me voir pris, d'ici quelques années, avec des retraités grincheux qui bavent dans la soupe et d'anciennes coquettes qui se piquent encore de séduction. »

Des images s'allument et se bousculent dans sa tête : épaules courbées, mains tremblantes, œillades ridées, parfums sucrés. Paul-André grimace. Ces visages et ces odeurs lui renvoient brusquement ses propres rides, ses cheveux épars, ses muscles endoloris, ses maux de dos.

Il se console avec ironie :

« Dans le genre femme, Édith et Danielle ne sont quand même pas si mal ! Ni charmeuses. Ni dépendantes. Plutôt intelligentes. Endurables, quoi ! C'est vrai que c'est plus fort qu'elles, elles finissent toujours par parler de leurs enfants... Édith roucoule même sur ses petits-enfants, maintenant ! »

Aussitôt, il ajoute :

« Faut dire que pour parler de ses filles, Gérard est pire que son ex ! »

Machinalement, il ouvre une nouvelle bouteille, se verse à boire et trempe les lèvres dans le verre marqué d'empreintes grasses :

« Bah ! Ça reste quand même dans les limites du tolérable ! »

L'homme se lève. Il traîne ses jambes fatiguées jusqu'aux fenêtres et, d'un geste sec, presque violent, ferme les tentures. Il pousse le bouton de la radio. Un air de jazz emplit la pièce.

« Je me demande si le Chef va suivre. Pas facile à deviner, le Chef ! Aussi habile à se défiler dans la vie qu'aux échecs... » Le bistrot où les deux hommes venaient de terminer une rare partie s'était soudain rempli du rire tonitruant d'Antoine, en réponse à l'offre de Paul-André de devenir locataire du couvent. Ces sons énigmatiques résonnent encore aux oreilles de Paul-André, ce soir. « Il cherche à gagner du temps... Quand on a une vie clandestine, on cherche toujours à ménager ses arrières ! »

Paul-André s'installe dans un fauteuil et, dans la pénombre où vibre un solo de clarinette, il reprend le cours de ses réflexions. Il se remémore l'emplacement du couvent de Sainte-Mélodie : « La rivière en arrière. Un grand terrain en avant. De l'espace d'un côté comme de l'autre. Pratiquement pas de voisins. Enfin, pas de maisons collées comme sur le damier des banlieues. Assez loin en tout cas pour ne pas entendre les CD des ados et le ronron des piscines ! »

La tête appuyée sur le haut dossier de son siège, il poursuit son scénario, déversant en vrac ses inquiétudes pour mieux les apprivoiser : « Je connais Gérard. Il va avoir des réticences. Pas très aventureux, l'Intello. Tout va dépendre de la réponse de son ex. Pas facile, l'ex ! Pas de celles qui ont l'air de s'adoucir en vieillissant... Ouais... »

La mine de Paul-André s'est assombrie en pensant à Danielle. Il cherche à comprendre ses réactions. Il la sent méfiante à son égard. Et, en même temps, fascinée par son personnage. Il chasse rapidement ses interrogations et s'empresse de trouver les multiples avantages de la vie au couvent. « De la place, il y en a. En haut, en enlevant les cloisons, chacun peut se faire un genre de loft. À l'étage principal, on arrange des pièces communes. Ils pourront pas résister à l'espace. Sans compter le grand terrain. Les immenses pièces bien éclairées. La paix ! On peut rester là des années. »

Il sursaute quand succède au timbre sensuel de la clarinette, le son strident d'une trompette. Une évidence s'impose : « Faudrait bien que je vende l'école de musique pour investir dans cette affaire-là... » Cette seule idée le fait frissonner. Dans le secret de sa solitude, il cherche à se raisonner. « Ça fait six ans que Jean-Marie macère dans son jus ; c'est assez long pour que j'aie pas l'air de lui faire de cadeau. »

Paul-André ne peut s'empêcher de constater avec la fierté d'un père envers le fils qui s'apprête à lui succéder : « Pour être compétent, il l'est, le jeune. »

Il s'aventure avec dépit au bout de sa pensée : « Il l'est... peut-être plus que moi. »

La phrase s'achève sur une grimace. Les derniers mots ont heurté le vieil orgueilleux. La peur de lâcher prise saisit Paul-André qui tente aussitôt de se ménager une solution : « Je pourrais toujours aller faire mon tour. Voir comment il se débrouille, le jeune. Me garder un droit de regard. Pour passer le temps. »

Une moue sarcastique l'anime. Puis il passe lentement la langue sur ses lèvres. Satisfait. En vidant son verre, il imagine d'autres projets de retraite : « Je me monte un atelier au sous-sol et je me remets à la poterie. À moins que je m'installe une chambre noire et reprenne la photographie ? Ou les deux. Après tout, je serai chez moi ! »

Paul-André projette, planifie, transporte, développe. Dans sa tête, des cloisons s'abattent, des plans d'armoire et d'étagères se dessinent. En filigrane de sa rêverie, ses instruments, ses appareils, ses meubles se fondent dans le décor inventé. Les images deviennent de plus en plus vagues, les dimensions de l'édifice s'estompent, les murs du couvent de Sainte-Mélodie s'entrouvent comme les pétales d'un nénuphar sur l'étang du songe. Le chaos s'installe dans son esprit.

Dodelinant de la tête, Paul-André marmonne :

« Faut que je retourne... là-bas... mesurer... »

Aux premières mesures de *Summertime,* il sombre dans le lourd sommeil où l'entraîne l'alcool.

12

APRÈS le travail, Claire a rejoint son père au *George-Sand*. Celui-ci veut prendre son avis sur l'offre de Paul-André. Le père et la fille ne se voient pas très souvent. Au ministère, les journées de Claire débordent souvent sur la soirée, et ses week-ends ne semblent laisser que peu de place à la famille. Toujours des amis à visiter... des invités à recevoir, semble-t-il... Claire mène une vie parallèle à celle de son père, mais elle sait répondre « présente » quand on l'appelle à la rescousse.

Gérard apprécie le jugement analytique de l'avocate. Sa façon de tout examiner à la loupe. Un paragraphe. Un terme. Une situation. Aussi scientifique que sa sœur Suzanne. Adepte comme elle, et lui-même, de la précision. Version juridique !

Élégante et détendue, Claire arrive en souriant, le visage à demi caché sous un chapeau de paille naturelle. Un sac assorti se balance sur sa hanche. Gérard la voit venir vers lui avec ravissement : sa fille est belle. Plus que belle. Elle est heureuse. Son regard brille sous la frange épaisse de ses cheveux bruns. Gérard l'accueille chaleureusement :

– On ne s'est pas vus depuis des lustres !

– J'ai préféré m'éloigner un peu durant le séjour de maman.

Claire avoue à Gérard que l'attitude hargneuse de Danielle lui mettait les nerfs en boule et la rendait elle-même agressive. Craignant que son tempéramment vif et sa fatigue n'enveniment leurs relations, elle avait prétexté un excédent de travail pour prendre ses distances.

– Ta mère n'a jamais apprécié la dépendance, alors...

– Elle n'est pas facile à saisir, maman. Je me rends compte que je ne la connais pas. Enfin, pas autant que je pensais.

Claire poursuit en expliquant à Gérard qu'au cours des dernières semaines, une évidence lui a sauté au visage : ce n'est pas parce qu'on fait partie de la même famille qu'on se connaît.

– Tu sais très bien qui est ta mère. C'est la femme en elle que tu n'as pas encore vraiment découvert.

Claire baisse la tête, pensive. Elle déplie sa serviette, joue avec les ustensiles. Frondeuse, elle interroge son père du regard avant d'articuler sur un ton qui est en soi une réponse :

– Et tu la connais, la femme, toi ?

– Je commence tout juste à la deviner.

Le serveur arrive, leur tend à chacun un menu, suggère un apéro. Gérard commande une bière en fût. Claire, un kir.

– Maman est désarmante. Elle semble toujours si calme. Elle projette l'image limpide de quelqu'un qui garde le plein contrôle de sa vie, puis tout à coup, elle paraît une autre...

Gérard l'interrompt :

– Ses filles lui ressemblent un peu, non ?

– Je suis comme ça, moi ?

Claire esquisse un sourire moqueur et s'empresse de changer de sujet.

– Qu'est-ce que je peux faire pour toi ?

Lentement, en fournissant une foule de détails, Gérard raconte la visite du couvent de Sainte-Mélodie et explique l'offre de Paul-André avant de conclure :

– Je tourne et retourne tout ça dans ma tête depuis des jours. Qu'en penses-tu ?

– C'est avec maman que tu devrais en discuter.

– Au contraire. Je veux prendre ma décision sans elle. Lui laisser prendre la sienne sans mon intervention.

– Pourquoi tu compliques toujours tout, Papa ?

– J'ai trop insisté pour qu'elle vienne vivre à Queenstown, tu comprends ? Elle pourrait croire à une nouvelle tentative, à peine plus subtile et... se rebiffer.

Les verres arrivent. Les deux convives interrompent leur conversation le temps d'un toast à leur bonheur respectif. Claire boit silencieusement : elle réfléchit. Pendant quelques secondes, on n'entend que le jaillissement de la fontaine, comme si les bruits de la rue s'étaient engloutis sous une cloche à vide.

Puis, autour du père et de la fille, l'animation reprend. Claire constate :

– Tu vis seul depuis vingt ans, Papa. D'un coup, tu vivras à plusieurs. Avec des gens que tu connais bien, mais sans les connaître dans leur intimité. La vie à cinq, ça peut devenir délicat. Déjà que la vie à deux...

– Il ne faudrait pas juger la vie à deux sur ta courte expérience d'il y a dix ans.

Claire se rembrunit et, après une hésitation qui s'allonge, reprend, catégorique :

– L'amitié et la vie commune, ça se joue sur deux registres bien différents.

– Je refuse ?

– Je n'ai pas dit cela.

Le garçon s'approche à nouveau, calepin en main. Il les salue d'un hochement de tête et enchaîne sur une description détaillée des trois mets du jour, avant de s'arrêter abruptement comme une cassette au bout de son ruban. Pendant que Claire commande une salade niçoise, Gérard jette un dernier coup d'œil au menu, le referme et opte pour une darne de truite saumonnée et une bouteille de muscadet.

La brise caresse les mèches de cheveux qui s'échappent du chapeau de Claire ; le sérieux de sa réflexion fascine Gérard. Il comprend avec fierté pourquoi sa fille est tant prisée dans son milieu professionnel.

Le garçon revient avec la bouteille, s'affaire et repart. Claire ne semble rien voir, rien entendre de ce qui se passe autour d'elle. Elle se prononce enfin :

– Propose à Paul-André un bail d'une année. Renouvelable. Tu pourras prendre le temps de voir si tu peux t'adapter à cette cohabitation.

Le ton est ferme. Presque autoritaire.

– Mon condo ?

– Sous-loue.

– J'aurais aimé m'en débarrasser.

– Et si Sainte-Mélodie ne fonctionne pas ?

– J'achèterai autre chose. Il faut bien faire vivre les agents immobiliers. Mon histoire les changera de leur lot habituel : mutations professionnelles et divorces.

– Note que ma suggestion te permet l'indépendance d'esprit et de revenu, donc un certain pouvoir de négociation face à ton propriétaire qui saura que tu peux te désister à deux mois d'avis.

Gérard répond par une moue discrète qui n'échappe pas à son interlocutrice. Le repas est servi. Le père et la fille mangent en silence. Des passants déambulent sur la place. Des touristes s'agitent pour prendre une photo souvenir. Une femme s'est assise bien droite sur un des bancs qui font face à la fontaine. La lumière s'allonge, se courbe imperceptiblement.

Poussant finalement son assiette vers la gauche, Gérard avoue à regret :

– La vraie question n'est pas celle-là.

Claire, surprise, lève les yeux vers son père et s'enquiert aussitôt :

– Quelle est donc la vraie question ?

– Suis-je prêt à la retraite ?

Claire avale lentement pendant que Gérard continue :

– Je suis enfin heureux dans ma vie professionnelle. J'ai établi mon train-train à Queenstown. Au travail et dans mes loisirs.

– Tu ne t'installes pas dans le Pacifique Sud, Papa. Sainte-Mélodie est à trente kilomètres.

Claire place ses ustensiles en travers de l'assiette sur des restes de laitue. Gérard boit une gorgée de vin et pose son verre :

– Je suis retourné deux fois à Sainte-Mélodie depuis ma première visite. Les pièces sont beaucoup plus grandes que mes souvenirs me le laissaient croire. Je pourrais facilement me créer un appartement confortable dans une des anciennes salles de classe. La cloison éliminée, j'ai assez d'espace pour un bureau et une chambre à coucher...

– Les rives d'une rivière ne te font pas peur, toi, un être d'asphalte et de béton ?

– J'ai appris à apprécier la nature depuis mon arrivée à Queenstown.

– L'esprit de village, ça ne te répugne pas ?

– Un village aux limites d'une ville est plus ouvert qu'une bourgade isolée.

– Tes promenades à vélo ?

– Les routes de campagne sont nombreuses. Je pourrais facilement me tracer des itinéraires intéressants pour mes randonnées. Qu'est-ce qui te fait rire ?

– Tu sembles t'être parfaitement fait à l'idée de t'installer là-bas.

– Peut-être...

Après le repas, ils flânent sur la place de la Fontaine. La lumière oblique du soir flotte avec la grâce d'un mouchoir de soie que la brise soupèse.

Claire a garé sa voiture à quelques rues de là. Gérard l'accompagne. Avant de démarrer, elle résume leur conversation :

– Une étape à la fois, Papa.

Gérard poursuit, seul, sa promenade. Il quitte les rues du marché. D'un bon pas, il s'éloigne de la faune des noctambules qui commence à y affluer. Les lampadaires ponctuent de feux ambrés les rives du canal. L'air est doux. Suave. On croirait une présence.

Gérard repense aux moment vécus avec Danielle dans la dernière semaine de son séjour à Queenstown. Ils ont connu ensemble de ces soirées tendres. Un soir, en revenant du cinéma, elle lui avait pris le bras. Naturellement... Comme si cela allait de soi. Il en avait eu chaud à l'âme. Gérard sait maintenant qu'il peut fort bien vivre sans Danielle. Il ne l'appelle plus au secours.

Non. Mais ce soir, resté seul, il déguste le souvenir de leurs sorties, de ces heures gratuites où, tous deux, ils écoutaient de la musique en lisant, assis chacun d'un côté de la lampe. Il se souvient avec ravissement de leurs conversations, mélodie qui chante en sourdine dans son oreille. Il aime cette ironie que Danielle sème sur leurs échanges. Et il ne craint plus autant qu'autrefois ses sarcasmes. Il cherche simplement à les éviter. Surtout, à ne plus les mériter !

Le promeneur retrouve la place Saint-Vincent. L'écho du bruit régulier de ses pas sur le pavé le rassure. Il sourit, la mémoire allumée, brillante comme un flambeau.

En montant chez lui, il revit sa fébrilité d'autrefois, énergie électrisante qui le gagnait tout entier quand l'épicier pour lequel il travaillait le samedi lui donnait une commande à livrer boulevard Pie-IX ; sa joie, quand il reconnaissait l'adresse du notaire Saint-Martin ; sa timidité quand Danielle, adolescente, surgissait dans la cuisine et lui lançait un regard vibrant qui faisait mentir le distant « bonjour » qu'elle balbutiait ; leur première sortie au cinéma et cet effleurement maladroit des lèvres qui leur servit de baiser ; sa gaucherie nerveuse, à l'église, au moment de lui enfiler l'alliance au doigt ; la naissance des filles, les vacances familiales au tournant des années soixante sur cette plage du Massachusetts qu'ils affectionnaient entre toutes. Quelques maisonnettes éparses, quelques jeunes couples, et des enfants qui couraient dans les vagues festonnées de goélands...

13

CET après-midi encore, en quittant les cuisines du *George-Sand,* Antoine se rend à l'étage, prend une douche en vitesse, revêt des vêtements propres, et d'un pas alerte, marche vers l'appartement d'Édith. Le couple a maintenant son rituel, ses habitudes faites de petites et généreuses attentions de l'un envers l'autre.

Antoine ne demeure plus dans l'embrasure de la porte, géant timide et bouleversant ; il passe directement dans la dînette où Édith lui sert de quoi tenir jusqu'à la fermeture des cuisines du restaurant le soir. Puis ils sirotent un café.

Antoine et Édith se rendent ensuite à l'établissement de soins prolongés où se trouve Lionel. Leurs pas les mènent le long des couloirs aseptisés de l'étage, jusqu'à la chambre où il repose. De plus en plus faible. De moins en moins conscient. Le corps tacheté de plaques rouges et d'ecchymoses...

Antoine et Édith veillent, de chaque côté du lit, au chevet d'un Lionel qui ne parle plus... ou si peu. Il marmonne parfois quelques mots, rares fleurs jaillies entre les interstices des pavés du silence. Mots incongrus jetés à la face de la vie. Les traits chiffonnés, le crâne chauve, le malade se recroqueville, en position fœtale. De son corps robuste, rien ne subsiste.

Antoine et Édith demeurent ensemble au début, puis, tour à tour, ils prennent le quart. Quand elle se retrouve seule avec le mourant, Édith lui caresse maternellement les épaules, les bras et chuchote quelques paroles douces en réchauffant la main déjà glacée qui glisse sur le drap blanc. Parfois, du fond de sa somnolence, Lionel esquisse un faible sourire. Puis, Antoine prend la relève...

Édith a garé sa voiture devant le bistrot. Le chef la regarde avec affection et tendresse. C'est en cette femme frêle que le colosse puise sa force.

– Il souriait aux anges pendant que je lui parlais.

– C'est que vous êtes un ange, Édith.

– Vous dites n'importe quoi.

Le chef serre affectueusement la main de sa compagne, repoussant le moment de rentrer au *George-Sand* pour le coup de feu du soir :

– Je n'aurais pas pu continuer, tous les jours, durant tant de semaines, sans votre constant soutien. Ma Mie, vous êtes mon ange !

Édith éclate de rire devant ce décret renouvelé.

– Que peut bien vouloir dire ce mot-là pour un mécréant comme vous ?

– Ça s'appelle la compassion, je crois.

– Je n'aspire qu'à faire ma petite part, qu'à participer à ce mystère qu'on appelle la vie.

Leurs regards coulent l'un dans l'autre. Un atome d'éternité. Mais le cours du temps les entraîne déjà.

*

Antoine se sent terriblement las. Les derniers clients se sont présentés nombreux, et tard. Toute l'équipe a travaillé dur. Son assistant a quitté le *George-Sand* plus tôt que d'habitude, complètement épuisé. Le barman, les deux serveuses et le garçon viennent d'en faire autant. Le chef referme la porte, les salue de la main, puis éteint.

Dans le bistrot désert, il reste seul, debout derrière la vitrine. Phare sans lumière. Arbre sans feuillage. Préoccupé dès qu'il cesse de s'occuper.

Il se verse deux doigts de brandy et réchauffe le verre entre ses mains. Il pense à Paul-André, à l'idée saugrenue de sa « commune pour retraités ». Il porte la boisson orangée à ses lèvres et grimace. Antoine doit le constater : l'alcool est devenu une brûlure. Une mèche enflammée qui attise son malaise.

Avant, quand la vie était normale, c'était chez lui à la campagne qu'il prenait ce dernier plaisir de la journée. En lisant. N'importe quoi : un article de magazine ou une courte nouvelle. Quand il n'avait rien de neuf à se mettre sous les yeux, il ouvrait un Simenon et s'amusait à suivre Maigret dans les rues d'une petite ville de province. Il aimait les odeurs qui s'échappaient à chaque ligne de ces récits pourtant lus et relus. Les branches d'un vieux tilleul ne répandent-elles pas au tournant de l'été des parfums toujours neufs ? Antoine retrouvait avec bonheur les petites gens que l'auteur décrivait avec tendresse et vérité. Il les imaginait entrer au *George-Sand,* commander une soupe réconfortante, un ragoût fumant et un ballon de rouge.

Quand a-t-il dormi au lac Chocolate, la dernière fois ? Il ne le sait pas. Il ne le sait plus. Il ne fait plus le compte depuis des semaines. Il vit chaque jour sans égard ni pour le précédent ni pour celui qui suivra. Sa vie se projette hors de lui : un film aux images floues, aux séquences fracturées où il ne se reconnaît plus très bien lui-même.

Le corps d'Antoine plie sous le feu d'une autre gorgée. L'amateur de brandy dépose le verre sur le comptoir du bar et, de ses deux mains posées à plat, appuie fortement sur sa poitrine. Pour écraser le mal. Il devrait se résoudre à éliminer ce verre quotidien. Mais la force de l'habitude lui fait reprendre le geste, chaque soir. Pour raturer les soucis du jour. Gommer les rêves incongrus.

Le mal a disparu.

Le chef contourne le bar, vide le verre, le lave et l'essuie minutieusement avant de le ranger. Demeuré dans le noir de la salle, il observe les couples enlassés qui déambulent sur le trottoir et les bandes de jeunes qui se bousculent en riant. Le chef s'étire et, lourdement, monte à l'étage.

Là-haut, il ouvre grandes les fenêtres de la pièce qui n'est éclairée que par les réverbères de la rue et l'enseigne de l'école de musique. Le courant d'air se répand et rafraîchit agréablement le logement. Antoine n'allume pas. Il abandonne ses vêtements sur un fauteuil et, nu, marche d'un pas usé vers la salle de bain. Le jet dru et chaud de la douche délasse son corps fatigué. Ses muscles se détendent un peu. Sa mâchoire se décrispe et après quelques instants, l'homme s'abandonne à un sentiment de profond bien-être.

Enroulé dans un drap de bain, Antoine sort des vapeurs de la pièce exiguë. Il ouvre le divan-lit, sort du placard deux oreillers et une légère couverture et s'allonge.

Il renoue, le temps d'un jeu, avec l'offre de Paul-André, se laissant bercer par l'illusion de la retraite, la perspective de journées de flânerie, la possibilité de reprendre l'écriture de ses contes pour enfants et de se retrouver entre amis...

Avec Édith.

« Un bien beau rêve ! » murmure-t-il pour lui-même.

La réalité fait aussitôt s'agiter les pensées d'Antoine. « Rien qu'un beau rêve ! »

La rue s'est assagie. L'air est envoûtant. Frais. Antoine entend chanter la fontaine de la place. À demi-conscient, il se laisse entraîner par cette musique cristalline sur le sentier réconfortant de l'espoir.

Les yeux clos, il ajoute : « Qui sait... un jour... peut-être ! »

14

AH ! ces mois de juin ! Édith a vécu une semaine bien remplie. À la chaîne, ou presque, la grand-mère a répondu aux invitations de ses six petits-enfants : récitals de piano, parties de baseball, de soccer et de basket-ball, soirée de ballet. Elle a même cru un moment avoir un conflit d'horaire... Retraitée, la voilà plus active qu'au temps où elle cumulait les tâches d'enseignante, d'étudiante et de mère.

Ginette a servi des sandwiches à tout le monde. Les enfants se sont hâtés de manger et d'aller reprendre leurs activités coutumières. Amina s'est réfugiée dans sa chambre. Les écouteurs aux oreilles, elle rythme avec l'énergie de ses 13 ans une musique inaudible pour les autres. Juan, affalé dans un fauteuil, regarde la télévision en mâchonnant des arachides. Pablo, lui, s'est endormi. La visite au parc faunique qu'il a faite avec sa grand-mère l'a exténué. Il a demandé à Ginette la rare faveur d'aller au lit sans se laver !

À voix basse, Ginette s'enquiert auprès d'Édith :

– Es-tu libre vendredi prochain ?

– Tu fais une fête pour Juan ?

– Oui. Michel sera là et Guy, avec Jennifer et les enfants.

Toujours en chuchotant, Ginette confie à sa mère :

– Le décor de la chambre de Juan n'a pas vieilli avec lui. Je repeins tout. J'ai acheté un nouveau mobilier. Michel va venir de Montréal pour m'aider.

– Michel est devenu très présent auprès de tes enfants, hein ?

– Depuis deux ans, oui. Il ne perd pas au change. Les enfants l'adorent.

Édith se sent rassurée : Michel est donc moins égocentrique qu'elle ne le craignait. Elle s'est rapprochée de ses enfants, c'est vrai. Mais elle ne les connaît pas comme elle le voudrait. Eux se tiennent encore un peu à distance. Avec Michel, les rencontres sont espacées et les conversations, le plus souvent assez banales. La mère et le fils cadet s'excluent l'un et l'autre de leur vie privée. Il en est de même avec Ginette. Édith ne lui connaît pas de compagnon régulier. Son travail et ses enfants semblent l'occuper entièrement. Et, par gêne ou délicatesse, Édith n'ose poser de questions sur ce qui, juge-t-elle, ne la regarde pas.

– Veux-tu que je prenne Juan quelques jours chez moi, pendant que tu refais sa chambre ?

Le regard de Ginette s'illumine. Édith a visé juste. Elle ne sait peut-être pas tout sur la vie intime de sa fille, mais elle sait la voir venir malgré les détours diplomatiques utilisés. Elle accepte, maintenant, de jouer le jeu.

Les deux femmes ont terminé leur frugal repas. Édith sirote la tisane que vient de lui verser sa fille.

– Je veux te confier quelque chose. À toi, la première.

Ginette dépose la théière, étonnée de devenir tout à coup la dépositaire des secrets de sa mère.

– Je déménage.

– Tu viens de t'installer, Maman.

Édith reprend une gorgée de tisane et poursuit timidement :

– Je n'ai jamais aimé mon appartement. C'est petit. Peu éclairé. Je veux plus de place. J'en ai besoin pour peindre.

– Tes amis habitent tout près. Je ne te comprends vraiment pas !

Édith esquisse un sourire. Ginette s'amuse à son tour, désarmée par le constat qu'elle vient de faire : leur relation se joue à l'envers. Les deux femmes ne peuvent s'empêcher de relever l'ironie de la situation.

– Bon, tu es assez grande pour faire à ta tête ! enchaîne Ginette, reprenant la phrase qui terminait autrefois toutes ses discussions avec sa mère. Puis, elle laisse tomber avec tristesse :

– Tu vas manquer aux enfants ; ils t'aiment beaucoup, tu sais.

Édith tapote affectueusement la main de sa fille :

– J'habiterai à une demi-heure d'ici. Je ne fuis pas mes petits-enfants. Pas plus que je ne quitte mes amis : je vais vivre avec eux...

– Quoi ?

Édith explique le projet et, devant Ginette ébahie, ses mots décrivent le décor imaginé, l'aménagement de sa chambre, le choix des meubles. La fille écoute ce discours inattendu. Elle se montre sympathique, s'emballe même.

– Je te souhaite d'y être heureuse, Maman.

Sur le chemin du retour, au volant de sa voiture, Édith souhaite ardemment qu'Antoine la suive à Sainte-Mélodie. Elle se sent si bien près de lui. Entourée de sa chaleur protectrice, elle ronronnerait à l'abri du temps.

C'est sans plaisir qu'Édith retrouve son appartement trop chaud. L'odeur de la rue, de l'asphalte brûlé par le soleil s'est répandue entre les murs étroits. Aucune brise ne vient chasser les vapeurs du jour. Édith soupire.

Dans la salle de bain, une fois démaquillée, elle s'enduit le visage d'une crème de nuit. Elle masse délicatement cette peau qui s'affaisse malgré ses bons soins journaliers, tout en continuant de penser à Antoine. Elle aime sa manière d'être, faite de calme, de discrétion, de respect des autres... Elle s'amuse du ton péremptoire qu'il prend pour philosopher sur la vie et les gens, et savoure l'humour qu'il fait pointer au bout de ses phrases les plus tranchantes. Elle souhaiterait qu'il l'attende au salon, ce soir, pour un dernier échange, une dernière conversation.

Ce n'est pas la voix grave d'Antoine mais celle lointaine et défaitiste de sa sœur Noëlla qui vient soudainement hanter Édith et la giffle en pleine euphorie amoureuse :

– Tu t'arranges, Princesse, pour être déçue. Encore une fois !

C'est l'atterrissage forcé. Édith replonge dans le réel et se sent prise aussitôt de nausée. Penchée au-dessus du lavabo, elle scrute la glace. L'image que lui renvoie le miroir ne saurait mentir. Autour des yeux, les ridules se multiplient. Plis abandonnés par des rires éphémères, empreintes de larmes érosives. Son teint jaunit. Des taches brunâtres envahissent ses joues. Les ans s'inscrivent en sillons de plus en plus profonds sur son visage ovale. La vieillesse est au rendez-vous. Les coups de griffes du temps ont creusé jusqu'à l'ivoire des illusions.

Honteuse, tout à coup, d'avoir cru au bonheur, Édith éteint la lumière crue de la salle de bain et se glisse, résignée, sous les draps de la nuit.

15

JEAN-MARIE a terminé son lunch dans le bureau de l'école de musique. Paul-André rentre du *George-Sand* où, pour une fois, il s'est attardé à une partie d'échecs avec Antoine. Il est en nage. Avec un mouchoir, il s'éponge le cou.

– Ou bien on gèle ou bien on suffoque et on sue. On appelle ça un climat tempéré !

Son adjoint lui tend quelques messages. Il les examine rapidement.

– Cette commande-là, fais-la toi-même, Jean-Marie. Tu es plus au fait que moi des récents prix, explique-t-il en lui remettant la note.

Le deuxième message le met en rogne :

– Encore lui ? Pas capable de comprendre que non, c'est pas oui... rage-t-il en lançant le papier dans la corbeille.

Le troisième message fait blêmir le musicien. L'employé précise :

– C'est pas la première fois qu'il appelle, ce monsieur Julien, Patron.

– Je sais.

– Il appelle chaque jour, depuis deux semaines. Aujourd'hui, il a même ajouté que c'est très, très urgent, insiste Jean-Marie.

Paul-André a froissé discrètement le papier au creux de sa main et, sur un ton qu'il cherche à rendre indifférent, il s'enquiert :

– À part les messages, rien de spécial ?

– La routine, Patron. Rien que la routine, le rassure Jean-Marie en retournant vers le petit bureau.

Paul-André marche de long en large du magasin entre les instruments de musique. Il branche un piano électronique, s'assoit devant le clavier et laisse aller ses doigts. Il constate, avec dépit, qu'il manque de plus en plus d'agilité. Il a honte de ses fausses notes. Paul-André improvise au gré de ses émotions. Ses pensées l'emportent. Il marmonne : « Qu'est-ce qu'il peut bien vouloir, lui ?... »

Louis Julien remet ça. Après des années. Le musicien est sous le choc. Il y a un peu plus de cinq ans, après vingt années d'absence et de silence, son frère, le célèbre sculpteur Louis Julien, était revenu dans sa vie. Il avait surgi, un soir, à l'école de musique, pour lui annoncer la mort de Maureen, celle que Paul-André considérait comme sa femme jusqu'au jour où elle l'avait quitté pour aller vivre avec Julien ! Le musicien n'avait jamais pardonné, ni à l'un ni à l'autre. Un matin, Paul-André, étouffant de rage accumulée, s'était présenté à la porte de l'atelier du sculpteur pour lui dire son fait. Il avait entrevu les deux fils de Louis Julien venus saluer leur père et prendre les clés de sa voiture pour se rendre à leurs cours.

La visite impromptue de Paul-André s'était vite retournée contre lui. C'est le grand frère qui avait donné l'heure juste au cadet. Il n'avait pas été tendre, le sculpteur ! Devant son aîné, Paul-André s'était senti une matière à transformer, qu'on frappe, qu'on brûle, qu'on déforme. Les paroles étaient crues, acérées, décapantes. Elles travaillaient dans la chair, dans l'âme. Mis à nu, humilié, Paul-André s'était enfui après avoir rayé Louis Julien de sa vie et tenté de l'éliminer de sa mémoire.

Aujourd'hui, ce nom honni s'imprime sur le morceau de papier jaune qui repose au fond de sa poche. Le musicien en sent presque la brûlure sur sa cuisse. Au piano, l'improvisation de Paul-André est devenue un cri rageur. « Va au diable, sculpteur de mes fesses ! »

Soulagé, le pianiste laisse le clavier et, debout derrière la vitrine du magasin, épie la rue.

Habillé d'un pantalon blanc et d'une chemise fraîche, Antoine sort bientôt du restaurant. Paul-André suit le chef des yeux. Celui-ci tourne à droite, au bout de la rue. Paul-André sait qu'il se rend chez Édith, puis de là à une résidence de soins prolongés. Il sait aussi qu'Antoine rentrera au *George-Sand,* juste à temps pour la mise en place du souper. Il connaît parfaitement sa routine : il l'a suivi à deux reprises. Emporté par la curiosité.

Comme un éclair qui fend le ciel dans la chaleur de l'été, une idée surgit dans la tête de Paul-André.

– Je pars pour le reste de la journée, jette-t-il subitement à Jean-Marie.

L'employé sort du bureau à toute vitesse, mais il ne peut qu'apercevoir le dos du patron derrière la porte vitrée.

Paul-André prend la route. Il roule vers la maison de campagne d'Antoine. Il pourra enfin examiner tranquillement les lieux, et percer peut-être le secret de ses dimanches ! C'est un chalet couché au bord d'un lac, à demi encerclé de pins centenaires que Paul-André découvre après avoir garé sa voiture près de la clôture à claire-voie.

Une brise joyeuse tient la chaleur en laisse. L'odeur des conifères emplit l'espace. Tout reflète le calme. Et l'abandon.

Sur un côté de la demeure, sous une *bay-window,* le long d'une allée de gravier, des restes de tulipes et de jonquilles tendent leurs tiges jaunies. Plus loin, vers le lac, au centre d'une pelouse négligée, un bouquet d'hémérocalles fait pointer l'orange de ses pétales parmi les mauvaises herbes. Autour d'un érable, le terreau nu attend toujours la main du planteur. De chaque côté d'un petit escalier, deux demi-barils conservent les feuillages fanés de l'automne précédent.

Paul-André s'avance vers la rive. Le lac Chocolate, pas très étendu, a la forme d'une goutte de pluie : arrondi d'un côté, il pointe à l'autre bout vers une falaise de roc rougeoyant. De l'autre côté du lac, face au terrain d'Antoine, une plage de sable blond se raye de corps bronzés. Des cris d'enfants cascadent et répandent leur écho. Un clapotis discret chante sur les cailloux aux pieds du visiteur.

Il monte les trois marches qui mènent sous une pergola où serpentent des vignes. À travers la porte patio, Paul-André aperçoit une longue pièce meublée avec simplicité : deux fauteuils, un téléviseur, quelques étagères remplies de livres, des disques, une table ronde et ses chaises. Au fond, la cuisine. Décor banal, lambrissé de lattes sombres, aux murs dénudés. Nul tableau. Nulle affiche. Nul bibelot. Rien pour égayer cette sévérité de la lumière crue qui, pénétrant par la fenêtre du côté, fait s'entrelacer et s'agiter sur la moquette l'ombre des vignes. Plus loin, une autre fenêtre fait face au lac. Par la fente des tentures mal refermées, Paul-André entrevoit le mobilier d'une chambre monacale : une commode, une table de chevet, un lit simple, une étagère bourrée de livres. Une dernière fenêtre, à l'arrière de la maison, donne sur la pinède. Les tentures, là, sont grandes ouvertes. Un lit étroit appuie sa tête sous la fenêtre. Sur le mur d'en face, une affiche immense fend la pénombre : la photo d'un clown en pleurs qui se double de celle d'un clown rieur. Le costume éclate comme un soleil perdu. Sur des étagères peintes en clair s'entassent des cubes, des casse-tête, des livres pour enfants. Le dessus du chiffonnier accueille une ménagerie de peluche : un ourson borgne, un lapin amputé d'une oreille, un lion sans queue. Dans un cadre d'étain, s'immobilise la vieille photo d'une jeune femme.

– Tu cherches quelque chose... l'Ami ?

Paul-André sursaute. À côté de lui, massif, la moustache provocante et l'œil dur : Antoine.

– Toi ?

– En personne.

– C'est à toi... cette maison ?

Devant la candeur de la question, Antoine part d'un rire sardonique. Il fixe Paul-André :

– Qu'est-ce que je peux faire pour toi ?

– Je... je passais...

Les explications alambiquées que tentent Paul-André ne servent qu'à le desservir. Antoine n'est nullement dupe.

– Tu devrais prendre un billet de loto, l'Ami. Tomber chez moi en faisant du tourisme, c'est vraiment ton jour de chance !

Antoine affiche un rictus équivoque qui soudain apeure le visiteur. Paul-André demeure immobile. Penaud. Muet. La voix d'Antoine ordonne :

– Puisque te voilà, suis-moi.

Paul-André obtempère, tête basse. Le chef déverrouille la porte. En marchant vers l'entrée de la maison, il suggère avec ironie :

– Rends ton déplacement rentable. Visite aussi l'intérieur.

L'hôte ouvre les fenêtres pour laisser pénétrer la brise.

– Café ?

Derrière le comptoir de la cuisine, les mains du chef s'activent plus qu'à l'accoutumée. Un silence gêné emplit le chalet, à peine écorché par le bruit de l'eau coulant du robinet et les tintements métalliques des ustensiles.

Paul-André reste planté au milieu de la pièce. Antoine semble ne pas le voir. Il verse un café noir et épais dans des tasses écorchées, apporte sur la table une assiette de biscuits, prend place à table et invite enfin le visiteur à en faire autant :

– Si tu t'étais annoncé, murmure-t-il en jouant avec sa moustache, le regard incisif, je me serais procuré un goûter plus généreux...

Les pensées se heurtent dans la tête de Paul-André. Il cherche à entamer la conversation. Maladroitement, il tente :

– Tu dois te demander ce que je fais...

Antoine l'interrompt d'une voix ferme :

– Non. Je ne me demande rien. Rien du tout.

Il continue de boire à petites gorgées sonores, rapidement, jusqu'à la dernière goutte. Puis il se lève, rince sa tasse et la dépose dans l'évier, laissant Paul-André seul devant la sienne, à peine entamée.

– Excuse-moi, lance-t-il négligemment, j'ai à faire.

Le géant sort un sac de voyage d'une armoire et s'engouffre dans la chambre donnant sur le lac. Paul-André entend tour à tour le bruit des anneaux de tentures qu'on repousse sur la tringle, celui des tiroirs qu'on ouvre et referme, celui d'une porte coulissant sur ses rails et de cintres de bois qui s'entrechoquent. L'éternité s'infiltre dans le chalet entre la rage hautaine et froide de monsieur Antoine et la honte qui paralyse Paul-André.

De l'autre côté de la cloison, les sons se sont tus. Paul-André n'a pas pu avaler ce café trop amer. Après quelques hésitations, il jette le liquide noir dans l'évier et dépose la tasse sur le comptoir. Antoine sort de la maison avec une housse à vêtements sur l'épaule et, à la main, un sac gonflé et béant. Paul-André n'a plus ni le goût de la bravade ni celui du mensonge. Il rejoint le chef :

– Écoute, Antoine... je dois te faire des...

– Des... quoi ? La brusquerie de la répartie frappe Paul-André de plein fouet.

Antoine fait claquer la portière du vieux 4 X 4 et revient d'un pas ferme vers la pergola pour verrouiller la porte d'entrée. D'un coup, il se tourne vers Paul-André. La prestance d'Antoine reste noble et impressionnante, mais sa voix, d'habitude si sonore, est devenue lasse.

– Aussi bien que tu saches, soupire-t-il en lissant sa moustache.

– Quoi ?

– La réponse à la question qui te brûle les lèvres.

– Je n'extirpe jamais les confidences.

Paul-André s'est remis en marche d'un pas déterminé. Antoine le rejoint et lui braque le dos solidement à son véhicule.

– Je ne sais pas ce que tu étais venu chercher ici. Une chose est certaine : tu ne repartiras pas les oreilles vides. Tu m'écoutes.

La voix tonitrue. Paul-André s'incline devant cette autorité sans équivoque. Il croise les bras pour garder un semblant de posture.

Le chef lacère les mots :

– Quoi que tu puisses supposer par le décor de la chambre à l'arrière, je n'ai pas d'enfant. Et pas de vie secrète peuplée de bâtards accaparants.

Après cette entrée en matière sarcastique et vive, l'homme ralentit son débit. Sa voix devient émouvante :

– La chambre d'enfant, c'est celle de Lionel. Un homme de 38 ans. Trisomique. Il vit en pension toute la semaine. Je devrais dire... vivait. La chambre, il n'y couchait pas vraiment. Il s'y reposait parfois. Quelques heures le dimanche. Elle était là pour lui donner le sentiment d'avoir un lieu bien à lui, quelque part sur cette planète mal foutue.

Paul-André écoute sans oser relancer le monologue d'Antoine :

– Lionel, c'est mon demi-frère. Né vingt-trois ans après moi. Mon père est mort quand j'avais 18 ans. Ma mère était encore jeune. Elle a eu... comment dirais-je ?...

Disons qu'elle a vécu sa vie. Lionel est né d'amours passagères non identifiées. Ma mère est morte juste après la naissance de cet enfant. Enfin, deux ans et demi plus tard. De remords peut-être. De chagrin sans doute. D'ostracisme villageois, sûrement. Je travaillais déjà à l'époque. J'habitais Genève. J'allais me marier. Quand j'ai décidé de m'occuper de ce demi-frère, je me suis retrouvé rapidement libre... Fiançailles rompues. Illusions perdues. Lionel est devenu mon fils. Ma responsabilité.

– Tu n'en a jamais parlé ! s'étonne Paul-André.

– Je n'ai pas honte de lui... si c'est le vrai sens de ta remarque.

Paul-André avale difficilement sa salive. Il n'aime pas être deviné ainsi dans ses pensées les plus intimes. Il s'était cru subtil. La perspicacité d'Antoine l'agace. Il lance :

– Alors pourquoi ton silence ?

– Lionel avait besoin de calme, de routine. Le chalet et le lac les lui offraient. Mes dimanches lui étaient consacrés. Entièrement. Lionel, c'est mon autre vie. Je ne l'ai jamais voulue secrète. Je n'en ai nullement honte. Je ne la publiais pas : c'est différent.

– Tu parles... au passé...

– À l'imparfait, l'Ami. À l'imparfait. Parce que rien n'est plus parfait. Lionel est atteint de leucémie aiguë. Le diagnostic a été posé en mars. Le pronostic est des plus mauvais. C'est pour visiter ce mourant que je prends mes après-midi et que j'empiète sur nos parties d'échecs. Mais où je vais l'après-midi, tu le sais déjà, puisque tu m'as suivi...

Paul-André blêmit.

– L'état de Lionel se détériore de jour en jour. Je ne m'absenterai plus de lui que pour quelques heures de repos. J'ai trouvé un remplaçant aux cuisines.

– Ah !

Paul-André ne parvient à articuler ni excuses ni paroles de compassion. Les phrases restent coincées dans sa gorge. Il a soudain soif. Très soif.

Les deux hommes se regardent. Se scrutent pendant quelques interminables secondes. Puis, amicalement, Antoine tapote l'épaule de Paul-André, qui tend une main hésitante. Antoine s'en empare et la retient longuement entre les siennes. Des gestes improvisés, maladroits, qui leur tiennent lieu de dialogue.

16

— VOYONS, Maman, oublie ça !

Danielle s'attendait à tous les commentaires, sauf à celui-là. Surtout de la part de Suzanne. Celle qui n'hésitait jamais à partir à l'autre bout du monde, à braver guerres et cataclysmes serait-elle devenue une petite bourgeoise frileuse ?

– Pèse le pour et le contre. Ne te lance pas tête baissée dans une autre vie.

Aux oreilles de Danielle, les paroles de Suzanne font écho à celles du notaire Legault. Tout est prescrit. Rien ne doit dépasser. Pas même une tête d'épingle. La morne normalité doit triompher, avec son vide intérieur qui aspire comme une sangsue. Danielle en écoutant sa fille... a cru entendre son propre père !

– J'ai toujours agi ainsi. Je suis comme ça.

– Justement, cette fois, prends le temps.

– C'est tout réfléchi.

Danielle entoure de ses mains le bol de café au lait. La détermination imprègne son regard. Suzanne oscille entre poser le diagnostic qui s'impose au docteur Legault ou agir en tant que fille de Danielle Saint-Martin. Elle choisit finalement de rester au plan professionnel :

– Tu n'es pas en état de prendre des décisions de ce calibre-là.

– Je donne ma réponse demain.

Alors, la fille, pas tout à fait encore résignée à céder toute la place au médecin, fait remarquer à la mère qui s'entête :

– Tu n'es plus la même depuis ton accident.

– Peut-être. Mais la vie continue, n'est-ce pas ? Je l'ai toujours prêché aux autres. Je dois maintenant mettre mes principes en pratique.

– Tu fuis quoi, au juste ?

– Je prends le taureau par les cornes.

– Quel taureau ?

Danielle reste muette un long moment. La question de Suzanne exige une réponse tranchée. Danielle, toutefois, se refuse à parler d'Alex, de son fantôme qui erre entre les murs de sa chambre, de sa présence qu'elle respire dans le solarium chaque fois qu'elle s'y arrête pour lire ou arroser les plantes. Le café refroidit dans les bols. Ni Suzanne ni sa mère n'ont terminé leur croissant. Un petit-déjeuner raté.

– Les derniers jours d'école, en juin, je me suis sentie complètement hors circuit avec les élèves. Je ne suis plus à ma place en classe. Je ne suis plus capable de suivre le rythme. Je suis vieux jeu, Suzanne : je crois encore que des enfants, ça s'élève ! Qu'ils sont capables de plus que ce qu'on leur demande. J'ose penser qu'on ne doit pas se soumettre à leurs fantaisies et à leurs caprices, mais exiger qu'ils se conduisent envers nous, et entre eux, avec décence et respect. Je crois à l'effort. Je suis convaincue que les jeunes peuvent relever des défis, se motiver eux-mêmes. Je crois en l'exercice du jugement qui fait la différence entre la liberté et le chaos. Mais je suis devenue le soldat qui n'a pas le pas ; je préfère donc me retirer des rangs. Quitter la parade.

Suzanne hausse les épaules :

– Maman, Maman, ne brusque rien.

– Je dois t'avouer une chose, Suzanne. Mon retour à la salle de classe, il y a cinq ans, a été un échec. Je n'y ai jamais retrouvé le charme dont je le parais pendant mes années à la direction de l'école. Je me suis trompée. Sur toute la ligne. Individuellement, je les aime mes élèves. Je sais établir le contact. Mais dès qu'ils se regroupent, moi, Danielle Saint-Martin, devant ce mélange de fruits abandonnés et surprotégés, je perds mes moyens.

– Ce sont des enfants...

– À qui on a donné le pouvoir, Suzanne. Tous les pouvoirs. Moi qui ai tant défendu les droits des enfants, y compris leur droit à l'erreur, leur droit de ne pas être bon en tout, leur droit de ne prendre que les responsabilités qui incombent à leur âge, je me demande aujourd'hui si ce ne sont pas des armes terribles que nous avons mises dans leurs petites mains, peut-être inexpérimentées, mais... beaucoup plus habiles qu'on ne le croyait.

Suzanne est mal à l'aise. Et elle sent le profond désarroi de sa mère quand celle-ci insiste :

– Un enfant au pouvoir peut-il apprendre quelque chose ?

– Maman, arrête.

– Laisse-moi t'expliquer, Suzanne. J'ai choisi d'enseigner parce qu'il n'y avait pas vraiment beaucoup de choix pour une femme alors. Quand, adulte, je suis retournée aux études pour terminer mon bac en éducation, puis, plus tard, ma maîtrise en administration, j'ai vraiment fait alors un choix éclairé. Je crois toujours que c'est là le plus beau métier du monde. Mais... car il y a un mais, et en majuscules : on a transformé cette vocation en un job de techniciens. De laborantins. Ou de magiciens. Chaque problème doit être identifié, isolé, et s'accompagner de la recette prescrite en haut lieu... De préférence, un peu magique, la recette.

Danielle, nerveusement, boit le contenu de sa tasse. Elle grimace en goûtant le café refroidi, mais poursuit :

– Un enfant ne se décrit pas en larges tableaux de compétences et d'habiletés, Suzanne. C'est un tout. Un être vivant, intelligent, qui doit prendre en main sa vie comme son apprentissage.

– Ou sa guérison...

Suzanne se sent tout à coup sur la même longueur d'onde que Danielle. Elles ne sont plus mère et fille, mais deux femmes aux prises avec une sérieuse remise en question professionnelle.

– C'est aussi vrai en médecine, tu sais, poursuit Suzanne. Il nous faudrait poser un diagnostic au premier regard. Trouver un médicament aussi magique que ta recette pédagogique. Et il faut maintenant garantir la guérison. Les gens exigent la santé comme ils exigent le bon fonctionnement d'un appareil ménager !

– Ce qui me détruit, au-delà de toutes ces impossibles garanties qu'on nous commande, c'est l'ambiance de suspicion qui se répand comme une mauvaise odeur... On ne peut plus réprimander un enfant, lui parler sans témoin, les yeux dans les yeux pour le faire réfléchir. La méfiance empoisonne tout. Chaque année, depuis trois ans, l'école traverse une crise. Une plainte est portée. Dans un cas, au bout de deux mois, les parents ont retiré leurs accusations. Mais ma consœur accusée de harcèlement, elle, ne s'est pas encore remise de la dépression où elle a plongé. Les autres fois, on nous reprochait de simples réprimandes : des enfants surveillés étroitement pour une raison valable criaient à l'injustice. Devant cela, le syndicat nous exhorte à nous « protéger ». La direction, à ne pas trop en faire. À laisser passer. C'est à ses risques et périls que l'on interroge un enfant, qu'on le reprend pour une conduite qui laisse à désirer, qu'on le prend dans ses bras pour le consoler. Nous sommes des agresseurs en puissance ! Il suffit qu'un élève fabule ou qu'un parent projette sur sa fille ses propres douloureuses expériences, pour que s'infiltre la terreur.

Les yeux de Danielle se sont embués. Elle mord dans les mots avec une amertume que sa fille ne lui connaissait pas.

– Maman, arrête, tu te fais mal.

La voix de l'institutrice s'amplifie :

– Je suis périmée, *passée date,* comme disent les jeunes. Un yogourt oublié dans le frigo, derrière le pot de mayonnaise.

Suzanne sait que Danielle a raison, mais elle tente de glisser quelques paroles rassurantes sur la blessure vive. Elle lui recommande de ne pas se laisser dériver, que la vie ne s'est pas arrêtée le jour de sa chute, qu'après le repos de l'été, elle verra la situation sous un éclairage différent. Danielle lance froidement:

– La maladie fait réfléchir. Je suis devenue lucide.

Et le diagnostic suit, brutal :

– Je bascule, Suzanne. Pour reprendre l'équilibre, je dois changer de décor.

– Attends, après tes vacances.

– Non. Tout s'imbrique merveilleusement. Tu as besoin d'espace. Je te laisse le condo. Olivier pourra rafraîchir les murs du sous-sol et se faire là un atelier. La solution, pour moi, c'est Sainte-Mélodie.

Suzanne change de ton. Elle perd patience.

– Sainte-Mélodie résout tous les problèmes, c'est ça ?

– Oui.

– Je ne te savais si...

– Naïve ?

Suzanne est visiblement troublée. Sans regarder sa mère, elle lui lance :

– Tu te vois vivre avec papa et Paul-André Côté ?

Danielle se mord la lèvre. Elle agite nerveusement sa cuillère sur le bord de la soucoupe. Suzanne joue avec la mie de son croissant, et prend une profonde inspiration avant d'expliquer, adoucie :

– Tu n'as pas à considérer les besoins d'Olivier et les miens pour prendre une décision qui te regarde, toi seule. Je ne veux pas que...

Suzanne interrompt sa phrase, se lève brusquement et se précipite vers la salle de bain. Danielle la suit, intriguée, mais se heurte à la porte refermée à la hâte.

De spasme en spasme, Suzanne vomit le peu qu'elle a mangé. Danielle se reproche cette conversation qui semble avoir tant affecté sa fille. Elle a sans nul doute ajouté à ses soucis. Elle n'a pensé qu'à ses problèmes personnels, oubliant que sa fille doit d'une part s'imposer dans sa profession, et d'une autre, apprendre à vivre à deux.

Discrètement, la mère joue l'affairée dans la cuisine tout en prêtant l'oreille à ce qui se passe de l'autre côté du mur. Tout semble redevenu calme. Le bruit de la chasse d'eau. Quelques pas hésitants. L'eau qui coule du robinet. La porte qui grince. Danielle voit apparaître Suzanne, le visage blafard.

– Je... Je ne voulais pas te troubler à ce point avec mes apitoiements.

– Tu n'es pas en cause. J'allais t'en parler, mais...

– Tu es malade ?

L'inquiétude ravage le regard de Danielle.

– Une simple nausée. Comme chaque matin, depuis deux mois et demi.

Danielle écarquille les yeux, observe sa fille, la prend aux épaules :

– Tu veux dire que...

Suzanne esquisse un sourire complice.

– Tu es...

– Oui.

En Danielle, les sentiments se contredisent, oscillant de la joie la plus pure à l'inquiétude : Suzanne va fêter bientôt ses 40 ans.

Appuyant sa main sur le ventre pas encore arrondi de sa fille, Danielle lui murmure :

– Cet argument-là a du poids. Il confirme ma décision. Le condo est à vous.

Les deux femmes s'embrassent tendrement.

Demeurée seule, Danielle allume la radio et s'assoit devant la fenêtre de son bureau. À travers le voile blanc du rideau, elle observe la rue et son incessant mouvement. Les conducteurs nerveux cherchent désespérément à garer leurs voitures. Des gens courent, suant déjà, vers l'arrêt d'autobus. Quelques enfants, sac au dos, se rendent en traînant la savate vers un camp de jour.

La voix de l'annonceur décrit un accident et la congestion routière qui s'ensuit, suggère d'éviter un certain embranchement d'autoroute, rappelle le nom des artères en réfection et avertit que le mercure atteindra 33 °C avant l'heure du lunch.

Danielle détourne son regard de la fenêtre, s'appuie la tête sur le dossier du fauteuil.

– Je vais être grand-mère...

Le souvenir d'un après-midi de 1952 lui revient en mémoire. Elle avait quitté hâtivement l'école pour passer à la pharmacie. Pas celle du quartier où chacun la connaissait, mais une autre située à mi-chemin entre l'école et son logement.

– Vous avez le résultat... du test ?...

– Votre nom ?

– Danielle Legault.

– Madame... Legault ?

Derrière son comptoir, le pharmacien l'avait scrutée pour poser finalement un regard rassuré sur l'annulaire de la main gauche de la jeune femme. Il avait fouillé dans une boîte, extrait un papier bleu qu'il avait déplié lentement, avant de prononcer, laconique : « positif ».

Danielle aurait voulu rejoindre Gérard, lui annoncer la nouvelle sans tarder mais il enseignait à cette heure-là. Elle allait exploser de bonheur. Il lui fallait crier son secret à quelqu'un. La gorge nouée par l'émotion, elle s'était arrêtée chez sa mère qui, après les félicitations d'usage, lui avait dit, tristement émue :

– Tu es devenue une femme. Moi, une vieille femme.

Ce même sentiment l'envahit tout entière ce matin. À la joie partagée, succède l'étreinte subite de l'angoisse. Danielle articule, la voix éteinte :

– Je suis devenue une vieille femme !

Elle pense à Alex, à ce départ absurde, inacceptable. Plus rien d'imprévu ne viendra ralentir ses nuits. Jamais plus le rire de cet homme énigmatique ne viendra abreuver sa solitude. Au seuil d'une resplendissante journée d'été, Danielle se sent abandonnée, laissée pour compte. Il y a eu rupture. Déchirure. Les eaux de vie se sont échappées. Que peut-il encore naître d'elle ?

Et la question corollaire s'empare de Danielle, l'obsède jusqu'à l'étouffer :

– Une vieille femme peut-elle être heureuse ?

J'ai le cœur bien lourd.

Trop de deuils, trop de chutes en trop peu de temps.

J'ai mal à mon bel équilibre ! J'ai mal à la route sereine que je croyais avoir prise. J'ai mal à mes rêves, à ces mots passés sous silence ou restés suspendus entre nous, à ces gestes à peine esquissés, à ce temps délaissé pour quelques peccadilles, à ces heures esquivées, à nos pas trop mesurés.

Le temps fuit. Il froisse ma vie de ses jardins alanguis. Il m'emprisonne dans ses replis mystérieux et m'assoiffe d'heures sans toi.

Le temps me désagrège.

Mes pieds ne reconnaissent plus le grain et la rudesse des pierres frôlées. Mes mains n'ont plus mémoire de l'écorce des arbres enlacés. Mon corps ne retrouve plus l'odeur du tien...

J'ai laissé sombrer ta lumière...

Je glisse sur ma propre vie.

17

La sonnerie du téléphone déchire le rêve d'Antoine. Le chef se jette littéralement sur l'appareil. C'est la résidence. Lionel respire à peine.

Antoine appelle un taxi, s'habille précipitamment. À peine le temps de descendre, la voiture l'attend. La course commence. Vers la résidence, l'étage, la chambre, le lit.

– Il ne vous reconnaîtra peut-être pas, le prévient l'infirmier.

Antoine se penche sur le corps informe, enroulé sur lui-même. Il caresse le crâne nu, la joue creuse. L'infirmier se retire.

– Je suis là, mon petit Lion, chuchote Antoine en promenant sa grande main chaude sur les bras glacés et squelettiques.

– Je suis avec toi.

Un timide mouvement de l'agonisant semble indiquer que le contact est établi. Ténu. Imperceptible. Aux confins du réel.

Antoine s'assoit au chevet de son frère et entreprend un monologue où il laisse couler ses sentiments les plus intimes dans la lueur blanchâtre de l'aube.

– Je t'aime, mon Petit. Comme au premier jour.

Une lente mélopée s'élève dans la pièce froide, une vibration monocorde qui tente de répondre aux confidences d'Antoine. Celui-ci continue, dans un souffle :

– Petit Frère. Ma Vie.

La plainte reprend. De plus en plus fragile.

Antoine en sent, sous sa main, les vibrations presque inaudibles.

Lionel le sait près de lui. Lionel lui répond.

Alors le grand frère retrouve au fond de sa mémoire la comptine inventée un dimanche d'automne à la campagne. Il y a longtemps, longtemps. Il enchaîne les rimes naïves qui faisaient sourire l'enfant d'alors... et de toujours :

– Un oiseau
bien haut
dans les cieux
tout bleus ;
dans ma main,
ta main,
mon ami,
ma vie...

Au bout des mots, Antoine pleure. Sa main passe et repasse sur la courbe du dos de Lionel. La plainte de l'homme-enfant est devenue un ronronnement sourd qu'il effleure de sa caresse. Froissement d'aile sur un nuage à la dérive.

Antoine reprend la comptine. Plus lentement encore. Pour retenir un peu le dernier lien qui s'effile :

– Un oiseau
bien haut...
dans les cieux
tout bleus...

Le grand frère se rend compte que s'est amenuisé jusqu'au néant le faible bruissement de l'existence. Lionel s'est envolé.

– *Dans ma main,*

ta main...

Antoine cache les mains décharnées de son frère entre les siennes.

Les couleurs de l'aurore filtrent entre les lattes du store vénitien, striant de rose le mur nu de la chambre.

– *Mon ami,*

ma vie.

*

Antoine est apparu dans l'œil de la porte, chez Édith, au petit matin.

Enroulée dans une robe de chambre passée à la hâte, décoiffée, elle a ouvert sans hésiter. Le géant s'est effondré dans les bras de l'amie. Sans un mot. Il n'y avait rien à dire. Édith avait déjà compris.

Puis, lentement, d'une voix brisée, pudique, accablée, le grand frère a raconté les derniers moments de Lionel. Pour revivre les précieuses minutes du départ. Pour s'imbiber d'une réalité qui lui échappait encore.

Il dort à présent. Dans la chambre d'Édith.

Sans bruit, elle s'est habillée, a préparé du café et, discrètement, elle a appelé Danielle qui a aussitôt communiqué avec Gérard qui s'est empressé de transmettre la nouvelle à Paul-André.

Après le premier choc, le musicien s'étonne d'une voix rauque :

– Tu le savais, toi, qui était l'homme qu'on avait vu avec Antoine ?

– Danielle m'en avait glissé un mot avant son retour à Montréal. Je n'ai pas cru nécessaire de t'en parler. Tu sais toujours tout... et tu imagines le reste !

Quelques raclements de gorge se font entendre au bout du fil. Paul-André ajoute enfin pour ménager son orgueil :

– Bien sûr, bien sûr que j'étais au courant !

– Alors, pourquoi ta question ?

– Une curiosité... toute chronologique.

En son for intérieur, Paul-André rage d'avoir construit un mystère autour d'une situation qui ne demandait qu'à être examinée sous un autre angle. Il a bien payé sa curiosité malsaine !

– Maintenant, Antoine a besoin de nous, continue Gérard. L'important, c'est d'être là.

– Évidemment ! Évidemment.

En déposant le combiné, Paul-André ne peut s'empêcher de se demander pourquoi il lui faut toujours dessiner de savantes sinuosités sur les comportements les plus droits. Il conclut, résigné : « Je dois avoir l'esprit tordu ! »

*

Ils sont là. Côte à côte. Les cinq doigts d'une main. Dans un respectueux silence, ils montent la garde de l'amitié.

Antoine a creusé un trou au pied d'un énorme pin, celui qui ombrage la chambre de Lionel. Il serre l'urne entre ses bras en une dernière caresse fraternelle. Puis, il s'agenouille, la dépose religieusement et fait glisser la terre tout autour en murmurant :

– Tu es comme tous les autres maintenant ! Repose en paix, mon Petit.

Gérard se penche à son tour, ramasse une poignée de terre humide et la jette dans le trou. Édith s'incline lentement, suivie de Danielle. Les mêmes gestes se répètent. L'urne a presque disparu.

Paul-André résiste. Cette confrontation avec la mort lui est difficile. Terrible même. Il courbe l'échine. Il a peur. Il lui semble entendre sa propre mort s'approcher et sentir qu'elle le frappe à l'épaule gauche pour l'invitation sans retour. Il fait un pas, plie maladroitement les genoux et, d'une main, pousse ce qui reste de terre déblayée. Il égalise nerveusement la surface du sol, comme pour effacer toute trace de cette cérémonie douloureuse. Puis, il se relève rapidement et marche vers le lac, laissant les autres se recueillir sur la tombe improvisée.

Soudainement, Danielle fond en larmes. Gérard lui tend un mouchoir qu'elle saisit comme une bouée et y enfouit son visage. Gérard se méprend. Ce n'est pas ce pauvre Lionel qu'elle regrette, mais Alex, l'homme toujours vivant en elle. La tête penchée vers l'emplacement de l'urne funéraire de Lionel Malatrais, c'est pour Alex McNeil que Danielle verse des pleurs.

Édith prend tendrement le bras d'Antoine. Il agrippe la main menue comme on s'appuie à la rampe pour retrouver l'équilibre. Leurs regards se touchent. Le géant est rassuré. Pour un moment.

18

À l'invitation d'Édith et à la suggestion de Gérard, Danielle a décidé de demeurer tout le week-end à Queenstown. Elle a senti que son amie avait besoin d'elle. Elle a accepté.

Édith a tenu le coup magnifiquement le temps qu'Antoine s'appuyait sur elle. Maintenant qu'il recherche la solitude, c'est elle qui est sur le point de s'effondrer.

Antoine s'est enfermé au chalet. Personne ne sait pour combien de temps. Ni lui, ni Édith. Le restaurant poursuit ses opérations sans son capitaine. Édith comprend et attend. Mais dans ce vide temporel, plus personne ne la réclame. Et elle doit se savoir utile pour s'accorder à elle-même la permission du bonheur. Une vieille et étrange blessure, mal cicatrisée, qui saigne au moindre bouleversement, au moindre déséquilibre des émotions. Danielle le sait.

Les deux femmes terminent un souper en tête-à-tête dans l'étroite cuisine d'Édith. Une César, un bout de pain et une tranche de provolone ont eu raison de leur faim. Elles conversent à proximité d'un ventilateur, en buvant du thé glacé.

Les enfants et les petits-enfants d'Édith sont tous absents de Queenstown. La famille de Guy traverse le Canada, en route pour Vancouver où vivent les parents de Jennifer. Ils ont téléphoné de Winnipeg, ce matin. Le voyage organisé par le colonel Leclerc se déroule dans le calme... et la discipline. Les enfants deviennent des adolescents et ces longs voyages familiaux ne seront bientôt plus possibles. Guy et Jennifer l'appréhendent. L'été prochain, Christopher et Élizabeth voudront travailler. Pour faire comme les copains, pour avoir plus d'argent, pour se procurer ce que leurs parents refusent de leur offrir. Nicolas, lui, préférera les camps de vacances avec des jeunes de son âge. Une page est en train de tourner dans la vie familiale de son fils et de sa bru.

Ginette, elle, est allée reconduire ses enfants à leurs camps de vacances respectifs. Camp de musique pour Amina, deux semaines de sport pour Juan, pendant que le petit Pablo passera ses journées au camp de jour du quartier. Ginette tient bon la mer, malgré la houle... Édith soupçonne sa fille d'alimenter parfois elle-même les bourrasques. Mais sa barque tient le cap. Les enfants semblent heureux, équilibrés en dépit de l'absence d'un père à temps plein. Quant à la vie intime de Ginette, elle se passe dans des eaux inconnues d'Édith.

– Et Michel ? s'informe Danielle.

– Il assure la stabilité auprès des enfants de Ginette. Je n'avais pas prévu ça, je te l'avoue.

– Le tournant de la quarantaine qui fait larguer les amarres des hommes sages attache peut-être ceux qui n'ont pas cessé de voyager.

– On ne connaît jamais tout à fait ses enfants, hein ? Je l'ai voulu ainsi. Longtemps. Comme si, dans ma vie, il ne pouvait y avoir, à la fois, place pour eux et pour moi.

– Moi, c'est le contraire. J'ai l'impression, depuis quelques mois, d'avoir perdu la piste de mes filles. Je me sens très seule.

– Mais je suis là, moi !

– La vie nous éloigne l'une de l'autre, Édith, alors que, géographiquement, nous nous sommes rapprochées. Je ne comprends pas très bien ce qui nous arrive. Je paie sans doute mon manque de souplesse et de reconnaissance à ton égard.

– Voyons donc !

Édith se sent confuse. Elle n'a pas vu venir ce reproche à peine déguisé. Elle s'enfonce dans un mutisme gêné, triste. Tout s'embrouille en elle. Elle a besoin de bouger, d'aérer ses pensées.

À deux, elles desservent rapidement la table et décident d'aller marcher sur le campus de l'université, à quelques pâtés de maisons. La soirée est douce. En ce samedi soir, les étudiants de la session d'été hantent les terrasses des rues avoisinantes, d'autres fument ou discutent sur le parvis de la bibliothèque universitaire.

– Tu as raison, Danielle. Antoine a pris peut-être trop de place dans ma vie. Lui et Lionel en fait.

– Je ne te blâme pas, Édith.

Elles avancent entre les bosquets, puis le long des plate-bandes d'hostas panachés. Au fond du campus, les bruits s'atténuent. Seul un autobus rompt parfois le silence. Les deux amies se sont assises sur un banc de granit. Elles écoutent tomber le soir. Religieusement.

Sur le chemin du retour, une question hante l'esprit de Danielle et devient pressante :

– Édith, que répondras-tu à Paul-André ?
– Toi ?

*

Dimanche soir. La place Saint-Vincent se blottit dans l'ombre. Une brise s'est élevée qui a chassé les lambeaux de chaleur encore accrochés aux rues étroites du vieux Queenstown. Les anciens époux, dans une lumière tamisée, sirotent un rosé frais et s'interrogent sur le nouveau rôle qui va bientôt leur échoir :

– Quel genre d'aïeuls serons-nous, selon toi ? demande Gérard à la blague.

Danielle, qui a tout à coup l'impression d'avoir 100 ans, fait éclater un rire sonore, suivi de quelques ricanements qui bruissent dans la pénombre. Puis, le silence retombe. Un silence inquiet.

– Tu ne réponds pas ?

– C'est que je ne sais pas.

Gérard a rempli les verres. Danielle, d'une voix hésitante, réfléchit tout haut :

– Une chose est certaine, je n'ai pas l'intention de me mouler au modèle de la catineuse, ni de jouer les grands-mères étouffantes à force d'amour. Je n'ai rien à prouver. Je pense que malgré nos différends, nos incompréhensions, nos éloignements conjugaux, nous avons été des parents... décents.

– On a obtenu la note de passage, tu crois ?

Danielle se rappelle un texte sur la cinquantaine que chantait Reggiani. Elle en fredonne l'air, et les paroles suivent :

– ... *avec tout juste la moyenne à notre devoir de terrien...*

– Te voilà bien modeste !

– Je suis orgueilleuse, pas vaniteuse !

En vidant son verre, Gérard demande d'une voix inquiète :

– Tu crois nos filles heureuses ?

Danielle se mordille la lèvre, boit une gorgée du vin que la lumière rend orange, et aventure une réponse :

– Suzanne est comblée, je crois. Sa grossesse lui donne un sentiment de plénitude.

Danielle explique longuement à Gérard ce dont elle n'a jamais osé lui faire part durant ses propres grossesses. Elle lui parle d'émotions, de sensations mystérieures qui font pénétrer les femmes enceintes dans une dimension qui les dépasse.

Elle conclut :

– Tu te sens un chaînon de la Vie... C'est une sensation animale, mais un bien-être aussi. Physique. Psychologique. Malgré l'angoisse de l'accouchement, malgré l'envahissement de ton corps par cet être étranger, malgré les malaises matinaux et les maux de reins.

Gérard écoute, surpris. Ému. Lui et Danielle n'ont jamais eu de telles conversations intimes quand ils vivaient ensemble. Le quotidien prenait trop de place. Il les envahissait.

– Et Claire ? s'enquiert-il après un moment.

– Tu la vois sûrement plus souvent que je ne la vois.

– La dernière fois, je l'ai trouvée belle, épanouie. Je l'ai quittée avec la certitude qu'elle est amoureuse.

– De qui, grand Dieu ?

Gérard hausse les épaules. Il n'a là-dessus aucune idée et n'oserait jamais poser une telle question directement à sa fille. Danielle se lève et marche vers le balcon. Le vent est bon. Le dos appuyé à la pierre tiède, elle écoute un orchestre de jazz dont les rythmes s'échappent d'un bar voisin. Gérard la rejoint et lui tend le verre à moitié plein qu'elle a abandonné sur la table à café.

– À quoi penses-tu ?

– À nos filles. Il ne faudrait pas, Gérard, assombrir les beaux moments qu'elles vivent présentement avec nos tracas de retraités, nos interrogations existentielles d'aïeuls en devenir !

Gérard avale brusquement le contenu de son verre et, se penchant sur le garde-fou du balcon, il fait part à Danielle de sa décision récente :

– J'ai décidé d'accepter l'offre de Paul-André. Je garde mon poste à l'université, à raison d'un seul semestre par an. J'aurai ainsi le loisir d'écrire.

– Sur quoi ?

– Mes pensées sociales, politiques... Tu sais, le genre billets, concis, tranchants.

– Comme dans tes carnets ? Tu y excellais. Des écrits sans compromis et sans compromission.

– Et, qui sait, je me laisserai peut-être aller à disserter sur l'art d'être grand-père...

Danielle esquisse un sourire qui fuit aussitôt. Elle reste pensive, tourne et retourne le verre vide entre ses mains. Gérard l'observe et s'informe sur ce qui, visiblement, la tracasse.

– J'ai peur, Gérard. Je ne m'attendais plus à devenir grand-mère, un jour. C'est toujours un rôle que d'autres nous imposent.

– C'est vrai : une responsabilité nous incombe que nous n'avons nullement choisie...

Sur le balcon, Gérard résiste difficilement à l'impulsion de prendre Danielle dans ses bras et de la serrer contre lui. Mais il ne veut rien détruire de cette touchante minute qui les rassemble. Il voudrait lui dire combien il la trouve ravissante... comme future grand-mère. Il se contente de la caresser du regard.

– Qu'est-ce que t'as ?

L'homme hoche la tête, sourit, répond qu'il n'a rien.

Danielle sait que Gérard lui ment. Gentiment. Affectueusement. Par discrétion. Par prudence. Pour ne pas briser la sérénité duveteuse qui, ce soir, enveloppe les amis qu'ils sont prudemment devenus.

*

Que mettons-nous dans l'urne funéraire, Alex ?

Un peu de poussière que nous appelions la vie ! Une poignée de cendres, une brume volatile, que nous appelions le corps de l'autre...

L'autre matin, j'ai assisté à TES funérailles.

Je te savais là, près du lac où nous enterrions Lionel.

Ce soir, je ne te sens plus nulle part. Tu as disparu de mes paysages.

J'ai peur : tu te dissipes même en ma mémoire.

Je perds ta forme. Tu t'étioles sur la lagune de ma vie.

Je doute tout à coup de ton passage sur mes ans.

Notre sentier aurait pu dessiner encore tant de méandres. Nous aurions pu faire surgir d'autres routes, inventer d'autres forêts, faire couler d'autres sources.

Rien ne subsiste de nous, il me semble. Ni l'ombre d'une herbe foulée ni l'empreinte éphémère d'une terre remuée...

Je cherche à réconforter ma mémoire, à retenir l'espace que tu as habité.

Mais tout, ce soir, est acculé à des miettes d'existence.

19

ANTOINE s'enferme au chalet. Personne n'a reçu de ses nouvelles. Il se cache comme une bête traquée. Il a coupé les ponts avec le monde. Avec son monde : le bistrot, ses habitués et même avec Édith. Il n'est pas sorti de son antre, et il a décroché le téléphone.

La nature a appuyé son geste : il a plu. Dru. Pendant deux jours. Des heures durant.

Rassasié de cette solitude muette, Antoine a permis, au troisième jour, à la musique de pénétrer chez lui. Il a écouté la *Pastorale,* encore et encore. De l'aube à la nuit, il a forgé des images de paix joyeuse sur la trame mélodique de la symphonie, puis invité Chopin. Sans bouger, dans une apparente indolence, il s'est gavé de valses, d'impromptus et d'études, toutes révolutionnaires, au plus intime de lui-même.

Au quatrième jour, quand le silence s'est enroulé à nouveau dans la coquille au bord du lac Chocolate, Antoine a sorti d'une commode aux tiroirs grinçants les vieux albums de photos qu'il ne regardait plus depuis des années.

Aujourd'hui défilent, entre les pages de papier noir, les fenêtres carrées, alignées, des moments de sa vie.

Ceux qu'on affiche sans crainte parce qu'ils ne reflètent que des demi-vérités et ne laissent entrevoir que les jours lumineux.

D'un album à l'autre, se révèlent la famille et l'enfance d'Antoine. Bébé joufflu. Bambin grimaçant. Garçonnet audacieux. Une photo le montre à 4 ans, devenu chevalier pourfendeur de dragons, chevauchant sur les solides épaules de son père. Sa mère les regarde, souriante et admirative. Jeune femme fraîche et voluptueuse. Belle aussi. D'une vitalité à mordre dans toutes les pommes...

Les années se succèdent. C'est l'entrée à l'école, un voyage à Genève, l'anniversaire chez sa grand-mère Malatrais. La vie, quoi ! Des traits de rien, et rien que des traits qui, surpris de loin, créent un passage, une coulée d'énergie entre les précipices du néant.

Dans un autre cahier, Antoine retrouve les copains de l'équipe de foot au soir d'une victoire mémorable. Là, apparaît le visage rieur et les cheveux fous d'Alexandrine, la première fille qu'il a tenue dans ses bras. Sur une autre page, surgissent les confrères de l'école d'hôtellerie, chefs recherchés ou oubliés, maintenant dispersés aux quatre coins de la planète.

Au tournant d'une page, en gros plan, renaît Grégoire, l'ami du temps enfui, le compagnon de voyage, le camarade des premiers emplois, celui qui était venu s'installer au Canada et qu'Antoine avait suivi quelques mois plus tard. Grégoire, mort à 30 ans à peine, sous une avalanche dans ces Rocheuses dont il vantait la splendeur majestueuse.

Le temps file sur les feuillets noirs. Son père est mort. Sa mère, d'abord égarée, se reprend en main et saisit la vie à pleines dents. La voilà enceinte. Le regard traqué.

Le sourire coupable. Cette fois, la voici, la bouche amère et les yeux ternes, six semaines après la naissance de Lionel dont elle cache les traits d'un geste de la main. Sur un autre portrait, pris celui-là huit jours avant sa mort, la femme de 43 ans, méconnaissable, décharnée, vieillie, sculptée par l'irrémédiable, tente un dernier sourire devant l'objectif.

Voilà Brigitte. Brigitte dont la robe blanche et légère éclate sur la page sombre de l'album. Brigitte lumineuse au soleil. Brigitte frivole dansant au bal de ses 20 ans. Brigitte emmitouflée de laine, couchée dans la neige folle. Brigitte soucieuse, Brigitte amoureuse, d'un amour possessif qu'elle ne pouvait partager avec quiconque. Même un enfant.

Sous la pile, attend l'album des dimanches avec Lionel.

Antoine avait rêvé d'une vie rangée, ordinaire, ouverte, simple. La venue de Lionel lui en a donné une équivoque. Malgré lui. Il n'a jamais pensé créer un mystère autour de Lionel. Il a voulu lui consacrer tout son temps disponible. Pour lui, il recherchait le calme. Une niche pour eux seuls. Sans la curiosité malsaine des bien-pensants, des dames de bonnes œuvres, des bénévoles entreprenants. Un jour par semaine. Un seul.

En trente-huit ans, les heures vécues côte à côte par Antoine et Lionel ne font que cinq ans. Cinq courtes années toutes en pointillé.

Mais quelle richesse que ces moments avec Lionel ! Instantanés d'une rare intensité. La moindre crème glacée prenait des allures de fête. Une promenade en canot l'émerveillait comme une croisière autour du monde. Un animal qui fuit dans le bois, un poisson qui s'élance des eaux du lac, des crocus qui percent la neige... tout cela avait des proportions de safari africain, de pêche miraculeuse, de floralies !

Lionel a, sans le savoir, appris l'essentiel à Antoine. S'étonner d'un rayon de soleil. Chanter pour accompagner un chant d'oiseau. Rire pour un ustensile placé du mauvais bord de l'assiette. De lui, Antoine a appris combien peut être précieuse la vie quand on ne la regarde plus à travers la lorgnette des cupides, des comptables, des conformistes, des fonctionnaires du quotidien. Lionel a donné un sens à sa vie. Mieux, il a apporté de nouveaux horizons à la Vie.

Au cinquième jour, Antoine sort de son cocon. Il traverse le lac à la nage, renouant ainsi avec sa routine estivale.

Le lendemain, il tond la pelouse, met de l'engrais dans le terreau des plates-bandes, court les pépiniéristes pour trouver des plants. Le temps n'est plus aux semailles. Le choix est rare. Il se rabat sur quelques impatientes et des géraniums blancs égratignés de sang.

Au septième jour, celui qui vient de recréer son monde se repose. Il songe à l'offre de Paul-André qui ne lui déplairait pas, mais qui vient trop tôt. Il pense au *George-Sand*. À sa retraite possible. Et au milieu de ce vagabondage de l'esprit, Édith surgit. Son amitié, leurs longues conversations lui manquent soudain. Sa présence surtout...

Il décide de lui écrire.

Dans la chaleur odorante de l'après-midi, il commence une lettre. Pesant chaque mot, moulant péniblement les phrases, lignant la page d'une encre noire, il définit, explique, s'excuse. Au bas du troisième feuillet, il signe.

Ému jusqu'aux larmes.

20

LES jours ont filé. Paul-André n'a pas su retenir le grain des heures. Il ne les a pas vues s'épuiser et s'inscrire au néant... Il a cru avoir du temps, tout le temps de se mettre à la tâche. Mais déjà, le glas sonne sur juillet. Paul-André se rend compte qu'il doit faire maison nette, plier bagages. Plus que cinq jours, et il lui faudra quitter les lieux.

Dans sa vie quotidienne comme dans ses souvenirs, le musicien ne parvient jamais à se départir de quoi que ce soit. Il vit d'un minimum, mais il ne sait se démunir ni des objets du présent ni des inutilités du passé. Paul-André ne peut se résigner à jeter. Il fait donc faire le tri par les autres.

Il a placé, au bout de l'allée des voitures, des dizaines de cartons où se mélangent de manière désordonnée des assiettes d'aluminium usagées qu'il gardait pour mettre sous les pots d'hibiscus, des récipients de verre qu'il comptait un jour remplir de clous et de vis, des boîtes de cigares vides conservées pour y classer ses coupures de journaux, des nappes déchirées dont il voulait faire des torchons, des linges à vaisselle jaunis, des serviettes effilochées, des ustensiles inutilisables, des outils rouillés, des livres qu'il ne se rappelait plus avoir achetés.

En cachette, derrière les tentures, il observe ceux et celles qui viennent discrètement fouiller dans ses boîtes à la brunante. Qui parmi les gens de sa rue prendra les cuillères de bois héritées de sa mère ? Les bandes dessinées qu'il dévorait dans son enfance ? Les draps fleuris que Maureen, la femme qui avait un temps partagé sa vie, s'était procurés avec des timbres-primes ? Qui, surtout, s'emparera du coffret et des maigres bijoux qu'elle a laissés, il y a vingt-sept ans ? Laquelle de ses voisines portera à son cou le pendentif d'argent ou refermera sur son poignet la gourmette en or de leur premier Noël ? Et quelle chevelure parfumée sera retenue par la barrette en cuivre ?

Car Paul-André a décidé de mettre à la rue les souvenirs abandonnés par Maureen, ces témoins d'une vie qu'il n'a pas vue vaciller. Il n'a pu que constater une disparition, à l'aube d'un jour d'octobre. Il a eu soudain froid au cœur. Très froid. Mais il était alors trop tard.

Paul-André ne sait pas naviguer sur le temps. Il ne l'a jamais su.

*

En coup de vent, comme c'est devenu la coutume depuis un mois, Paul-André passe à l'école de musique. Jean-Marie lui remet un message de Louis Julien en insistant sur l'urgence de le rappeler. Paul-André jette un œil sur la date : le message date de trois jours. Il remercie son employé, et la main dans sa poche, froisse le papier en maugréant contre ce harcèlement fraternel. Il ne réussit à se détendre qu'une fois au volant de sa voiture. Jusqu'en fin d'après-midi, il doit surveiller étroitement les ouvriers qui terminent des travaux de plusieurs semaines au couvent de Sainte-Mélodie. Le nouveau propriétaire a fait abattre des cloisons et repeindre toutes les pièces de l'édifice. Ses compagnons le rejoindront au cours du mois prochain.

Lui, emménage le lendemain.

Armand Bordeleau est venu saluer son nouveau voisin, en fin de matinée, et il l'a invité à partager son repas. Paul-André ne s'est pas fait prier. Il a goûté suffisamment, ces dernières semaines, aux menus des deux restaurants du village ! Il a même péché à plusieurs reprises contre les directives de la bible anti-cholestérol, et fréquenté la *waguine-à-patates* installée à la sortie du village.

Le prêtre a préparé une omelette à la ciboulette. Baveuse, comme Paul-André les aime. D'un coup de fourchette, ce dernier se réconcilie avec le clergé catholique ! D'ailleurs, il apprécie de plus en plus le curé de la paroisse.

Les deux hommes ont eu l'occasion de se rencontrer régulièrement depuis l'achat du couvent et le début des travaux. Paul-André trouve son voisin de bonne compagnie. Quand on l'interroge, l'ecclésiastique répond sans détours. Avec franchise. Humour. Ce n'est guère l'homme des sermons et des conseils à tout venant. Armand Bordeleau écoute plus qu'il ne parle. De quoi plaire à Paul-André qui, lui, aime raconter, et surtout se raconter.

Il fait terriblement chaud. Le curé Bordeleau suggère une limonade qu'ils pourraient boire assis tous deux au bord de la rivière. Paul-André hésite et finit par avouer qu'il préfère des boissons qui ont plus de... vitalité ! Le prêtre sourit.

– Prenez le journal avec vous. Attendez-moi là-bas, monsieur Côté, je vous rejoins.

– Je m'appelle Paul-André. Et on se tutoie, d'accord ?

Nonchalamment, Paul-André abandonne la table de cuisine et sort en emportant le quotidien. Quatre chaises de bois peint forment un demi-cercle à l'ombre d'un chêne énorme. Paul-André s'assoit à une extrémité, là où la lumière est tamisée, et ouvre le journal.

On prévoit un nouveau record de chaleur pour le lendemain. Le lecteur grimace en pensant à son déménagement ! Les articles sur la politique municipale retiennent peu son attention. Le lecteur passe à l'éditorial, qu'il abandonne après quelques paragraphes. Paul-André cherche en vain un entrefilet insolite qu'il pourrait ajouter à sa collection d'absurdités. Rien ne semble répondre à ses critères dans ce journal régional.

Il lit, en diagonale, un article intitulé « Un héros de notre village ». Un certain Simon Saint-Simon relate qu'un marchand local a fourni 267 $ à un camp pour enfants de familles démunies, permettant ainsi de compléter la somme nécessaire à l'achat de balançoires. L'homme est décrit tel un véritable sauveur d'une jeunesse en péril et, sous la plume du journaliste local, l'action généreuse prend des proportions de bienfait planétaire à l'humanité. Les qualificatifs s'accolent comme des guimauves réchauffées. Le style s'enfle de verbe en verbe !

Paul-André commence à s'amuser fermement. Il reprend la lecture de l'article, plus lentement cette fois, pour en savourer les détails grandiloquents et le ton dithyrambique.

Il rit encore quand, continuant à feuilleter le journal, un titre capte son regard. Le rire du lecteur se fige. D'un coup. Cascade immobilisée par le froid.

La veille, le sculpteur Louis Julien s'est éteint, après une longue maladie...

21

IL pleut. Une pluie fine et tiède pleure sur l'été finissant. Le rideau discret coule sur une matinée qui s'étire vainement.

Mais ce temps triste n'affecte aucunement le bonheur d'Édith. À Sainte-Mélodie, elle a trouvé le havre qu'elle cherchait depuis longtemps. Elle s'occupe maintenant à faire de l'espace qu'elle loue au couvent un chez-soi. La machine à coudre ronronne dans sa chambre depuis la fin d'août ! Sous le pied-de-biche, le tissu de coussins en devenir, un rayé de rouge vin et de gris perle, succède aujourd'hui aux reflets argentés d'un couvre-lit achevé la veille, et au bourgogne des tentures de la semaine précédente.

Édith n'a cessé de travailler au décor qui est maintenant le sien. Des retailles s'éparpillent sur une table de réfectoire qu'elle a fait monter du rez-de-chaussée. Repeint en gris clair, comme l'ont été le chiffonnier et l'armoire à couture, ce témoin d'un temps révolu s'apprête à connaître une seconde vie.

Édith n'a pas fait abattre complètement la cloison mitoyenne des deux anciennes chambrettes. Elle y a fait simplement découper une arche qui permet à la lumière de se répandre dans son salon comme dans sa chambre-atelier.

Sur la table à dessin, une esquisse, entreprise avant son départ de Queenstown, attend que l'artiste remplace la couturière. Les lunettes d'Édith ont glissé sur son nez. Le ronron de la machine à coudre persiste toujours.

Il est midi.

*

Après une brève éclaircie, il s'est remis à pleuvoir au milieu de l'après-midi.

Assise devant une des fenêtres entrouvertes, Danielle regarde tomber la pluie. Elle se laisse envoûter par les bruits qui l'entourent : la chute de l'eau au bout de la gouttière, le froissement des vaguelettes mourant sous le saule, le cri rauque d'un canard qui s'envole. Elle observe les couleurs qui s'avivent, la pelouse qui redevient émeraude après la sécheresse de l'été, les roseaux aux quenouilles brunes, les boules d'ivoire d'un hydrangée alourdi d'eau, dans le jardin voisin. Tout s'apaise en elle dans la lumière tamisée de l'heure. Pour un instant.

Le souvenir d'Alex l'envahit bientôt.

Pas un jour ne passe sans que l'homme ne revienne la hanter. Le lien ne semble pas vouloir se rompre entre eux. Elle, les pieds bien ancrés sur terre, et lui, dans l'espace fantomatique, ils demeurent unis plus fortement que jamais. La passion vécue entretient des braises incandescentes et allume des fusées audacieuses qui arquent leurs trajectoires irisées au-dessus de l'absence.

Danielle se remémore une fois encore les rires

étouffés, les allusions taquines, le chemin de l'anse déserte où ils se réfugiaient loin des regards, le rocher contre lequel ils se blottissaient pour échapper aux violences du vent maritime, les silences habités quand ils marchaient le long de la plage, leurs caresses impudiques dans les sentiers du bois, et, jusqu'à la pâleur de l'aube, leurs longs dialogues après l'amour.

Elle n'avait jamais rien espéré d'Alex. Il ne lui avait jamais rien promis. Aucun serment ne les liait. Cet espace qu'ils se donnaient dans leurs sentiments transformait le moindre geste, le plus simple plaisir, une attention éphémère en un précieux cadeau. Quand Alex était là, ils étaient complétement présents l'un à l'autre. Séparés, Alex se laissait prendre par son travail et ses recherches, et Danielle vaquait à ses propres occupations.

« Étrange ! pense Danielle en fermant la fenêtre. Alex vivant, je me sentais totalement libre. Mort, il m'obsède, me contraint, me restreint, me paralyse. »

Elle jette un regard circulaire dans l'ancienne salle de classe et ne peut s'empêcher de faire la moue. Arrivée à Sainte-Mélodie deux semaines plus tard qu'Édith, elle n'a pas encore décidé quel aspect elle donnera à cette grande pièce.

Elle a du mal à s'adapter à son nouvel environnement, comme elle a eu du mal, avant de quitter Outremont, à abandonner certaines pièces de mobilier. Celui de la salle à manger en particulier. Il lui venait de son père qui le tenait lui-même de ses parents. Du solide. Lourd de confidences intimes aussi bien que de conversations banales. Un siècle entier de chuchotements, d'éclats de rire, de silences réfugiés dans les torsades sculptées de la table et dans les entrelacements des chaises cannées. Danielle s'est découverte plus attachée à ses souvenirs qu'elle ne le croyait. Elle n'a pas été capable de tourner prestement la page d'un chapitre de sa vie, comme elle avait su le faire en quittant Montréal pour Hampton, vingt ans auparavant.

À Sainte-Mélodie, elle n'a finalement emporté que les meubles de chambre, sa table de travail, ses CD et ses livres, ses plantes, ses tableaux, des lampes, le téléviseur et des étagères ; et du mobilier légué par ses parents, seuls deux guéridons et des tables gigognes presque centenaires. Après quelques tergiversations, elle a jugé que Suzanne et Olivier, en devenant propriétaires de son condo, assureraient la relève de la mémoire. À eux de conserver l'héritage du notaire Saint-Martin.

Aujourd'hui, dans la lumière qui baisse, Danielle se sent soudain démunie, dépouillée. Elle fait glisser son regard sur les murs de l'immense pièce encore à moitié vide. Il faudra sans tarder la meubler, y ajouter une armoire, des fauteuils pour accompagner cette chaise solitaire placée à angle devant l'une des fenêtres...

Une grande lassitude l'envahit brusquement. L'enthousiasme qu'elle pensait ressentir en abordant cette nouvelle étape de vie étouffe sous les regrets. Déposant sa tasse de café sur le large rebord de la fenêtre, elle remet, à présent, ses choix en question. N'aurait-elle pas dû attendre ? Laisser un peu de temps s'écouler avant de se décider ? Réfléchir un été, comme le lui avait suggéré Suzanne ? Danielle se reprend vite. Non. Tout est bien ainsi.

Il est normal que la nostalgie nous empoigne quand s'éloigne la rive rassurante des lieux familiers. Les premières semaines à Hampton en 1975 lui reviennent en mémoire. Elle oscillait alors entre se recroqueviller sur la blessure d'une rupture et valser dans l'euphorie d'une liberté toute neuve.

Songeant au jeune couple occupé à préparer la chambre de l'enfant à naître, Danielle sourit avec tendresse. Elle sent qu'elle a bien fait. Pour eux. Et pour elle ? Elle ne sait pas. Elle ne sait plus. Mais qu'importe.

Le visage d'Alex se pose sur le mur froid de la chambre. Un frisson traverse Danielle. Mais elle se reprend aussitôt : ce n'est qu'un moment de faiblesse, un pas en arrière qui, comme tout recul, permet de mieux suivre ensuite la voie où on a décidé de s'aventurer.

*

Il pleut. Abondamment. L'eau rebondit sur les marches du perron devant le couvent. Gérard a suivi le conseil de Claire et loué le condo. Depuis son installation à Sainte-Mélodie, il n'a guère eu le loisir de contempler le paysage, qu'il soit riant ou morose. Il a trop à faire.

Au couvent, il a rapidement emménagé et moulé à ses besoins ses quartiers personnels. Ses fenêtres font face à la rue principale. Un chêne agite son feuillage mouillé. Mais, ni la circulation du village ni le mouvement de l'arbre n'arrivent à attirer l'attention de Gérard. Dans l'ancienne classe où dominent les livres, seul l'écran du moniteur luit en cette fin d'après-midi pluvieux. Gérard Legault s'est mis à l'informatique. Sérieusement. Non pas en maugréant, comme il le faisait jusqu'alors, mais avec une curiosité qui s'aiguise de semaine en semaine. Il passe devant son ordinateur plusieurs heures par jour, s'occupant à parfaire ses cours pour la session qui vient de débuter. Il y met une ferveur dont il ne se pensait plus capable. La classe de maîtrise qui vient de lui échoir est composée d'étudiants intéressés dont les connaissances de base ne sont surpassées que par la maturité intellectuelle. Un cadeau du ciel... et de la faculté.

Gérard se rend à Queenstown trois fois par semaine ; ces journées-là, il les partage entre ses heures d'enseignement, des discussions de groupes et des rencontres en tant que directeur de thèses. Avec trois collègues, il a aussi mis sur pied un club de réflexion, et les sujets à mettre à l'ordre du jour ne manquent pas !

Son chez-lui manque de couleurs, d'ambiance, de cachet. Mais, Gérard ne sent nullement de goût pour ces détails pratiques. Pas maintenant. Il a un bon lit pour dormir, des disques à écouter, des livres à consulter, des amis avec qui partager le repas du soir et un compagnon électronique qui lui facilite de plus en plus la tâche, à mesure que leurs rapports deviennent plus assidus et plus conviviaux.

Au couvent, il a pris une plaisante habitude : en début de soirée, il s'assoit avec Danielle près du vieux saule au bord de la rivière. Ils se racontent leur journée et, les jours de cours à l'université, Danielle lui rend compte de sa conversation quotidienne avec leur fille cadette. Car, à la grande surprise de ses parents, Suzanne téléphone, chaque matin, avant de quitter son domicile pour l'hôpital. La mère et la fille parlent layette, décor, état de santé de l'une et de l'autre, rapport d'examens de routine et visites chez le gynécologue. À deux cents kilomètres l'une de l'autre, Danielle et Suzanne n'ont jamais été si proches.

Gérard s'en réjouit.

*

La pluie, poussée par un vent fort, est devenue traversière. Paul-André a dû fermer les fenêtres. Chez lui, aucune tenture, aucune étagère, aucun bibelot, aucun tableau, aucune plante. Les hibiscus sont morts. Assoiffés. Brûlés par la lumière d'été dans sa maison de Queenstown, victimes innocentes du changement de vie de leur maître.

La chambre du musicien conserve encore les allures de débarras qu'elle avait au soir du déménagement. L'été a passé. Il n'en a apparemment rien su. Les tableaux, par terre, s'appuient nonchalamment au mur près de la porte. Les livres dorment dans les boîtes qui s'empilent en colonnes dans les coins. Sous une des fenêtres, Paul-André a placé sa vieille table de cuisine et quatre chaises bancales.

Le matin, après sa promenade rituelle au village, il s'assoit face à la rue principale et prend un petit-déjeuner frugal. La tasse de café vidée, il étale le journal, le feuillette, scrute les entrefilets insolites, découpe les articles à conserver, fait les mots croisés et s'amuse à surveiller, pendant des heures, le va-et-vient des villageois. Il sait maintenant à quel moment chaque marchand ouvre sa boutique, qui est de service au restaurant, qui entre au dépanneur, qui sort de l'église, quand part et revient Armand et qui lui rend visite au presbytère. L'observateur pourrait décrire la démarche, l'habillement, les traits et les gestes coutumiers de ces gens avec la précision d'un expert monteur visionnant une séquence de film. Il n'ignore que les noms de ceux et celles qui meublent, sans le savoir, ses heures de loisirs.

Paul-André n'a rien déballé. Ou si peu. Quelques vêtements, une paire de draps, des serviettes de bain. Les étagères attendent, en pièces détachées. Le grille-pain, la cafetière électrique, une bouilloire s'alignent sur le rebord de la fenêtre, entre la pile des magazines à lire et celle des magazines à conserver au cas où... Les fils électriques pendouillent. Le courrier s'accumule sur la table, et c'est le sucrier qui sert de presse-papier. À côté, sous un cendrier rempli de trombones, dort une lettre décachetée et remise à moitié dans son enveloppe. Une lettre au libellé officiel adressée à l'école de musique par un cabinet d'avocats de Queenstown. Il l'a lue en diagonale et abandonnée aussitôt.

Depuis bientôt un mois, Paul-André campe dans le vaste couvent qui lui appartient, et à sa fenêtre, silencieusement, il joue les gardiens de phare.

*

Danielle et Édith ont fait réchauffer le bœuf à la mode préparé la veille. Dans la cuisine, les quatre convives conversent autour d'une longue table, devant le repas du soir.

– Les petites fèves sont trop cuites. On ne pourra pas les manger avec les doigts ! s'exclame Édith en se servant.

– Tu manges les haricots avec les doigts ? demande

Danielle, étonnée que son amie ose s'accorder cette permission.

– C'est une vieille histoire. Noëlla...

Devant le regard interrogatif de Paul-André, Édith explique que Noëlla était sa sœur. Celle qui l'a élevée, puis elle poursuit :

– Noëlla adorait les haricots. Elle en cultivait tout l'été dans son potager à Lac Désert. Quand venait le temps de la récolte, elle les faisait cuire juste assez pour qu'ils restent croquants sous la dent.

– Des haricots *al dente* ! interrompt Paul-André.

– Bien salés, suants de beurre fondu, elle en remplissait un bol que nous dégustions... avec les doigts. J'avais à ces moments-là l'impression de saisir la liberté au vol ! Mais l'euphorie ne durait pas longtemps. Aussitôt la ration terminée, elle s'excusait de cette entorse aux règles de la bienséance et insistait, à répétition, sur le fait qu'il s'agissait là d'une exception, très saisonnière, aux bonnes manières dont je devais fidèlement suivre les normes en toute occasion et en tout lieu.

Gérard éclate de rire :

– Chez moi, ma mère préférait que je me batte avec le poulet plutôt que de m'accorder la permission de le manger avec les doigts. C'était avant qu'elle ne devienne une cliente assidue des rôtisseries...

Les assiettes sont remplies. Gérard offre du vin. Danielle refuse, Paul-André se sert généreusement. Édith se contente d'un demi-verre. Elle tranche une baguette de pain frais et le panier d'osier passe de l'un à l'autre dans un silence de réfectoire, jusqu'à ce que Paul-André termine sa première bouchée :

– Maudit que c'est bon un bouilli réchauffé ! Tant pis pour les haricots *al dente* ! On est loin des trucs de granoles.

– Trucs de granoles ? interroge Danielle.

– Ben, les blocs de pâte de soya, compacts... Comment on appelle ça, déjà ?

– Tofu, Paul-André, et c'est excellent pour la santé, explique Édith avec le sourire.

En trempant son pain dans le bouillon, Gérard se souvient avec ironie :

– Un bouilli, pour moi, c'est la rentrée des classes, les souliers neufs qui font mal aux pieds, le cartable qui craque et le pli de pantalon qu'il ne faut pas arrondir.

– Pour moi, c'est la nouvelle paire de *breeches,* confesse Paul-André.

– Les quoi *?*

– Les *breeches*. Le fruit du croisement d'une culotte de cheval et d'un pantalon de golf !

Paul-André se lève, remonte une jambe du survêtement qu'il porte pour illustrer son propos :

– Il fallait porter ça avec des bas aux genoux qui ravalaient au moindre mouvement. Ma mère y tenait. Je faisais rire de moi pendant toute la première semaine de septembre. J'étais le seul gars *atriqué* comme ça. Enfin, moi et mon frère.

– T'as un frère, toi ? s'étonne Gérard. Tu n'en parles jamais !

Paul-André reste coi. Il fait la moue et, solennel, déclare :

– Il est mort.

Une gêne s'insinue entre les convives. Édith plonge la tête dans son assiette, Danielle écrase ses légumes, Gérard finit rapidement son verre. Paul-

André remplit le sien. Seul le tintement des couteaux et des fourchettes sur la porcelaine accompagne la fin du repas.

À la cuisine, Danielle met de l'eau à bouillir pour la tisane de Gérard et prépare du café pour son amie et elle. Décaféiné. Gérard et Édith desservent la table pendant que le musicien demeure rivé à sa chaise dans la salle à manger.

– Tu ne veux rien, Paul-André ? demande Danielle, de l'autre bout de la pièce.

– J'ai tout ce qu'il me faut.

À la table désertée, seul, il entame un autre verre de vin.

En sirotant son déca, Édith suggère qu'on aménage un vivoir au rez-de-chaussée, là où seul le piano de Paul-André essaie de combler le vide. Gérard promet un divan qui l'encombre dans sa chambre. Danielle, une ou deux lampes et deux tableaux. Édith, elle, songe à une table basse et à des étagères pour lesquelles elle n'a pas trouvé de place.

– Je me charge de faire les tentures, d'enjoliver avec quelques coussins, assure-t-elle comme pour s'excuser de la suggestion mise de l'avant.

Paul-André n'a pas bronché. Retiré dans un mutisme distant, il n'écoute aucunement la conversation qui se poursuit entre ses amis.

Sur l'envers d'une feuille où elle a déjà noté quelques produits ménagers à acheter, Danielle dessine les contours du futur vivoir et place approximativement les meubles disponibles. Gérard suggère que l'on mette aussi en commun certains livres, ceux qu'on a lus et relus et qu'on ne relira pas de sitôt.

Paul-André l'interrompt abruptement :

– Baptisons le couvent.

Les amis se regardent, interrogatifs. Le propriétaire insiste. Édith se lève et se verse une autre tasse de café pendant que Danielle précise que de pareilles choses ne se décident pas d'un coup et que pour trouver un nom original et pertinent, il faut y penser, bien y penser. Paul-André insiste. Finalement, agacée, elle se moque :

– « Château des quenouilles » ou « Domaine du pissenlit » ?

Gérard enchaîne sèchement :

– Il ne nous reste qu'à planter des vignes et à produire un vin de pays !

– Je suggère « Hospices des nonnes » ou « Côtes de Sainte-Mélodie », ironise Paul-André à son tour, visiblement décontenancé par la réception que reçoit son idée.

Le silence s'étale et se fige. Un étang, à quarante sous zéro.

Édith, délicatement, transporte les tasses vides à la cuisine, les rince et les place dans le lave-vaisselle. Danielle s'empare de la nappe et la secoue au-dessus de l'évier. Les deux femmes se font discrètes, mi-amusées, mi-embêtées par la tournure de la discussion. À table, les hommes entament une conversation sur les prévisions météorologiques, sujet neutre par excellence, véritable fleuron de notre civilisation.

Paul-André, sur le point de conclure, se plaint toutefois :

– Avec un temps comme celui d'aujourd'hui, j'ai mal partout. Je me sens les jambes raides et les bras endoloris. Je me remets pas de ce maudit déménagement. J'ai trop transporté de boîtes, faut croire.

– Moi, c'est le dos, maugrée Gérard en écho. J'ai un point entre les omoplates d'où la douleur irradie. Pas un onguent ne donne de résultat.

– Et puis, le cou... j'ai l'impression de porter un collier d'acier.

– On n'a plus la souplesse qu'on avait, surtout le matin.

En essuyant les comptoirs, Danielle murmure à Édith :

– On devrait préparer à chacun une bouillotte brûlante pour détendre leurs vieux muscles. C'est donc triste, souffrir comme ça !

Édith met le lave-vaisselle en marche. Danielle referme la fenêtre de la cuisine et éteint le néon. Le jour est tombé. L'air humide s'appesantit dans la pièce sombre. Seuls les voyants des appareils électriques clignotent, légers. Des lumignons oubliés.

Dans la salle à manger, les hommes continuent la litanie des douleurs :

– Il y a aussi mon épaule gauche. Regarde, je peux à peine lever le bras, s'alarme Paul-André en joignant le geste à la parole.

Gérard ne peut retenir l'avertissement qui lui traverse l'esprit :

– Attention, mon Vieux, bientôt tu ne pourras même plus lever le coude !

– C'est le festival de l'humour, à l'université ? lance Paul-André, piqué au vif.

Édith articule un bonsoir discret en passant près de Gérard et de Paul-André. Danielle la suit mais, au moment de sortir, elle se tourne vers eux :

– Dormez bien, malgré vos bras, votre dos, vos jambes et votre cou.

Gérard pince les lèvres sous le sarcasme et tripote nerveusement son collier de barbe. Paul-André prend un air offusqué, ce qui invite Danielle à jeter, taquine :

– Pour le nom de la propriété, vous devriez songer à quelque chose de descriptif. Le « Club des bouillottes » peut-être ?

*

J'ai toujours voulu savoir. Tout sur les fleurs carnivores, les rongeurs herbivores, la fabrication du feutre, la composition d'un opéra, les discussions houleuses des académiciens sur l'usage du point-virgule et l'avis des joueurs de hockey sur la culture des violettes africaines. Une question surgit, il me faut une réponse ! Immédiate.

Les mots magiques de mon enfance ont été : quoi ? et qui ? Ces mots déclenchaient une avalanche d'explications. Un jour, j'ai prononcé : pourquoi ? Le vocable a entraîné des soupirs, des haussements d'épaules, des gestes d'impatience, des grimaces. À répétition, il a même provoqué des réprimandes. J'ai donc appris à observer, à écouter, à percer seule les mystères et les secrets des grands. Vouloir des réponses donne des ailes pour vite apprendre à lire.

J'ai accumulé les lectures, additionné les diplômes. J'ai cru toucher au but : comprendre. Mais la seule chose que j'ai comprise en apprenant, c'est que derrière chaque porte qui s'ouvre, apparaît une antichambre où dix autres portes t'interrogent narquoisement. Poupées russes, reflet infini des miroirs.

J'ai grandi et je me suis rendu compte que la réalité est multiple et qu'il ne s'y infiltre toujours que des réponses fuyantes, contradictoires, incomplètes. Je cherche encore, Alex. Les questions affluent toujours, et les réponses m'échappent.

Quand j'étais jeune, un bon employé était celui qui travaillait toute sa vie pour la même institution, dans la même usine, derrière le même guichet. Aujourd'hui, cet homme n'est qu'un raté qui manque d'ambition. Ce qui donne goût à la vie un jour te condamne à mort le lendemain. Small is beautiful *alterne avec* the biggest of the world.

Tout bouge, remue, s'agite... devant moi qui ose implorer que le monde soit stable. Mes réponses frémissent, tremblent, se désintègrent. Je ne les reconnais plus. La réalité porte mille masques, se joue sous mille regards, revêt mille identités.

Un monstre.

22

JEAN-MARIE n'insiste plus. Il l'a appris à la dure : il ne faut jamais bousculer Paul-André Côté. Il faut lui accorder le temps – souvent très long – de prendre de plein gré ses décisions.

Jean-Marie est conscient qu'il n'a aucun vrai pouvoir de négociation. Paul-André sait que son employé ne caresse qu'un espoir depuis des années : acheter l'école de musique. Et il garde précieusement en mains toutes les cartes maîtresses. Jean-Marie sert de valet dans cette joute qui se prolonge, selon lui, bien au-delà de la limite raisonnable. Il piaffe d'impatience.

Paul-André ne vient plus à l'école. Il survient. Comme les quêteux arrivaient au village. Sans prévenir. Il surveille, mais ne veille plus. Celui qui voit au roulement quotidien, c'est Jean-Marie. Celui qui gère l'inscription des élèves, l'engagement des professeurs, la vente des instruments et des partitions au comptoir, l'achat en gros, c'est lui. Toujours seul. Sans directives. Sans aide aucune. Il est loin le temps où les tâches étaient partagées à l'école de musique *Paul-André Côté* !

À la dernière visite du patron, Jean-Marie a cru que le moment attendu était arrivé ; il s'est imaginé naïvement qu'il était venu lui faire l'offre qu'il attend depuis des années. Paul-André avait lentement détaillé les travaux qui l'accaparaient à Sainte-Mélodie. Il avait décrit le couvent, parlé de l'arrivée prochaine de ses amis, et fait l'éloge d'un certain Armand qui habitait tout près et avec lequel il aimait discuter de longues heures.

Le préambule s'achevait. Le patron allait enfin en venir au fait. Jean-Marie le sentait... Brusquement, la conversation avait avorté. Le long monologue avait perdu sa raison d'être entre les doigts du temps. Au creux des mains de l'employé, il ne restait qu'un profond désenchantement.

*

Paul-André est un zappeur émérite. L'espérance de trouver des émissions de télévision intéressantes, couplée à un attrait prononcé pour les gadgets, a vite créé chez lui ce réflexe. Les couleurs s'agglutinent, abandonnant leurs traces fantomatiques sur sa rétine. Le babillage d'une entrevue se confond aux commentaires d'un journaliste et s'entremêle aux dialogues d'un téléroman. Mais ce soir, fuyant l'agglomérat sonore et visuel qui se répercute dans la pièce nue, Paul-André retourne en pensée à Queenstown, quelques semaines plus tôt.

Il était entré à l'école de musique bien décidé à faire une offre à son employé. Jean-Marie, s'était empressé de lui demander comment se dessinaient les rénovations à Sainte-Mélodie. Le patron avait fait l'état des lieux, décrit ses projets avec force détails et, au moment où il allait parler affaires, il avait surpris dans l'œil de Jean-Marie une étincelle qui grossissait, et menaçait de l'éblouir. Paul-André n'avait pu accepter que son ancien élève crie victoire, ne serait-ce que par une lueur fugace dans son regard. Il avait aussitôt désamorcé la phrase qui allait éclater au grand jour. Il était reparti, refermé sur lui-même. Une huître qui refuse de dévoiler sa perle.

Ce soir, Paul-André s'en veut de ce réflexe conditionné devant le moindre grain de sable qui pourrait enrayer la machinerie qu'il met en mouvement. Ce recul déclenché par l'espoir de Jean-Marie, c'est une technique de protection qu'il a mise au point. Une autre. Une véritable armure qui maintenant l'entrave. Elle est devenue scaphandre, prison. Parfois, comme ce soir, il souhaiterait s'en affranchir.

Mais, oserait-il se montrer vulnérable ? Devant Édith par exemple ? Elle n'est pas menaçante, mais son amitié avec Danielle et sa relation avec Antoine avivent la prudence de Paul-André vis-à-vis d'elle. Devant Danielle ? Jamais ! Cette femme à l'humour acéré, au regard qui vous perce de part en part, il s'en méfie. Risquerait-il devant Antoine ? Plus jamais. Une fois lui a suffi ! Devant Gérard ? Peut-être... un jour. Devant Armand ? Probablement...

Brusquement, Paul-André navigue vers Maryvale. Il revoit l'atelier de son frère qui s'emplit de la voix ferme du sculpteur qui le hante encore après toutes ces années. Il l'entend lui jeter, sans vergogne, ses vérités à la figure : « Consulte un miroir, conseille la voix : Tu as toujours eu peur, peur de basculer, peur de risquer de te perdre en t'engageant... » La voix s'enfle, s'acharne : « Quel personnage tu joues, ce matin ? » La voix tonne : « Derviche tourneur. » Tonitruante, elle le harcèle : « Ce que tu risques de trouver, c'est un grand vide. »

Le visage de Paul-André a pâli, sa mâchoire s'est durcie, une douleur le transperce à vif. Six ans plus tard, les derniers mots du dernier entretien entre les deux frères vibrent dans la chambre de Sainte-Mélodie. Et la gifle du rejet claque, une fois de plus, sonore et sans appel : « Il est trop tard, Paulo. »

La lueur cathodique danse sur les murs de la pièce dénudée. Paul-André laisse échapper un râle où s'articule sa haine pour le frère disparu. « Laisse-moi tranquille, Julien. Je veux plus t'entendre. Ta gueule ! Jouis en silence. T'as tout maintenant. Tout : Maureen et l'éternité. » Dans la tête de Paul-André, aussitôt, la voix hargneuse de son père, Baptiste Côté, prend la relève de celle du frère. Elle le juge et frappe le maillet de l'ultime condamnation, l'écrasant comme aux jours lointains de son enfance : « Tu feras bien jamais rien comme il faut, toi, Ti-Paul ! »

*

Après une longue accalmie, le vent s'est élevé près du saule où ils se sont assis. Le soleil a disparu ne laissant au ciel qu'un lac de lumière argentée que l'encre de la nuit brouille peu à peu. Danielle frissonne. Gérard lui offre son vieux cardigan. Elle refuse :

– Nous serions mieux au chaud, chez moi. Maintenant que cela ressemble à un appartement, je te fais l'honneur de la première vraie invitation.

Le couple contemple un moment encore les faibles lueurs qui courent sur la rivière, puis rentre. À la porte de Danielle, Gérard s'informe :

– Que dirais-tu d'un digestif ?

C'est avec deux verres et une bouteille de Sambucca que Gérard revient quelques instants plus tard. La pièce de Danielle, maintenant meublée et décorée, lui semble beaucoup plus spacieuse que la sienne. C'est que rien n'obstrue la vue du visiteur. Nulle cloison, nulle étagère, rien ne rompt l'espace. Seul un paravent sépare discrètement de ses panneaux colorés le coin chambre du coin vivoir que des murs jaune paille ensoleillent même sous l'éclairage artificiel. Une fougère, au bout de la bibliothèque, déploie ses ailes de jade. D'autres plantes s'étirent sur le rebord des fenêtres.

Gérard tend un verre à son hôtesse et prend place dans l'un des fauteuils tout juste livrés la veille. Les verres tintent.

Danielle désigne à son compagnon le pouf de même tissu que le fauteuil, et lui suggère de s'allonger les jambes. Gérard obtempère avec ravissement et lève son verre, cette fois à leur santé et à celles de leurs filles !

– J'adore la senteur de l'anis ! s'exclame Danielle en humant le contenu du verre. Je ne savais pas que tu l'aimais aussi. Un souvenir de voyage ?

– Non.

– Le rappel d'une rencontre ?

– Exact. Au *George-Sand,* offert par Antoine, un soir d'octobre. Un souvenir chaleureux, devenu depuis symbole d'amitié.

Danielle goûte longuement la première gorgée et remercie Gérard en souriant. La lumière tamisée de la lampe, le parfum de l'alcool, tout concorde à détendre le couple. Un nuage passe toutefois sur ce moment de sérénité. L'homme fronce légèrement les sourcils :

– As-tu des nouvelles de Claire, toi ?

– Je l'ai jointe l'autre soir, au vol, bien sûr. Nous n'avons échangé que quelques mots. En fait, la dernière conversation substantielle que j'ai eue avec elle date de la semaine de mon arrivée quand je lui ai donné mon nouveau numéro de téléphone.

– J'ai été moins chanceux encore. Moi, j'ai dû laisser un message sur le répondeur.

– Souviens-toi de l'adage : *pas de nouvelles...*

Danielle se lève et ferme la fenêtre restée entrebâillée. Elle fait glisser les tentures sur la tringle en entamant le rapport journalier sur la santé de Suzanne :

– Elle prend du poids ; trois murs de la chambre du bébé seront bleu pervenche ; sur l'autre Olivier termine une murale où dominent les tons chauds.

– Cet enfant naîtra au milieu d'œuvres d'art, se réjouit Gérard qui enchaîne après une hésitation : Que penses-tu d'Olivier ?

– Je ne le connais pas. Enfin, si peu ! Suzanne a toujours été très discrète sur ses amours. Je n'ai appris son existence que plusieurs mois après leur rencontre. Je le crois intelligent, talentueux.

Danielle réfléchit quelques secondes, puis poursuit d'un ton détaché :

– Suzanne n'a jamais semblé aussi heureuse. C'est ce qui compte, non ?

Tout en décrivant le compagnon de sa fille, Gérard dépose son verre sur la table à café :

– Aussi nerveux que Suzanne est calme. Aussi brouillon qu'elle est organisée. Les contraires qui s'attirent, quoi !

– Nous verrons dans trois mois ce que ça donnera comme mélange génétique.

Gérard a terminé son verre. Il se lève nonchalamment et examine les livres sur les rayons de la bibliothèque. Il jette aussi un regard rapide sur les colonnes de disques. À la dérobée, il observe Danielle. Depuis son arrivée à Sainte-Mélodie, il n'a pu détecter chez elle l'enthousiasme qui la caractérise, la spontanéité qui la fait rayonner habituellement. Danielle reste enfoncée dans une tristesse profonde, une langueur distante. En fait, il n'a pas encore retrouvé la Danielle d'avant l'accident d'avril. Quelquefois, il croit qu'elle va montrer le bout du nez. Apparition fugace, le temps d'une blague, d'une remarque, d'une taquinerie. Mais le ton change aussitôt, le regard s'éteint, la voix craque. Une hirondelle jetant sur la quiétude du crépuscule l'ombre de son vol erratique.

– Regrettes-tu d'être venue ici ?

Quoique visiblement décontenancée par la question, Danielle ne cherche aucunement à esquiver la réponse. Elle regarde franchement Gérard dans les yeux, se mordille la lèvre inférieure et laisse échapper, dans un murmure à peine audible :

– Je me le demande, parfois.

À la porte, Gérard se penche tendrement vers elle pour déposer un baiser sur chacune de ses joues, comme il le fait souvent. Leurs regards se croisent, se jaugent. Brusquement, les yeux de Danielle s'emplissent d'eau. Gérard la prend doucement contre lui et l'entoure de ses bras. Affectueusement. Ils restent ainsi un moment. Silencieux. Dans la chaleur l'un de l'autre. Puis Gérard prend Danielle par les épaules et, avec ardeur, l'embrasse. Elle s'abandonne un court instant, puis rapidement, se ressaisit. Gérard, sans articuler un mot ni se retourner, traverse le couloir.

Tremblante et perplexe, Danielle reste dans l'embrasure de sa porte. Au moment où Gérard va pénétrer chez lui, elle lui rappelle, mi-figue, mi-raisin :

– Tu oublies les verres et la bouteille.

*

Je ne suis pas encore habituée à ce nouveau décor. Bien que les tableaux sur les murs, les accessoires, les livres et plusieurs meubles soient les mêmes. L'éclairage y est peut-être pour beaucoup.

La lumière. Toujours la lumière. C'est elle qui change tout en s'habillant d'autres reflets. On re-découvre un portrait. On re-voit un paysage.

Mes fenêtres mordent la rivière. C'est d'elle qu'émergent les matins. J'aime la solitude de mes journées. Je m'y enfonce. Pour me perdre. Perdre mes jours, couler dans un bain de douceur. Sans bagages.

Il m'est difficile de m'habituer à la présence des autres. Pourtant, je la cherchais. Gérard travaille comme autrefois. Comme autrefois, nous nous retrouvons seul à seule après le repas du soir, pour parler des enfants... qui n'en sont plus.

Édith se retire dans sa chambre, derrière des montagnes de tissu. La journée durant. Nous nous voyons à midi. Mais je ne la retrouve pas toujours. Elle a la tête ailleurs. La tête ? Non, le cœur.

Paul-André ? Il ne se laisse pas connaître. Encore moins apprivoiser ! Il nous envoie des reflets filtrés de lui-même, des personnages qu'il joue avec brio, mais auxquels lui-même ne semble plus croire. C'est agaçant !

En moi, tout change sans cesse. J'oscille d'une émotion à l'autre alors que j'aimerais tant me rassurer avec des vieux gestes.

Tout se transforme. Constamment.

Le temps m'échappe.

23

ANTOINE a repris le fil interrompu de sa vie. Au ralenti. Il ne travaille encore qu'à demi-temps au *George-Sand*. Du mercredi au samedi. Si le bistrot ouvre maintenant ses portes les dimanches, le chef, lui, fait toujours relâche. Son assistant tient la barre avec une maîtrise qui ravit le patron. Ce temps libre qui lui échoit pour la première fois de sa vie, Antoine l'a employé à rénover la maison du lac. Les travaux entrepris trois mois plus tôt sont maintenant terminés.

Une grande chambre a pris la place des deux chambrettes. Disparus, les lits branlants, les matelas creusés et les chiffonniers encombrants. Un mur entier a été transformé en armoire et en garde-robe. Un grand lit trône dans la pièce repeinte en blanc. L'autre section de la maison a, elle aussi, été remise à neuf : les comptoirs de cuisine brillent d'un revêtement clair, des fenêtres plus grandes ont été installées, le mobilier et la moquette du vivoir ont été remplacés et il y a maintenant des portes françaises qui ouvrent sur une véranda. Oubliés, les tissus bariolés, les lattes sombres, la pergola aux poutres pourries et la vigne devenue sauvage qui envahissait même la lumière.

Antoine a besoin de soleil. Antoine veut voir le lac, y plonger le regard jusqu'à se noyer. Antoine veut respirer. Profiter de ce qu'il lui reste de vie et mordre dans cette liberté euphorisante qui lui revigore le sang comme un après-midi de marche en montagne.

Un bruit de pneus crissant sur le gravier de l'allée sort le maître de sa maison. Édith gare sa voiture le long de la clôture. Elle n'est pas revenue au refuge d'Antoine depuis le départ de Lionel. Ils se sont vus tout au long de l'été, mais ailleurs. Ils prenaient rendez-vous au couvent ou au *George-Sand*. Ils ont fait des promenades dans les collines de l'autre côté de la rivière, dans la campagne environnante, mais jamais ils ne se sont rencontrés à la maison du lac Chocolate.

Dans la lettre qu'il lui avait adressée quelques jours après la mort de son frère, Antoine lui avait expliqué qu'il avait un urgent besoin de faire le point sur sa vie. Sa retraite du lac lui permettait ce qu'il recherchait : le calme propice à un retour sur lui-même. Il désirait, le temps que cela prendrait, en faire un sanctuaire inviolable. Il tenait, par contre, à revoir régulièrement celle qu'il persistait à appeler, avec une amoureuse tendresse, son ange.

Édith avait compris et accepté sans l'ombre d'une hésitation. Elle lui avait offert son écoute, son réconfort, son temps. Sans ambiguïté. En toute amitié.

Aujourd'hui, Antoine l'a invitée à la maison du lac.

Rayonnante et encore un peu intimidée, elle s'approche, le corps à moitié caché sous le feuillage d'une plante. Antoine marche d'un pas alerte à sa rencontre.

– C'est pour vous, dit-elle. Pardon, pour toi. Je dois tenir ma promesse de te tutoyer !

Antoine est abasourdi.

– Comment as-tu su que je cherchais un laurier ?

– Vraiment ?

– Hier encore, j'ai visité deux fleuristes à Queenstown. Où l'as-tu trouvé ?

Édith pouffe de rire.

– À Sainte-Mélodie.

Elle a droit à l'accueil chaleureux du propriétaire, aux explications détaillées du menuisier et à la visite guidée du jardinier. Des armoires aux plates-bandes, Édith regarde, observe, admire ! S'étonne aussi. Elle n'aurait pas pensé qu'Antoine était homme à faire, si rapidement, maison nette de la présence de son frère. Un sentiment un peu flou l'envahit. Un malaise. Une gêne. Elle qui, en faisant le tri des papiers de sa sœur, avait l'impression de violer un sanctuaire ; elle qui n'avait pu se résigner à vendre la maison de Lac Désert que des mois après la mort de la propriétaire ; elle qui, six ans plus tard, se sent parfois coupable d'avoir abandonné le jardin et la roseraie de Noëlla à des mains inconnues se rend compte soudain qu'elle ne connaît pas vraiment Antoine...

Antoine et elle sont restés plusieurs heures ensemble. Ils ont étiré l'heure du lunch, contourné le lac en canot avec des lenteurs de bien-être. Ils contemplent maintenant, assis à la petite table de la véranda, les palmes d'un arbre qui tracent des ombres mouvantes sur la pelouse.

Édith semble songeuse. Antoine croit deviner ses pensées. En versant l'express bien noir dans deux petites tasses, il s'explique :

– Les objets, le décor ne sont rien pour moi. Quand je bouscule l'espace, c'est sans nostalgie. Le deuil, lui, ne me quitte jamais. Tu vois, Édith, mon existence a été jalonnée par la mort. Celle de mon père quand j'avais 18 ans. J'ai dû rapidement devenir un homme, veiller sur ma mère, son chagrin et ses excès. À son tour, elle est partie... Je suis devenu le père de Lionel et lui aussi je l'ai vu s'en aller. S'ouvre à présent une autre étape de ma vie. La dernière sans doute.

Édith dépose sa main sur celle d'Antoine qui poursuit avec résignation :

– La vie nous pousse vers l'inéluctable.

Édith baisse la tête. Son regard s'embue. Antoine, du bout des doigts, lui relève le menton avec tendresse :

– Je ne voulais pas t'attrister.

– J'ai toujours peur que les mots qu'on prononce avec force soient entendus...

Édith tremble. Antoine se lève, avance sa chaise et s'assoit tout contre elle. Édith ferme les yeux et se blottit contre le géant qui l'enveloppe de ses bras protecteurs.

– Je t'ai connu plus... combatif auprès de Lionel.

– Comme un père le fait, s'empresse d'ajouter Antoine. Je choisis mes batailles, Édith. Mon courage, je ne l'emploie pas à me battre contre le destin. Et comme la seule certitude que nous ayions dans cette vie, c'est son issue... Je ne vois pas pourquoi je me battrais contre cela. Le moment venu, je ferai face. Avec dignité. Mais sans combat.

Il lui prend sa main et l'entraîne au bord du lac. La surface de l'eau est devenue miroir. Un grand calme pénètre Édith pendant qu'Antoine continue :

– Mon métier, c'est de joindre l'agréable à l'essentiel, la saveur au nécessaire. Un peu de « vivre » sur le « survivre ». Le temps d'un repas. Ce n'est pas là une bien grande mission. Mais elle a sa raison d'être. Certains cherchent à sauver la planète. Moi, je saupoudre de petites joies l'ordinaire de la vie.

Maintenant, plus détendue, Édith savoure les dernières phrases d'Antoine. N'est-ce pas ce qu'elle vit auprès de lui ? Une joie constante. Et la joie, n'est-elle pas l'art de surligner l'instant qui s'échappe ? Édith regarde son compagnon. Lui sourit.

C'est le génie de cet homme de donner du relief au quotidien. Au *George-Sand,* comme à la maison du lac, chaque potage se déguste, le plus simple ragoût exige qu'on s'en délecte. Le goût d'un café s'étire dans la bouche. C'est plus que de la nourriture qu'Antoine prépare. De lui émane une vigueur dont Édith cherche à deviner la source intime. Elle l'interroge. Après un moment de réflexion, Antoine répond :

– Ce sont mes morts qui m'aident à vivre.

– Je saisis mal...

– J'ai besoin d'intérioriser la personne disparue. De transformer son départ en force. Pour cela, je dois me libérer de toute nostalgie. Trop de pleurs la noient. Trop de souvenirs l'étouffent. De mes parents, à part quelques photos, je n'ai rien conservé. La maison familiale, en Suisse, je l'ai vendue sans regret. L'empreinte de Lionel n'est peut-être plus visible dans la maison, Édith, mais il reste présent en moi.

L'après-midi tire à sa fin. Le soleil fait éclabousser des pépites d'or sur la ligne des arbres. Édith préfère rentrer chez elle avant la fin du jour. Le couple marche vers la voiture de la visiteuse, du pas de ceux qui cherchent à garder le temps en laisse...

Antoine ouvre la portière. Édith l'embrasse amicalement et s'installe au volant. La vitre est ouverte, le moteur ronronne. Antoine retient la main de la conductrice.

Soudain, il contourne le véhicule et rejoint son amie à l'intérieur, lui confiant avec enthousiasme :

– Toutes ces années, Édith, j'inventais des histoires pour Lionel. Je laissais couler mon imagination à partir d'événements qu'il vivait. Pour le faire rire. Ou lui servir une leçon. Les mots répétés s'attachaient mieux à sa mémoire. Ces histoires, j'ai pensé les faire revivre dans des livres pour enfants.

– Bonne idée !

– Tu ferais un test auprès du plus jeune de tes petits-fils ?

Édith sourit, attendrie. Elle passe doucement sa main sur le visage de l'homme dont le regard brille.

– À condition que tu te mettes à l'œuvre sans tarder, Antoine. Pablo a six ans et il grandit vite.

– J'ai déjà terminé deux histoires...

Les yeux d'Édith s'illuminent :

– Que dirais-tu que je les accompagne de quelques dessins ?

– Tu devines tout, mon Ange...

*

– Guy ? À cette heure ?

Le soleil s'étire maintenant sur l'horizon, effilochant des jets d'ambre folâtres sur la rivière.

– J'ai à te parler, Maman. Tout de suite.

– Entre.

Encore revêtu de son uniforme militaire, le fils suit sa mère dans l'escalier extérieur. Le bruit de leurs talons résonne bientôt sur les planchers de bois de l'entrée, puis dans le couloir, rythmant les battements du cœur d'Édith qui s'affole intérieurement. Il est sûrement arrivé quelque chose de grave. À qui ?

Danielle surgit de la cuisine. Guy la salue d'un bonjour à peine articulé tout en retirant sa casquette. Danielle comprend dans les yeux effarés de son amie que l'heure n'est pas aux civilités. Debout, au milieu du corridor, elle se contente de les suivre du regard, inquiète à son tour. Quel nouveau malheur s'apprête à frapper son amie ?

Le pas nerveux d'Édith s'entremêle au pas sonnant du militaire jusqu'à l'étage, jusqu'à la porte.

– Qu'est-ce qui se passe, Guy ?

Le colonel Leclerc pose sa casquette sur l'un des bras du divan et se dirige lentement vers l'une des fenêtres de la pièce. Il commence maladroitement quelques phrases qu'il laisse chaque fois en suspens. Édith s'approche et lui prend la main, celle qui s'agite sur le dossier d'une chaise :

– Raconte...

Guy se tourne vers sa mère et déclare avec une certaine brusquerie :

– Maman, l'homosexualité, c'est héréditaire !

Édith reste bouche bée. Décontenancée.

– Tu t'interroges... sur... toi ?

– J'ai trois enfants ! lance-t-il, indigné par la question.

Il se rend compte aussitôt qu'il a proféré une magistrale sottise devant celle qui a eu trois enfants d'un homosexuel. Il marmonne une excuse et enchaîne :

– Je me suis posé toutes les questions qu'il fallait, il y a plus de vingt ans. J'ai trouvé les réponses. Toutes négatives. Non, ce n'est pas de moi dont il s'agit.

– De... Michel ?

– L'homme à femmes ? Non !

– Tu parles de... Ginette, déduit Édith.

– Ginette ne croit qu'au mâle géniteur. En tant qu'homme, je n'apprécie pas tellement... Mais, c'est son affaire. *That's life!*

– De qui tu parles ?... Explique-toi !

Guy s'assoit, effondré. Ses yeux s'emplissent d'eau. Il tremble. Édith retrouve sous l'habit militaire un petit garçon en détresse. Elle se sent maladroite. S'il avait 6 ans, elle le bercerait contre elle ; quand les mots ne servent plus à rien, la chaleur du corps, elle, sait amener l'accalmie. Mais Guy a 43 ans, et c'est un homme à la charpente solide. Édith se sent bien impuissante. Elle caresse les cheveux ras de son fils et attend que l'orage passe.

Guy s'éponge le front, malgré l'air frais qui entre par la fenêtre entrouverte... Il inspire profondément, se racle la gorge et, comme un enfant confessant le premier péché qu'il imagine mortel, avoue à mi-voix :

– C'est Christopher.

Édith hausse les épaules et soupire :

– Ton fils n'a que 15 ans !

Le colonel se sent rappelé à l'ordre du bon sens par la phrase de sa mère. Honteux, il se lève. Il contemple en silence le soir qui humecte de pénombre les grands cils du saule pleureur. Puis, la nuque à nouveau raide et le port fier, il se tourne et toise sa mère :

– Je sais ce que j'avance.

– Tu sais... ou tu crois ?

Guy demeure un instant perplexe. En frottant rapidement l'une contre l'autre les paumes de ses mains, il donne un peu plus de détails :

– Durant les dernières vacances familiales, Christopher a envoyé tous les jours une carte postale à un copain. Un seul. Toujours le même. Il a téléphoné à ce Jeff plus de dix fois pendant les trois semaines qu'a duré le voyage dans l'Ouest. Aussitôt revenu à la maison, il a couru chez lui. Et tous les soirs depuis. Hier, Jennifer est allée promener le chien beaucoup plus tard que d'habitude... Elle les a surpris, dans le parc...

Guy hésite, se racle la gorge, et chuchote :

– Enlacés.

Édith a écouté sans interrompre son fils. Le discours ravive d'anciens souvenirs, elle les chasse d'un geste de la main et regarde Guy dont le corps musclé tremble encore d'un mélange explosif de rage et de désespoir.

– Assieds-toi, mon Grand.

La tête baissée, le colonel Leclerc se laisse tomber sur la chaise au bout de la table. La voix maternelle, continue, chaleureuse :

– Je te prépare un café. On va prendre le temps d'examiner tout ça. Calmement. Sans nous presser...

Édith n'a pas allumé. Guy a abandonné son veston galonné et accueilli la pénombre avec reconnaissance. Il se sent rassuré. Ils sont encore à table devant la fenêtre. Édith lui a parlé de ses questionnements d'autrefois, à propos de lui, de Ginette, de Michel. Elle le comprend.

– Peu importe que ce soit génétique ou psychologique... Ne gaspille pas ton énergie à chercher des explications. L'essentiel, c'est Christopher, le fait qu'il soit ton fils et qu'il ait besoin d'un père.

Guy reste muet. Il ne sait comment expliquer ce qui se passe en lui. Il bafouille. Édith l'interroge, cherche à mieux saisir les nuances qu'il esquisse, qui se bousculent et se chevauchent dans le désordre des émotions. Une phrase la met soudain sur la voie :

– Tu crains... les autres. Ce que peuvent en penser... les autres, c'est ça ?

Entendant ses propres mots sans les artifices de la rationalisation, Guy s'objecte :

– Ce n'est pas aussi simple.

– Guy, je ne suis pas tombée de la dernière pluie. Ce que pensent les autres pèse toujours très lourd dans le poids de nos misères. Un échec public est plus blessant qu'un échec intime. L'humiliation avive les coups de la vie. Elle décuple le vide laissé par le deuil d'un amour, la perte d'un travail, la brisure d'un rêve. Et qu'on le veuille ou non, qu'on en soit conscient ou non, on rêve toujours ses enfants.

Édith a frappé juste. Guy se jette la tête entre les mains. Honteux.

– Christopher, tu l'aimes ?

– Comment peux-tu me poser une question pareille ? Tu sais bien que je ne veux que son bonheur.

– Alors, permets-lui de suivre sa voie. Et soyez là, pour lui, Jennifer et toi.

Guy n'est pas pleinement convaincu. Mais il sent qu'Édith parle sagement. Avec expérience. Il l'a vue agir. Il sait que son entrée dans les Forces armées ne faisait aucunement partie de ses espérances de mère. Pourtant, jamais, elle ne l'a découragé ou ridiculisé. Il sent qu'elle n'approuve pas tout de la vie de Ginette et de Michel. Mais elle n'a jamais coupé les ponts avec eux. Pas plus qu'avec leur père.

Lentement, Guy remet son veston et sa casquette. Il remercie Édith de son écoute, de ses conseils, de son temps. Ils marchent côte à côte, en silence, jusqu'à l'entrée du couvent. En l'embrassant, Édith insiste :

– Christopher aura beaucoup besoin de ton soutien et de ton respect.

Puis elle ajoute dans un large sourire :

– Mais tu es un bon père. Tu as du cœur. Tu sauras trouver les mots et les gestes...

24

Gérard est ravi. Absolument ravi. Rien ne semble vouloir gâcher les rapports qu'il entretient avec sa classe de maîtrise. La relation reste au beau fixe. Après plus d'un mois, il persévère dans son évaluation du début de la session. La plupart des travaux remis dépassent les attentes établies. Celles de la faculté, bien définies et éprouvées. Celles du professeur Legault, exigeantes et éprouvantes.

– Un bon cru ! se répète Gérard en marchant vers le garage souterrain de l'université.

Il aimerait regagner Sainte-Mélodie. La journée est chaude, la lumière douce et dorée. À la pensée de se détendre et de lire un moment face à la rivière avant le repas du soir, Gérard regrette d'avoir accepté l'invitation au cocktail de l'ambassade de France.

Il y a dix-huit mois, il a entrepris des pourparlers avec l'attaché culturel dans le but de créer un partenariat pour un prix de critique littéraire. Un art en déséquilibre qui risque, selon lui, de se perdre. Gérard cherche à promouvoir des analyses qui n'utilisent pas le jargon universitaire, s'adressent à d'autres qu'aux spécialistes, mais ne se résument pas non plus, sous prétexte de rejoindre le peuple, à une simple narration de l'intrigue. Les longues et délicates négociations entre les partenaires semblent vouloir enfin aboutir : Gérard a décidé de profiter de cette rencontre informelle avec l'attaché, avant la réunion officielle fixée à la semaine suivante.

Il trouve rapidement à se garer. Un visiteur quitte justement, libérant une place. D'autres invités s'agglutinent à l'entrée. Ils s'identifient, un à un, dans le micro. Gérard fait de même. La lourde grille s'entrouve et le groupe gravit les marches de pierre jusqu'à une porte vitrée où le manège recommence. Chacun et chacune s'y conforment avec grâce et... patience.

Gérard remet son carton d'invitation au jeune homme qui les attend au pied du grand escalier, puis monte à l'étage en admirant les tapisseries gigantesques qui habillent les murs géants du hall. Une trentaine de personnes circulent déjà dans le grand salon, l'air désinvolte et le regard curieux. L'attaché culturel reconnaît Gérard dès son arrivée dans la pièce ; il va à sa rencontre et l'accueille d'une vibrante poignée de main. Un serveur offre sur un large plateau quelques verres de divers alcools. Gérard se laisse tenter par un pineau des Charentes. L'attaché lui fait signe de le suivre à l'écart, près d'une haute fenêtre.

Le jour plonge ardemment dans les eaux enflammées de la rivière. Une lumière oblique jette ses éclats dans la pièce à l'éclairage tamisé.

– Tout est en place. Il ne reste en somme que les formalités, confie le diplomate.

– Nous pourrons donc lancer le concours dès janvier, se réjouit Gérard.

– Pour attribuer le prix en juin, comme nous l'espérions.

Dans un murmure, il ajoute :

– Monsieur l'ambassadeur vient vers nous... Laissez-moi lui rafraîchir la mémoire à votre sujet... Il voit tant de monde !

*

Danielle est descendue à la cuisine, une heure plus tôt qu'à son habitude. L'absence d'Édith et de Gérard la laissant seule au couvent avec Paul-André, elle craint un tête-à-tête avec lui. Elle se prépare rapidement un *stir-fry* qu'elle compte manger devant le téléviseur. Une fois n'est pas coutume.

Paul-André et elle ne se sont pas vus au cours de la journée. Danielle l'évite habilement. Elle ne sait jamais trop quoi lui dire. Un malaise persiste entre eux. De quoi s'agit-il ? Danielle ne saurait dire ce qui exactement lui dicte sa conduite, pourquoi elle préfère garder ses distances face au personnage. Son désir équivoque de charmer chaque dame et chaque demoiselle ? Une compétition subtile pour l'attention de Gérard ? Ou le refus de Danielle de se laisser manipuler ? Elle ne sait, et reste sur la défensive. De toute manière, une conversation avec Paul-André, quel qu'en soit le sujet, se convertit immanquablement en un long monologue fourmillant de détails. La nouvelle retraitée n'est pas vraiment intéressée à naviguer, aujourd'hui encore, sur la nostalgie de Paul-André Côté. Elle peut, dans l'élan d'une conversation à trois ou quatre apprécier sa verve et son esprit caustique, mais elle n'est pas prête à l'écoute indulgente d'une amie. Loin s'en faut ! Elle se contente d'être une bonne locataire.

Sur la planche à découper, les morceaux de légumes s'accumulent en taches vives. Dans l'huile qui grésille au fond du wok, Danielle jette les rondelles d'oignon, les lanières de poivron rouge, et finalement les pois mange-tout. Elle n'entend pas s'ouvrir la porte de la pièce, ni venir Paul-André.

– Que ça sent bon ! lance-t-il d'une voix enjouée.

Danielle sursaute, et s'empresse de mettre les choses au point :

– Je me dépêche. J'ai faim, et une émission de télé m'attend.

Ses mains s'affairent avec agilité et nervosité.

– Ç'a l'air appétissant en plus. Ma foi, il y en a sûrement pour deux, poursuit l'intrus.

Danielle se mord la lèvre inférieure. Ce genre d'audace l'irrite. Intérieurement, elle s'accuse aussitôt de manquer de chaleur, de générosité. Entre résidants d'une même maison, ne faut-il pas montrer un peu de grâce, de gentillesse, de considération ? L'écho des leçons de bienséance de sa jeunesse l'invite à plus de patience envers Paul-André.

– Bon, laisse-moi ajouter quelques légumes et tu te serviras à ta guise.

– Pourquoi manger chacun de notre côté ?

La conscience de Danielle reprend de plus belle le sermon d'autrefois modulé aux circonstances : « Ce n'est qu'un repas frugal qui se partage en une demi-heure. Tu auras bien assez de temps ensuite pour constater que la programmation que tu juges insignifiante à chacune de tes séances devant le téléviseur l'est tout autant ce soir ! Organiser un souper rapide pour deux, n'est-ce pas dans tes cordes ? »

Danielle est furieuse contre elle-même et contre Paul-André qui reste planté près de la cuisinière à surveiller la cuisson par-dessus son épaule. Danielle est de plus en plus agacée :

– En attendant, mets donc le couvert, Paul-André.

Ce dernier s'exécute, à son rythme. Il ouvre lentement une porte d'armoire, sort deux napperons, fait glisser nonchalamment son pas jusqu'à un tiroir dont il extrait fourchettes et couteaux. L'importun savoure sa victoire. D'autant plus qu'il a compris ces derniers mois que Danielle n'est pas femme à succomber aux paroles mielleuses. Il est plus facile d'obtenir d'Édith ces petits services domestiques courants qui entretiennent l'amitié... Danielle, elle, capte d'emblée l'intention derrière le sourire doucereux, et s'esquive. La satisfaction intime de Paul-André le fait rayonner de plaisir et l'incite presque à la reconnaissance envers sa locataire.

– Qu'est-ce que tu ajoutes encore ? demande-t-il en voyant Danielle sortir un plat du réfrigérateur.

– L'ingrédient qui fera toute la différence !

*

L'ambassadeur serre la main de Gérard en se disant ravi que le prix de critique littéraire soit enfin un fait accompli... ou presque. Les deux hommes échangent les compliments d'usage sur le partenariat qui les a réunis et qui s'est avéré si fécond. L'attaché jubile discrètement quand Gérard souligne la collaboration fidèle et efficace de ce dernier. Le cercle s'agrandit : l'ambassadeur présente à Gérard le prochain consul de France à Montréal. Chauve et svelte, Sylvestre Ravaillon, porte la cinquantaine sous des traits souriants qui camouflent l'arrogance domestiquée d'un énarque. Le maître de céans s'excuse poliment : il a d'autres invités à accueillir. L'attaché culturel le suit.

Gérard demeure seul avec le consul qui se détend en tête-à-tête. Il a passé quelques jours à Montréal, question de reconnaître les lieux où il travaillera et vivra durant les trois prochaines années. Sa femme l'accompagne. Ils rentreront tous deux à Paris le lendemain. Les derniers détails à régler ! Mais, ils seront de retour au Canada après les Fêtes de fin d'année. Entre deux canapés, la conversation coule. Comme le vin.

Gérard prend petit à petit plaisir à cet entretien. Grand voyageur, Sylvestre Ravaillon n'est nullement à court d'anecdotes. Fin causeur, il amuse le professeur de ses traits d'esprit. Diplomate aguerri, il sait faire parler... et écouter. Les plateaux d'amuse-gueule se succèdent, les verres se vident et sont remplis. Le temps file entre deux bons mots et deux confidences qui n'engagent à rien, faisant croire à une agréable complicité...

*

Danielle, avec deux assiettes aux généreuses portions, rejoint Paul-André à table. Celui-ci débouche une bouteille de rouge :

– Je n'ai sorti qu'un verre, tu ne bois habituellement pas de vin, le soir. J'ai noté, ajoute-il, fièrement.

– Ce soir, je fais exception, s'empresse de rectifier Danielle en prenant une première bouchée.

Son compagnon se lève et va chercher un second verre qu'il remplit à peine, comme il a fait pour le sien. Il entame alors une véritable cérémonie de chevalier du taste-vin, respirant le bouquet, remuant le liquide une première, puis une seconde fois. Danielle, sur un ton tranchant, se moque du rituel :

– C'est un simple vin de pays, Paul-André. Tu peux sauter l'étape du deuxième nez ! D'ailleurs, je suis sûre que ça n'embaume que le sous-bois moite et pourri.

– Tu t'y connais en vins ?

– Beaucoup plus que tu ne le penses ! Par exemple, celui-ci...

Danielle saisit la bouteille, renifle profondément le frêle bouquet qui s'en échappe par l'étroit goulot et, d'une voix assurée, proclame :

– Mais c'est un rouge !

Paul-André la fixe, grimace, hausse les épaules et commence à manger. Un silence lourd enveloppe les deux convives, percé ici et là de quelques toussottements. Danielle est sur le point de terminer son assiette quand Paul-André s'inquiète tout à coup :

– Coudonc, c'est quoi, cette affaire-là ?

Au bout de la fourchette tendue vers elle, Danielle voit un large dé sombre.

La tête inclinée, elle répond d'une voix câline :

– Du tofu mariné au vin balsamique. Tu aimes ?

– Quoi ?

– C'est très bon pour la santé...

Paul-André pousse son assiette d'un geste rageur, se lève brusquement et quitte la pièce en faisant claquer la porte. Quelques minutes plus tard, des pas vifs se font entendre dans le couloir, suivis du bruit de la porte d'entrée qu'on ouvre et referme.

Danielle s'amuse. C'est en prenant tout son temps qu'elle termine son repas, lave la vaisselle et la range soigneusement dans l'armoire. C'est en chantonnant qu'elle monte, légère, à sa chambre. À la télé, aucune émission ne réussit à retenir son attention. Aucune des lectures qu'elle entreprend ne sait la captiver. Pas plus le roman dont l'action s'entortille que la biographie où fourmillent des détails qu'elle juge inutiles. Elle dépose les livres l'un après l'autre et choisit un disque. Assise confortablement dans un fauteuil, les jambes repliées sous elle, elle écoute un trio de Schubert. Les notes sautillent sur les cordes... Elle laisse voguer ses pensées.

Ce soir, au lieu de rejoindre Alex dans son jardin secret, c'est Gérard qu'elle imagine se hâtant vers elle.

*

Les groupes se font et se défont comme les cellules se forment et se déforment, grossissent et se divisent sous le microscope. D'autres invités se sont joints à Gérard et au consul qui se répète quelque peu. Gérard perd le goût des mondanités auxquelles il s'était laissé prendre au cours de la dernière heure. Il songe à filer à l'anglaise.

Il regarde furtivement autour de lui. Il ne reconnaît personne. Son regard se porte plus loin, de l'autre côté du salon. Un collègue qu'il n'a pas revu depuis des mois mais qui, officiellement, sévit toujours à la faculté des Lettres, l'aperçoit et se hâte vers lui. Le petit homme rondouillard a forcé sur l'apéro. Il fait montre envers

Gérard, auquel il n'adresse presque jamais la parole à l'université, d'une familiarité gluante. Après avoir écouté, d'abord poliment, puis avec des mouvements d'impatience, les gauloiseries réchauffées que lui débite son interlocuteur, Gérard reluque la sortie. Prétextant un dernier mot à dire à l'attaché culturel, il abandonne son collègue et traverse le grand salon.

– Ah ! vous voilà, Professeur, lance une voix à l'accent pointu.

Celui qui se voulait discret dans la fuite, doit revenir sur ses pas pour répondre à l'appel de l'attaché culturel et du consul. Une femme élégante les accompagne maintenant. Son visage, penché vers un plateau où elle dépose un verre vide, est à moitié caché sous une lourde chevelure blonde.

– Professeur Legault, je tiens à vous présenter mon épouse.

D'un geste gracieux de la main, la femme rejette ses cheveux en arrière, et après un mouvement de surprise qu'elle contrôle rapidement et avec dignité, regarde Gérard droit dans les yeux en esquissant un calme sourire.

– Le monde est bien petit, roucoule-t-elle d'une voix suave.

Gérard, intimidé et pris au piège, serre nerveusement la main tendue.

– Vous... vous connaissez ? s'enquiert le consul.

– C'est qu'avant d'être votre femme, monsieur le Consul, Odette a été... mon élève.

25

ARMAND Bordeleau est attendu au couvent, après ce que Paul-André appelle, avec une pointe d'ironie, « son job ». En l'occurrence, la célébration de la messe dominicale. Antoine a tenu à être de la partie et il seconde Paul-André à la cuisine pendant qu'Édith et Danielle s'occupent de dresser la table.

Gérard, lui, est parti en mission de dernière minute à la boulangerie du village. Il se réjouit de la douceur de ce parfait dimanche d'octobre. La pelouse, gorgée de pluie, a retrouvé ses chatoiements émeraude. Les chênes du couvent font frémir le cuivre de leurs crinières. L'érable qui fait le guet devant le presbytère flambe de toutes ses branches.

Gérard marche d'un pas lent et laisse son esprit courir ailleurs. Revoir Odette l'a profondément troublé. L'ancien amant a beau réentendre les paroles cruelles et revoir les agissements égoïstes de son ancienne élève et maîtresse, il se sent attiré vers la femme de quarante ans, audacieuse et provocante et qui a su le posséder une fois encore rien qu'en plongeant son regard dans le sien. Le billet qu'elle a discrètement glissé dans sa main entre deux phrases équivoques lui brûle encore la paume. Il a mémorisé instinctivement le numéro de téléphone et, depuis ce soir-là, lu et relu le bref message : *Que faire pour être pardonnée ?*

Gérard accélère le pas, résolu à déchirer ce bout de papier qui compromet sa tranquillité. Il le fera aujourd'hui. Dès son retour dans sa chambre. Il est devenu un autre homme après toutes ces années et, s'il est parfois voluptueux de baigner dans la nostalgie, conduire en fixant le rétroviseur demeure dangereux. La vie va de l'avant. Odette Ravaillon fait partie du passé, non de l'avenir. Il n'y a plus de place pour elle dans sa vie. De nombreux projets meubleront cette demi-année sabbatique qui débutera bientôt pour lui. Puis, il va devenir grand-père...

Le repas se déroule dans une ambiance joyeuse. Armand semble apprécier tout autant la compagnie que les mets servis. Paul-André et Danielle évitent soigneusement le regard l'un de l'autre. Le temps s'écoule entre les réparties amusantes d'Antoine, les rires joyeux d'Édith, les observations de Gérard, les narrations minutieuses de Paul-André.

Armand s'adresse à Danielle qui, depuis un moment, semble s'être retirée de la conversation :

– Vous n'avez pas trouvé trop difficile de ne pas être de la dernière rentrée scolaire ?

– La rentrée ? Je ne l'ai pas vue. Je dois m'adapter à bien des choses... Un décor différent, des compagnons...

– Ça, c'est le lot de nous tous ici, coupe Paul-André en vidant son verre. On a tous à s'adapter au fait de vivre ensemble.

– Tu parles comme un gars frustré, toi, fait remarquer Antoine.

Avec une grandiloquence étudiée, il ajoute :

– Je vous rappelle, cher et vieil Ami, que vous avez été l'agent principal et, je dirais même insistant, de cette situation.

Danielle se tait, impatientée par l'intervention de son propriétaire, mais ravie de la remarque du chef. Armand sourit et, subtilement, redonne la parole à son interlocutrice :

– C'est une toute nouvelle vie pour... tous. Je comprends que la retraite de l'enseignement ne soit qu'un élément parmi d'autres.

– Disons que, depuis le printemps, j'ai l'impression de courir après ma vie. Et de ne pas être encore en mesure de la rattraper.

Édith ajoute d'une voix douce :

– Gérard et toi, vous allez devenir grands-parents ; c'est toujours une sorte de choc... Comme je souffre de sérieux problèmes d'apprentissage pour ce qui est de la vie, c'est une adaptation qui m'a pris quinze ans !

Antoine emplit la pièce d'un rire charmé. Gérard esquisse un sourire triste et résigné. Armand enchaîne en s'enquérant des enfants d'Édith. Paul-André est visiblement contrarié par la tournure des échanges. Le voilà dans l'ombre, lui, le maître de céans. L'air renfrogné, il ouvre une autre bouteille de vin pendant qu'Édith explique à Armand ce qu'elle juge être sa « piètre carrière de grand-mère » et les circonstances qui l'ont amenée à voir autrement son rôle. Avant de se lever pour desservir, elle résume :

– Accepter la mort injuste et injustifiée de Robert m'a équipée pour mieux vivre. Aujourd'hui, je contemple la vie partout où elle jaillit. Et... elle resplendit souvent dans les yeux de mes petits-enfants.

Un silence ému envahit chaque convive. Pour éviter de devoir nager dans ce monde qu'il ne sait contrôler, Paul-André s'accroche à la bouée du sarcasme :

– Que peut-on ajouter à tant de sagesse !

Armand laisse la phrase s'aplatir avant de répondre avec une autorité bienveillante :

– Rien. La sagesse ne se commente pas, Paul-André. Elle doit nous pénétrer. Pour ce faire, le silence est de rigueur.

– Tu deviens sérieux, Curé.

Armand, les yeux mi-clos, laisse couler l'amertume que suscite en lui la réplique sans ajouter un mot. Après un moment, il relance la conversation :

– Vous, Gérard et Danielle, vous avez deux filles, n'est-ce pas ?

Danielle croise le regard de Paul-André et, pour tuer dans l'œuf le sourire qu'elle allait laisser éclore, se mord aussitôt la lèvre. Gérard se fait rapidement loquace. Il décrit ses filles avec humour et affection :

– Débrouillardes, intelligentes, curieuses, indépendantes d'esprit, professionnellement impeccables. Toutes les deux sont d'un jugement sûr et d'une franchise... à qualifier de... claironnante. Mais, paradoxe, le plus près je me trouve d'elles géographiquement, le moins nous nous fréquentons. Je sais un tas de choses sur mes filles, mais je ne les connais pas. Les détails de leurs vies, leurs amours, j'en suis tenu scrupuleusement à l'écart. Sans doute parce qu'elles sont des femmes et que je suis un homme.

– Olivier, je ne l'ai pas rencontré plus souvent que toi. Et les amours de Claire... elles restent tout aussi mystérieuses pour moi que pour toi, s'empresse de rectifier Danielle.

– Je me demande bien de qui elles tiennent tant de discrétion sur leurs vies, vos filles, lance ironiquement Édith en apportant les fromages.

Paul-André saute sur l'occasion pour détourner la conversation. Il explique en long et en large la provenance des trois spécimens offerts sur le plateau : une pâte fleurie, un bleu et un chèvre. Ce dernier provient d'une ferme située à vingt kilomètres du village. Celle d'un jeune couple qui s'est lancé dans l'élevage des caprins.

– Goûte-moi ça, Chef. Ça pourrait devenir une acquisition pour ton bistrot !

Antoine, comme les autres convives, s'exécute et apprécie. Les verres sont à nouveau remplis. Les yeux de Paul-André ont rougi. Édith est un peu grise, Antoine s'en amuse. Tandis que Danielle a le vin triste, Gérard, lui, rêve à haute voix :

– On devrait ouvrir une galerie d'art au couvent !

– Une galerie ? s'exclame Paul-André.

Le mot claque comme une gifle. Soudain, il entend le rire de Louis Julien.

– Une galerie ? répète-t-il machinalement.

– Oui. Une galerie d'art. Elles sont rares. Difficilement accessibles. Souvent au service d'une clique... De bons artistes attendent des années avant qu'on daigne s'intéresser à eux. Quand l'occasion arrive enfin, c'est qu'on leur offre une exposition collective dont le bigarré n'avantage personne. On retient cinquante pour cent sur les ventes, et on doit faire encadrer sur place, ce qui mange une autre portion des maigres profits. Déduisez le prix du matériel et vous verrez ce qui reste à l'artiste pour vivre !

– Tu penses à Olivier ? s'enquiert Danielle.

– À Olivier et à d'autres.

Paul-André objecte abruptement que l'entrée du couvent n'est pas assez grande pour une galerie digne de ce nom. Mais Gérard, est bien décidé à aller au bout de son idée :

– La chapelle, elle, est inoccupée.

Paul-André se penche vers Armand :

– Tu vas faire fortune, c'est sûr... Une galerie d'art à Sainte...

Gérard le coupe et rectifie :

– Je ne songe pas à faire de l'argent, surtout si tu as l'intention de me louer cette grande pièce vide à prix fort...

– Tentant... réplique Paul-André.

Armand savoure une gorgée de ce vin rond en bouche et reprend un morceau du bleu qui fond. Tout à sa dégustation, il écoute à peine la discussion qui se poursuit. La voix de stentor d'Antoine le rappelle à son entourage.

– Ton idée me plaît, Gérard. J'avais moi-même, à l'ouverture du *George-Sand,* pensé me servir des murs du bistrot pour exposer des œuvres de jeunes peintres. Mais le temps me manquait pour rencontrer les artistes et organiser les vernissages. J'ai un peu de temps libre, maintenant. Je pourrais t'aider si, bien sûr, notre ami commun consent à offrir gratuitement sa chapelle !

Paul-André remplit une dernière fois les verres. Il dépose la bouteille vide d'un geste ferme :

– Armand, tu béniras tout ça !

– Et toi ? demande le prêtre. Il faut que tu participes plus activement.

– Moi, je servirai de trouble-fête... conclut-il, mi-rieur, mi-agacé.

Antoine propose le dessert et le café. Armand hésite, consulte sa montre.

– Il est encore tôt, ça ira.

Il explique aussitôt que, maintenant, le café affecte son sommeil. Et comme les âmes pieuses de la paroisse sont des lève-tôt, il doit être au poste de bonne heure chaque matin.

– Nous en sommes tous là, s'empresse d'ajouter Édith. Plus sélectifs sur la nature de nos aliments et boissons, la quantité qu'on se permet, la manière et le moment de les prendre.

– Ne pas dormir beaucoup me convient parfaitement à moi, proclame Paul-André avec emphase. Dormir, c'est du temps perdu.

– Que fais-tu d'extraordinaire de ce temps gagné au sommeil ? demande Gérard en empilant les assiettes sales.

La question reste en suspens dans la pièce, ballon aux couleurs vives qui flotte sur l'air chaud de ce début d'automne. Fier de son intervention, Gérard se rend à la cuisine et Danielle, sans un mot, ramasse le plateau de fromages et le pain. À table, Armand confie à Paul-André que selon lui cette galerie serait une bonne initiative pour le village.

– Si on ouvre une galerie chez moi, précise Paul-André en gonflant le volume de sa voix pour que son propos se rende jusqu'à la cuisine, ce ne sera certainement pas pour les peintres du dimanche, les tresseuses de macramé et les colleuses de cocottes sur des couronnes de ronces séchées !

– Ne sois pas méprisant, murmure le curé. Les gens d'ici peuvent apprécier plus de choses que tu ne le crois. Tu sais... la télévision se rend au village ! Ils sortent de Sainte-Mélodie, mes paroissiens. Ils savent lire aussi. Même qu'ils voyagent. Ils ne sont peut-être pas de grands intellectuels, mais ils peuvent faire montre d'ouverture d'esprit.

– Tu penses qu'ils viendraient voir des œuvres modernes ? Abstraites ? s'étonne Paul-André.

– Il faut leur donner le temps. Ils viendraient sans doute, au début, te rencontrer, toi et tes amis.

– Qu'est-ce que tu essaies de me dire ?

Danielle a sectionné une grande tarte à la citrouille et en offre une pointe à chacun. Édith sert le café. Armand explique que la participation des gens, ça se prépare de longue haleine.

– Je crois qu'il faudrait vous faire connaître davantage dans le village. Sortez un peu de votre... tanière, poursuit-il en hésitant.

– Nous achetons au village.

– Ça ne suffit pas.

La phrase d'Armand a été prononcée avec vivacité. Le curé continue d'enjoindre ses voisins de personnaliser leurs échanges avec la population.

– Confiez-vous un peu. Dites-leur qui vous êtes... ce que vous faites... si vous avez des enfants et des petits-enfants. Créez un contact au-delà de la relation commerciale. Vous êtes, je crois, un acquis important pour le village. Laissez-les vous découvrir. Donnez-leur la chance de vous apprécier.

Paul-André réfléchit un long moment. Avec une moue d'enfant gâté, il finit par émettre un « ouais... » qui n'a rien de convaincant. Après quelques gorgées de café, le prêtre souligne une vérité de base :

– Dans un village, ce qu'on ignore... on l'invente. Mettez donc les gens sur la bonne piste.

*

Les hommes continuent leurs discussions au salon, le temps d'un autre café. Renforcé, celui-là. Les femmes se retrouvent en tête-à-tête à l'étage.

– Paul-André et toi... ça ne va pas très fort, hein ? constate Édith en offrant un fauteuil à son amie.

– Il m'énerve, c'est simple. Toujours là à nous épier. Un félin qui joue au sphinx. Il attend... quoi ?

– Qu'on... qu'on s'occupe de lui.

– Et c'est moi qui ai l'honneur d'être la souris qu'il guette ?

Édith entrouvre la fenêtre en avouant qu'elle remarque qu'une grande détresse se dégage de lui. Un vent léger s'infiltre dans la pièce, rafraîchissant.

– Je n'ai aucunement le goût de fondre de compassion. Tu as vu ce midi : ce qu'il cherche, c'est contrôler la conversation. Se mettre en vedette, explique Danielle.

– On est tous un peu comme ça, non ?

Danielle n'est pas d'accord avec son amie.

– Question d'intensité, et de fréquence.

Elle ajoute qu'elle trouve qu'il est charmeur quand cela lui convient et misogyne jusqu'au fond de l'âme le reste du temps. Édith fait observer que Paul-André a montré un peu de bonne volonté au cours de la dernière semaine : il a préparé deux repas !

– Prêt à tout de peur de se voir refiler un dé de tofu ! explique Danielle.

Amusée, Édith conclut en souriant que le tofu est donc bon aussi pour la santé mentale des femmes...

– ... des femmes « libérées », interrompt Danielle, reprenant le qualificatif que leur a lancé ironiquement Paul-André à quelques reprises depuis leur arrivée à Sainte-Mélodie.

Cette fois, les deux amies éclatent franchement de rire.

– Est-ce que je t'ai déjà dit, Édith, que ma libération s'est amorcée le jour où je me suis procuré... une paire de bas-culottes ?

– Ça manque d'arguments philosophiques. Si ma Ginette t'entendait !

– Ginette n'a pas connu les corsets à baleines. Il faut avoir vécu ces prisons-là pour apprécier l'invention du bas-culotte.

D'une réplique à l'autre, la conversation s'enclenche sur les modes vestimentaires, les gaines qui font mourir, les cuisses qui gèlent l'hiver, les jupes circulaires.

– De vrais parachutes ! se souvient Édith.

– Ensuite, les jupes sont devenues si étroites qu'on n'arrivait plus à gravir la première marche du tram.

Les deux femmes s'amusent ferme à se rappeler ensuite les talons aiguilles qui restaient coincés dans les fissures des trottoirs.

– Pour sortir avec Gérard, un soir, je portais une paire de ces souliers, d'un vert pomme... très pomme ! Un talon a cassé comme nous entrions au cinéma. Je n'ai rien dit parce qu'il trouvait ridicule cette mode-là et ne s'en cachait pas. J'ai un peu oublié l'incident durant le film. Quand je me suis levée, la mémoire m'est vite revenue. J'ai marché sans mettre le talon par terre jusqu'à l'arrêt d'autobus et du coin de notre rue jusqu'au logement. Je boitais avec le plus d'élégance possible... J'ai eu mal au dos durant deux semaines.

– Les manteaux sans col, les gants trop courts, les bottillons à la cheville. On s'est gelé le cou, les poignets, les jambes. On peut bien souffrir de rhumatismes.

Danielle pose le problème :

– Confort ou dernier chic ? *That's the question.*

Édith, avant de répondre, réfléchit.

– La vraie libération, Danielle, je pense que seul l'âge la permet. C'est quand tu commences à faire vraiment à ta tête. Pas pour t'imposer, pas pour foncer contre les idées reçues ou faire rager ta mère ou tes profs, mais pour agir en accord avec toi-même.

Elles poussent des ricanements de couventines en promenade hors les murs. Édith jette un regard à sa montre et se dirige prestement vers son placard. Danielle, appuyée contre la cloison qui sépare la pièce, regarde son amie sortir un sac de voyage et y déposer soigneusement quelques vêtements de rechange et des accessoires de toilette. Elle murmure comme un mantra :

– Faire ce qui me tente, comme ça me tente, quand ça me tente... Sans me sentir coupable.

– C'est le début d'une autre vie !

Les mots étincellent dans la voix d'Édith. D'une voix terne, Danielle avoue avec regret :

– Moi, je recule, Édith. Je n'ai pas encore atteint cette étape-là !

*

Antoine et Édith sont partis à la maison du lac Chocolate. Gérard s'est enfermé dans son bureau après leur départ et pianote depuis à son clavier d'ordinateur. Armand et Paul-André ont longtemps parlé à la porte qui donne sur le côté du couvent, puis ils se sont séparés. Le prêtre est rentré au presbytère, Paul-André, chez lui.

Danielle se sent soudain très seule. Elle appelle ses filles. Claire est absente. Suzanne est là, mais Olivier et elle se rendent souper chez des amis. Danielle ne la retient pas. Elle ouvre la radio. Le *Requiem allemand* de Brahms pleure ses chants lugubres. La musique l'enfièvre, la tourmente.

Elle ne s'est pas sentie aussi isolée depuis le moment de son arrivée à Hampton, vingt ans plus tôt. Pourtant, elle est au milieu d'amis. Édith reviendra mardi et, le lendemain, elles passeront, ensemble, une journée entière à Queenstown. Elles iront au Musée des beaux-arts, mangeront au marché, puis iront voir un film. Suzanne lui téléphonera demain matin. Claire la rappellera sans aucun doute d'ici quelques jours. Et Gérard vit à dix pas, à portée de voix. Elle sait qu'il accourrait au moindre appel.

« Un seul être vous manque, et tout est dépeuplé. » Le vers de Lamartine qu'elle a tant de fois ridiculisé, adolescente, lui revient en plein cœur. Les mots sonnent justes, aujourd'hui, pour exprimer le vide qui s'infiltre en elle. L'absence d'Alex l'absorbe, érode sa vitalité. Un vide qu'elle perçoit subtil. Indéfinissable. Définitif.

L'état de manque. Le trou noir.

Danielle s'empresse d'ouvrir les fenêtres, augmente le volume de la radio et se noie dans la danse évanescente des sons et de la lumière qui vacille.

*

Ce rectangle d'espace, c'est mon refuge, mon abri. Le cocon que je me suis tissé pour échapper aux contraintes trop terrestres de la chenille.

En apparence, je vis au milieu d'amis, dans un décor calme et serein. J'ai tout mon temps, le temps de faire ce que je veux, et de ne rien faire si je le veux. Pour l'œil extérieur, tout va pour le mieux dans le meilleur des mondes.

En moi, pourtant, c'est la tempête. Je m'engouffre dans un maelström, un monde impossible à vivre, puisque tu n'en es plus. Ton absence m'aspire, me capture.

Pourquoi ne m'as-tu pas confié ton désarroi, ta détresse ? Pourquoi n'es-tu pas venu vers moi ? J'aurais tout tenté pour t'aider. Ne le savais-tu pas ? Je me suis montrée inapte à interpréter ton ironie, à traduire tes silences. Je t'ai fait faux bond. Je n'ai pas été à la hauteur de notre amitié.

Je descends un courant trop vif. J'ai peur des lieux où il m'entraîne. J'entends le bruit tonitruant de l'eau qui se précipite et chute en aval. Je suis agrippée à un tronc de vie qui se désagrège, s'effrite. Je doute de mes récentes décisions. Je doute de ma résistance et de ma force. Je doute de moi, de la vie même.

Je me sens incapable de crier au secours. « Orgueilleuse », dirait Édith. Peut-être. Je ne veux ni embêter, ni accaparer. Mon amie est heureuse comme jamais je ne l'ai vue en vingt ans. Gérard connaît des enthousiasmes qui le renouvellent. Suzanne vit des mois d'unique intimité. Claire plane sur un nuage dont j'ignore encore le nom.

Pourquoi les interrompre sur leur lancée, les retenir sur ma terre de deuil ? Je ne veux pas non plus me laisser gruger par les coups de dents et de griffes de cette souffrance lourde et secrète.

Je veux retrouver ma voix... Et chanter. Une fois encore...

26

ANTOINE s'est levé avant le point du jour. Le ciel se strie d'un rose timide. De lourds rouleaux gris freinent encore l'aurore. Il a préparé le café, mis le couvert. Une tasse à la main, immobile devant la porte-fenêtre qui ouvre sur le lac, il contemple le combat gracieux de la lumière et de l'ombre sur le miroir liquide.

Édith et lui sont devenus amants. Après de longues hésitations d'Édith. Longues pour le désir d'Antoine. L'homme sourit ce matin. Il chantonne discrètement :

Quand nous en serons au temps des cerises
Et gai rossignol et merle moqueur
Seront tous en fête...

Un soir d'avril, il y a plus de six ans, Édith a franchi le seuil de sa vie. Sur la pointe des pieds. Au *George-Sand*. Après la fermeture des cuisines. Gérard, Danielle et cette amie inconnue étaient restés prendre un dernier verre. À son invitation. Il avait bu avec eux. Il avait beaucoup parlé ce soir-là ; parlé comme il ne l'avait plus fait depuis des années. Pour se rendre intéressant. Pour camoufler sa gêne sous la couverture des mots. Car cette petite dame qui réchauffait entre ses mains soigneusement manicurées le ballon de cognac qu'il venait de lui offrir l'intimidait. Volubile, il racontait n'importe quoi. Les coulisses d'un restaurant valent bien celles d'un théâtre : les incidents y prolifèrent. Il jouait sur cette scène improvisée tous les personnages de son répertoire. Ceux qui étaient au menu du jour et ceux des ailleurs anciens. Entre deux gestes ostentatoires, entre deux répliques sonores, il la regardait.

La petite dame fragile ne l'écoutait qu'à peine... et devenait, ce faisant, plus fascinante encore à ses yeux. Antoine a toujours aimé les chemins abrupts et, dans sa jeunesse, il ne dédaignait pas l'escalade des parois rocheuses des Alpes. Il avait poursuivi son monologue, préparant ses effets, soignant ses chutes. Amuseur d'un public ami.

Soudain, un rire fluide, cristallin, s'était échappé d'elle. Il s'en était réjoui au plus secret de lui-même.

Les belles auront la folie en tête
Et les amoureux du soleil au cœur...

*

Dans la chambre, derrière la porte close, Édith dort. C'est du moins ce que croit Antoine. En fait, elle flotte à mi-chemin entre le sommeil et l'éveil. Elle gambade à l'envers de la vie. Elle repense aux mois passés, à ses hésitations, à ses tergiversations.

Hier matin, encore, à sa sortie du bain, elle s'est longtemps examinée dans la glace. Elle a d'abord scruté minutieusement les traits de son visage. Ses yeux se creusent. Sa bouche s'encadre de tristesses incongrues. Puis, elle a passé en revue ses bras, ses flancs, ses jambes. Les grossesses ont laissé leurs traces et les ans, les sillons sombres de leur passage. Vergetures. Varices. Rides profondes sur le front. Pattes d'oie. La description intime s'est continuée. Le diagnostic s'est fait cruel : muscles relâchés, chairs flasques, peau terne. Sur le corps rose et tendre d'autrefois, le temps sculpteur est venu, a vu et a vaincu.

Pourtant...

Antoine n'a pas semblé tenir compte de tout cela. Dès les premières caresses, se sont tues les craintes et les appréhensions d'Édith. Ils se sont touchés avec douceur, explorés avec expérience et aimés avec fougue. Rapidement, elle a perdu conscience de son âge et des marques sur son corps. Dans la pénombre de la chambre, la pendule du temps s'est immobilisée. Plus rien n'existait que le corps d'Antoine, ses gestes tendres et le désir qu'elle retrouvait d'aimer et d'être aimée.

Malgré une certaine timidité, Édith s'est toujours sentie bien auprès d'Antoine. Depuis leur première rencontre, au *George-Sand*. Il pleuvait des perles aux vitres du bistrot. Le géant moustachu s'était assis avec elle, Gérard et Danielle après le départ des autres. Il l'avait amusée. Le calme d'Antoine semblait pouvoir apaiser toutes les tempêtes. De sa seule présence, il l'avait réconfortée. Et ce soir-là, Édith avait bien besoin de l'être !

Quelques années plus tard, après son déménagement à Queenstown, elle s'est mise à fréquenter régulièrement le restaurant. Capitaine débonnaire, Antoine était toujours au poste, dans la timonerie des cuisines. Au début, elle ne cherchait au bistrot qu'un bon repas, puis elle s'était aperçu qu'elle aimait le savoir tout près. Ils s'étaient retrouvés quelques fois, avec Gérard ou Paul-André. Cette amitié silencieuse qui l'unissait au chef lui suffisait pleinement. Leurs carrefours éphémères la comblaient. Elle n'avait jamais, jamais imaginé que leurs vies pourraient se nouer. Parfois, au tournant d'une phrase, dans le souffle d'un rire, elle sentait bien que son regard se posait plus longuement sur elle. Mais elle se refusait à traduire en espoir ces moments fugitifs.

Elle s'éveille tout à fait, ravie de se surprendre en train de vivre son rêve. Dans l'autre pièce, la voix d'Antoine fredonne *Le Temps des cerises*.

Édith se lève, s'enveloppe dans son peignoir de ratine, tout en écoutant la voix grave de son amant... Elle sourit. Les paroles de la vieille chanson lui reviennent en mémoire comme si elle avait chanté cette ritournelle tous les jours de sa vie.

En ouvrant la porte de la chambre, elle joint sa voix à celle d'Antoine :

– *Quand nous chanterons le temps des cerises*
Sifflera bien mieux le merle moqueur.

*

Les bruits du week-end se sont tus. Orphelin de ses riverains, le lac étale ses reflets d'étain dans un écrin d'or cuivré. Le soleil chauffe comme un âtre bien nourri.

Emmitouflés de lainage, Édith et Antoine glissent sur l'eau au rythme des avirons... Le canot suit la rive et en surligne les contours méandreux. Son passage sème des clapotis qui éclatent sur les galets des anses ou frappent les piliers des quais de bois. Étincelles sonores. Joies effeuillées comme des pétales lumineux. Plus haut sur le flanc de la colline, les chalets désertés se blottissent dans un silence que perce soudain le cri métallique d'un geai bleu. Le canot patine gracieusement et brode une trame rouge sur son parcours aquatique.

Édith croit toujours rêver. Elle a beau ressentir dans ses bras la réalité des mouvements répétés depuis une heure, s'imbiber de l'odeur musquée qui lui parvient des rives boisées, abandonner son visage à la chaleur du soleil, et écouter derrière elle la respiration d'Antoine entre deux couplets de la chanson, elle n'arrive pas à croire que ce moment s'incruste dans le réel. Édith ne se croit pas digne d'accéder au bonheur.

La voix d'Antoine exprime sans le savoir ce que, profondément, elle ressent :

– Mais il est bien court le temps des cerises
Où l'on s'en va deux cueillir en rêvant
Des pendants d'oreilles.
Cerises d'amour aux robes pareilles
Tombant sous la feuille en gouttes de sang...

Édith mêle sa voix à celle de son compagnon, et les mots qu'elle prononce jettent la tache du doute sur cette page idyllique :

– Mais il est bien court le temps des cerises
Pendants de corail qu'on cueille en rêvant.

La maison d'Antoine surgit au contour d'une crique. Ils ont achevé leur tranquille promenade. Au moment où Édith débarque sur la terre ferme, des cris fendent l'air. Surprise, Édith se blottit contre Antoine qui l'entoure de son bras pendant que le *V* noir d'un vol de bernaches déchire le firmament.

– Je voudrais que ce moment ne finisse jamais.

Antoine tire le canot sur la grève et l'attache à un arbre.

– Je serai toujours là, promet-il en caressant la nuque délicate de son amie.

Édith saisit la main chaude de l'homme et l'embrasse avec tendresse, la retenant entre les siennes :

– Le temps nous est compté, à notre âge. Celui des cerises... et l'autre... le temps tout court. Ne promets rien. Surtout pas l'impossible.

– J'aime l'impossible. Je te jure, Édith, que je serai toujours près de toi pour souffler dans ton cou et te réchauffer de ma main.

Édith se fait toute petite contre lui.

– Ce bonheur, je ne l'attendais plus.

– C'est parfois quand on renonce que l'on trouve enfin, ma Mie.

La main chaude du géant passe et repasse sur la nuque offerte d'Édith.

– J'ai peur, Antoine.

– Ne doute pas de la vie, elle pourrait s'en offusquer.

Avant de rentrer dans la maison, Antoine et Édith restent serrés l'un contre l'autre et contemplent le miroir du lac, l'œil bleu du jour, les seins arrondis des collines, les flammes brillantes des arbres...

– Ce sont les derniers beaux jours avant la grisaille et le froid, Antoine. Il est bien court le temps des cerises...

– Dégustons ce que la vie nous offre encore.

Antoine, en dévorant Édith des yeux, entonne pour conclure :

– J'aimerai toujours le temps des cerises...
Et le souvenir que je garde au cœur.

27

— On est à l'hôpital. Elle a été examinée. Ils la gardent. Il paraît que ça pourrait bien être pour cette nuit... Je veux dire... Ça ne devrait pas tarder. Bon, je vous laisse. Je vais la retrouver. Je vous donne des nouvelles.

Olivier a raccroché laissant Danielle abasourdie et terriblement inquiète. Suzanne est prête à accoucher un mois avant la date prévue ! La mère s'imagine tout de suite le pire et n'a qu'une idée : partir pour Montréal.

Édith cherche à la raisonner. Suzanne n'a sûrement pas besoin d'elle en ce moment. Olivier est là et autour d'elle, une équipe d'infirmières et de médecins. Et puis, à l'hôpital, le docteur Legault est en pays connu. Édith fait aussi observer à la mère anxieuse qui se frotte les bras nerveusement debout près du téléphone que l'heure n'est guère propice au départ : le jour tombe et le ciel menace de ses lourds nuages.

– Il va y avoir de la neige.

– Tu es sûre ?

– C'est ce qu'on ne cesse d'annoncer à la radio depuis ce matin. Tu n'as pas vu l'eau de la rivière, Danielle ? Elle est immobile, figée par le froid.

– On est en novembre.

– Justement. À la mi-novembre !

Édith fait asseoir son amie et sans lui demander son avis, remplit le verre qu'elle a laissé sur la table à café, et le lui tend.

– Patiente un peu. Olivier va te tenir au courant de tout, alors...

– Pourvu que tout se passe bien.

– Pourquoi en serait-il autrement ?

Édith constate que son amie n'a pas cessé d'être bien pessimiste depuis son accident. Ces sombres sentiments devraient s'être éloignés maintenant.

– Tu as deux bras alertes, deux jambes bien portantes, des amis attentifs, des filles en pleine santé qui font leur chemin... et pas sur des sentiers de traverse. Elles ont toutes les deux emprunté des autoroutes, tes filles. Qu'est-ce qui te tracasse, Danielle ?

– ...

– Ne me dis pas que tu te laisses gâter l'existence par l'humeur imprévisible de Paul-André Côté ?

– Il n'est qu'accessoire.

– Alors, Danielle... cette déprime qui te ronge...

Avant même qu'Édith ne termine sa phrase, Danielle éclate en sanglots. Édith se lève aussitôt et s'approche de son amie :

– Je n'ai pas été très présente ces derniers mois, je l'avoue.

– Je ne te reproche rien. Je suis heureuse de ton bonheur.

Édith n'écoute qu'à peine la réplique de Danielle et poursuit :

– Et toi, pour ne pas créer d'ombre, tu me caches quelque chose, hein ?

Danielle reste silencieuse.

– Raconte-moi. Et bois encore un peu, l'enjoint Édith d'une voix ferme et sans appel.

– Je vais être ivre, proteste Danielle en s'essuyant discrètement les yeux.

– C'est exactement ce que je veux. Comme ça, tu n'oseras pas prendre la route, ce soir.

Les deux femmes se toisent un court instant.

Puis, la tête baissée, Danielle se livre lentement, par saccades, d'une voix embarrassée, presque éteinte. Elle souffre de chaque mot qu'elle laisse échapper, car, à chacun, elle a l'impression de trahir pernicieusement ses amours, d'en flétrir le souvenir, de ternir les gestes d'autrefois en les suspendant à la corde raide des confidences.

Malgré ses réticences, elle ne peut plus s'arrêter. Elle doit se libérer du passé. Elle n'en peut plus d'étouffer avec son secret. Les phrases en s'infiltrant dans la pièce se dépouillent de leur mystère, se coupent de leur symbolisme, se saignent de leur magie. Alex rapetisse à mesure que se poursuit le récit de leurs rencontres discrètes et de leurs escapades estivales, et l'aveu des pieux mensonges racontés à l'amie. Danielle tue Alex à chaque intonation de sa voix. Quand elle confie, finalement, à Édith le moment où tout a basculé, l'instant où, découvrant la signature de la lettre, elle a deviné la mort d'Alex, Danielle ne pleure plus. La relation passionnée, profonde, unique de Danielle Saint-Martin et d'Alex McNeil, en se découvrant, s'est noyée dans la banalité des amours enfuies.

Édith respecte le silence qui rase les murs de la chambre. Dans la pénombre, après un long moment, sa voix s'élève, comme un reproche à elle-même, comme un aveu de culpabilité :

– Et je n'en savais rien...

*

– Il faut avertir Gérard.

Gérard est à Queenstown. Aussitôt son cours terminé, il marche jusqu'à l'église voisine du campus. Quelques flocons virevoltent nonchalamment. Il se glisse dans l'assistance pour assister à une cérémonie funéraire : un professeur de la faculté vient de mourir. Ce n'était pas un ami. Gérard n'a toujours entretenu avec la plupart de ses collègues de travail que des échanges d'ordre intellectuel. La solitude professionnelle ravit Gérard autant que lui pèse la solitude domestique. Mais Gérard est profondément bouleversé par ce départ, le second en moins d'un mois à la faculté.

Le premier disparu souffrait d'un cancer qui le minait depuis plusieurs années. Après une trop brève rémission, il avait quitté l'université. Gérard s'était peu à peu fait à l'absence de celui qui avait occupé le bureau voisin du sien pendant de nombreuses années. Sans en prendre pleinement conscience, il s'était préparé à la mort de cet aîné. Mais la disparition du second confrère est un choc qui le secoue rudement. C'est la mort subite, et inacceptable pour Gérard, d'un homme plus jeune que lui, qui ne fumait pas, ne buvait que dans les grandes occasions, franchissait à bicyclette, chaque fois que la saison le permettait, les six kilomètres qui séparaient sa résidence de la faculté. En arrivant comme en quittant l'étage du département, Pierre Langlais passait saluer ses pairs, racontait une blague, s'informait de leurs projets, écoutait leurs doléances. Étudiants et étudiantes adoraient ce professeur qui ne comptait pas ses heures, les stimulait dans leurs recherches et savait ajouter le sel de l'humour au sérieux de ses développements critiques.

Gérard appréciait sa verve, son acuité intellectuelle et sa vaste culture. Certains matins grisâtres, il attendait avec impatience que la voix de cet homme heureux perturbe un peu, de son onde généreuse, le monde étroit et individualiste de la faculté. Pierre Langlais est mort à 49 ans, écrasé sous un mur de briques qui s'est brusquement effondré sur lui au moment de son passage. Trois mots battent tambour dans la tête de Gérard tout au long de la cérémonie religieuse : inutile, absurde, révoltant.

À sa sortie de l'église, un épais voile blanc flotte sur l'encre de la nuit. Le temps de retrouver sa voiture, les centimètres de neige se sont accumulés. Gérard chasse de ses mains gantées la couche blanche qui couvre le véhicule. Le moteur ronronne. Le pare-brise et les vitres de la voiture se dégivrent paresseusement. Gérard, d'abord impatient, se soumet peu à peu au rythme hivernal qui s'impose déjà.

Le rideau s'est converti en chute intense et les accrochages se multiplient dans les rues transformées en patinoire. Il faut plus d'une heure à Gérard pour atteindre les limites de la ville. Sur la route de Sainte-Mélodie qui coupe les champs, le vent s'élève et rend rapidement la chaussée traîtresse. Le conducteur redouble de prudence et, à la recherche d'un apaisement, il ouvre la radio. La mélancolie rêveuse de la *Symphonie du Nouveau Monde* navigue et l'accompagne dans la nuit. Le vent pousse la neige qui s'enroule devant lui dans un remous désorientant. La visibilité s'amenuise constamment.

Gérard ralentit. Encore. Et encore.

Avec une lenteur de corbillard, il s'engouffre dans le tunnel de la tempête.

*

L'angoisse épuise Danielle. Une double anxiété : Suzanne et Gérard. Prisonnière de la promesse d'Olivier de communiquer avec elle, elle refuse de descendre dans l'entrée du couvent pour guetter l'arrivée de Gérard. Après quelques tergiversations, elle ouvre finalement la porte de la chambre de ce dernier et surveille la rue tout en prêtant l'oreille au cas où le téléphone sonnerait. Danielle n'entame qu'à peine le sandwich préparé par Édith. Les paroles que son amie voulait sûrement rassurantes ne font qu'exacerber sa nervosité.

Danielle fait la navette entre la chambre de Gérard et la porte d'entrée. Le plancher de bois craque à chacun de ses pas. Le va-et-vient dure jusqu'à ce que les traits jaunâtres de deux phares jettent enfin leur lueur voilée dans l'allée du couvent.

Tout ce temps, le téléphone est demeuré muet.

Le retour à la maison a duré plus de deux heures pour Gérard. Il a perdu le sens de sa direction à quelques reprises, la neige s'affolant devant son pare-brise et créant des tourbillons déstabilisants. Il commence tout juste à détendre les muscles de son cou et de ses bras. Les futurs grands-parents veillent dans la chambre de Danielle. La tension est palpable. Gérard a tiré le fil du téléphone pour que l'appareil puisse être placé entre eux, sur la table à café. Il bâille. Danielle se raidit sur sa chaise. Gérard somnole par moment. Danielle pianote sur le bras du fauteuil.

Il se fait tard.

Édith s'est jointe à eux un moment, le temps d'une tisane et de quelques phrases encourageantes, puis elle s'est retirée discrètement. Paul-André, après avoir terminé sa tournée rituelle de vérification des portes et des fenêtres de l'étage inférieur, a gagné sa chambre à pas de loup, sans les déranger.

Séparés par le paravent du silence Gérard et Danielle plongent chacun dans leur monde intérieur. Danielle fronce les sourcils, jette un regard à sa montre. Gérard se laisse glisser dans son fauteuil pour mieux appuyer sa tête. La soirée s'étiole, plate-bande flétrie par l'attente.

Quelques minutes avant minuit, la sonnerie du téléphone retentit enfin.

*

Les nouveaux grands-parents reprennent la direction de Sainte-Mélodie. Dans les champs, des traces blanches abandonnées par la tempête de la veille mettent les sillons en relief. Gérard est ébloui par l'éclat orangé du soleil qui retombe lentement sur l'horizon. Il est forcé de ralentir chaque fois que la voiture fonce plein ouest. C'est un silence unifiant qui emplit, aujourd'hui, l'espace entre Danielle et Gérard. Le ronronnement du moteur berce en sourdine leur joie nouvelle.

Suzanne resplendissait de bonheur dans la chambre fleurie. Olivier, rendu volubile par la fierté d'être père, décrivait l'accouchement et soulignait le courage de sa compagne tout au long des longues heures de travail. Suzanne souriait devant certaines imprécisions médicales, mais les regards qu'échangeait le couple ne laissaient aucun doute sur leur admiration et leur amour mutuels.

Le petit Emmanuel, lui, dormait comme un ange dans sa cage de verre.

Danielle s'était inquiétée de voir son petit-fils dans cet incubateur.

– Une simple précaution médicale de quarante-huit heures, l'a assurée la jeune mère d'une voix ferme et convaincante. Il est venu un peu tôt...

– Il est en parfaite santé... a précisé le père.

L'auto file sur l'asphalte à peine séché de l'autoroute. Toute la tension de la dernière journée s'est envolée pour se transformer en confettis de joie.

Danielle a longuement examiné l'enfant, faisant des commentaires sur ses yeux profonds, sa peau dorée, ses menottes délicates. Gérard s'est tu, ému par la puissance de la vie emprisonnée dans ce corps minuscule.

– C'est un Legault. Il a les yeux de ta mère, Gérard !

– Peut-être, mais la bouche des Saint-Martin...

Danielle éclate de rire :

– Tu nous entends ? Nous sommes devenus aussi gagas que tous les autres !

– Bah ! S'émerveiller devant la vie qui se perpétue, c'est peut-être la seule vraie joie... la seule qui mérite d'être vécue !

L'auto file. Le bleu de la nuit gagne impunément sur la ligne lumineuse de l'horizon. Gérard ne peut retenir un profond bâillement. Il devra se coucher tôt.

– Il me faut maintenant deux nuits pour récupérer d'une simple veille. Mon niveau d'énergie baisse autant que le niveau des Grands Lacs en août !

– L'énergie que nous perdons alimente un petit être... Nous aurons au moins accompli cela ! laisse tomber Danielle d'une voix résignée.

Gérard se surprend de la remarque de Danielle.

– Je ne te reconnais plus, toi. Toi, la forte, l'optimiste, la fonceuse, celle qui ose, se rebiffe... Où est-elle ?

– Elle s'est perdue pour n'avoir pas vu venir.

Gérard sent tout à coup l'étendue de la fragilité de Danielle. Elle ne s'est jamais remise de son accident. Elle n'a pas vraiment choisi sa retraite, elle y a plongé sans avoir jaugé la profondeur de l'eau. Elle porte une blessure dont il ignore la nature exacte, mais cette plaie saigne et l'affaiblit. Danielle sera bientôt à bout de forces, au bout de son sang. Il doit faire quelque chose.

Tendrement, il tapote la main que Danielle a posée sur la banquette. Sans un mot, les dents serrées, résolu à aider, il fonce sur la rivière d'asphalte humide qui dévale au bout du triangle lumineux de ses phares.

28

L'APRÈS-MIDI s'infiltre au couvent, froid et humide. Dans deux semaines, ce sera Noël. À la porte d'entrée, Paul-André prend une lettre recommandée que lui tend le facteur. Après en avoir regardé la provenance, il signe en maugréant :

– Ah non, pas encore !

Revenu à sa chambre, il lit la lettre et compare la missive d'aujourd'hui à celle reçue trois mois plus tôt. Sensiblement le même texte. Maître Leslie Collins insiste : une rencontre doit avoir lieu pour répondre au désir de Louis Julien et des personnes chargées de sa succession. Au bas de la page, une adresse et un numéro de téléphone que Paul-André compose en grimaçant.

À sa grande surprise, Maître Leslie Collins est une femme. Elle explique à Paul-André qu'elle doit lui remettre, en mains propres, de la part du décédé, une enveloppe. Pour qu'elle puisse faire correctement son travail, il doit se présenter au bureau en personne.

– Il m'a pas laissé un héritage, ce maudit-là ?

À l'autre bout de la ligne, Maître Collins demeure silencieuse.

– J'accepterai pas une sacrée cenne de lui, c'est clair ?

Après quelques secondes, l'avocate se racle la gorge pour rappeler sa présence.

– Si vous le permettez, monsieur Côté, nous discuterons de tout cela lors de votre venue.

– Je vous rappellerai après les Fêtes.

– Ma secrétaire s'occupe de vous fixer un rendez-vous... dès maintenant.

Paul-André n'a d'autre choix que de prendre note d'une date en janvier. Il est furieux. En sortant de sa chambre, il entend Danielle et Édith qui discutent. La rage fait vite place à la curiosité. Il écoute derrière sa porte entrouverte, sans bouger pour ne pas faire frémir le plancher de bois. Les deux femmes planifient la réception du Nouvel An.

– Rassembler tout le monde n'est pas facile ! se plaint Danielle.

– C'est la première fois que j'aurai tous mes enfants pour le Nouvel An depuis le mariage de Guy. D'habitude, il amène sa famille chez les parents de Jennifer à Vancouver.

Derrière sa porte, Paul-André soupire de soulagement. Il n'a jamais eu, et n'aura jamais, à organiser de telles célébrations. Il en remercie silencieusement le ciel... auquel il ne croit pas, et s'alarme aussitôt. Il vient de prendre conscience de la signification, pour lui, de ce qu'il a entendu...

La conversation se poursuit de l'autre côté du couloir. Paul-André est de plus en plus effarouché. Ils seront tous là ! Suzanne, Olivier et le bébé, Claire et l'homme de sa vie qu'elle doit présenter enfin à ses parents, Guy, sa femme et leurs trois enfants, Ginette et les trois siens... Puis Michel, qui ne sera pas seul... Paul-André fait rapidement le compte.

– Vingt ? Chez moi ? pense-t-il en frissonnant.

Affolé, autant par le nombre des convives que par l'enthousiasme apparent de ses locataires, il prend la fuite par la porte latérale du couvent, en direction du presbytère. Armand prépare un prochain sermon, installé à la table de la salle à manger. Concentré sur son travail, il n'a pas allumé. C'est dans la pénombre qu'il invite son voisin à rentrer.

– J'ai besoin d'un remontant. Tu caches pas de scotch dans tes armoires ?

– Non, je regrette.

– Tu devrais. Quand j'aurai fini de te raconter mon histoire, tu auras aussi besoin de réconfort !

Armand n'est dupe ni des exagérations ni des manipulations de Paul-André. En souriant, il range les papiers étalés sur la table, invite son hôte à s'asseoir et passe à la cuisine mettre de l'eau à chauffer.

Le récit des malheurs qui attendent Paul-André chez lui, au jour béni du Nouvel An est enfin terminé. Armand lui avoue qu'il ne voit aucunement ce qui le tracasse.

– Une vingtaine de personnes, c'est ça qui te fait peur ?

Paul-André repousse la tasse de thé qu'il a à peine entamée, comme s'il rejetait symboliquement l'idée émise par le curé. Armand ajoute du sucre à sa propre tisane et, en brassant délicatement le liquide, revient à la charge :

– Qu'est-ce que tu crains ? De ne pas être invité ? De devoir partager les tâches ? Ou ton espace ?

– J’ai peur de rien et de personne. Qu’est-ce que t’imagines ?

– Tu frémis d’être invité, de n’être qu’un parmi d’autres, de devoir les écouter. Je crois que tu redoutes le moment où, au milieu des mots d’enfants, des gazouillements du nouveau-né, des récits de voyage des adultes, tu ne seras plus le point de mire, le seigneur des lieux. Vingt personnes... Il faut du métier pour captiver tant de monde !

– Tu peux résumer ton message ?

Armand regarde son interlocuteur en plein dans les yeux :

– Tu ne sais pas écouter les autres, Paul. Ils t’ennuient.

– Jamais de la vie !

– Ça se remarque tout de suite, tu sais. Tu cherches à dominer la conversation. C’est la seule manière que tu as de prendre un peu plaisir à une réunion.

– Je cherche à faire rire, à amuser, c’est tout !

– De crainte de livrer un peu de toi-même au tournant d’une phrase. Tu me fais penser à ce chef de tribu qui refusait de se faire photographier de peur de perdre son âme.

– Coudonc, tu joues les anthropologues ou les psy ? s’offusque Paul-André.

D’une voix neutre, Armand lui rappelle qu’il est venu de son plein gré. Il ajoute moqueur qu’il ne dore jamais la pilule à ses... patients.

Paul-André se sent soudain nu devant son hôte. Il cherche à reprendre contenance par une blague qui reste sans écho. Pour meubler le silence qui l’étouffe, il parle de ce mois de décembre qui grisaille de semaine en semaine et qui rend tout un chacun maussade. Armand emplit à nouveau sa tasse. En déposant la théière, il esquisse un sourire en direction de son visiteur :

– Tu n'as pas encore répondu à ma question.

– Laquelle ?

– De quoi as-tu peur, Paul-André ? De sortir de toi-même et d'affronter le vide présent de ta vie ?

– Maudit !

Brusquement, Paul-André se lève et se dirige d'un pas ferme vers la sortie. Le curé le rejoint, lui tend son blouson qu'il a pendu à la patère à son arrivée :

– Merci de ta visite. C'était une belle surprise.

Paul-André fixe le prêtre d'un regard perçant qui exprime à la fois la rage, le malaise qu'il ressent et, enfouie sous les soupirs d'agacement, la reconnaissance envers cet homme qui le devine si bien. Il franchit le seuil du presbytère sans se retourner mais, juste au moment où Armand va refermer la porte derrière lui, il revient abruptement sur ses pas :

– T'as de la famille ?

– Une sœur qui vit à huit cents kilomètres d'ici. Pourquoi ?

– Je t'invite au repas du jour de l'An !

– Quoi ?

– Je compte sur toi.

Armand cherche à comprendre l'étrange cheminement du personnage qui s'agite devant lui. Paul-André insiste. Armand se désiste. Après quelques négociations, Armand accepte d'aller saluer ses voisins à l'heure du café ce jour-là.

En repensant aux premiers de l'an d'autrefois dans sa famille, il lance, d'une voix taquine :

– Et je te donnerai la bénédiction paternelle, mon Fils...

29

À la radio, l'animatrice ne cesse de répéter d'une voix triomphante que « la température restera au-dessus de la moyenne saisonnière », comme s'il s'agissait d'une victoire personnelle sur la matière. Paul-André vérifie les dires officiels en jetant, à travers la vitre, un œil scrutateur sur le thermomètre extérieur. Il sourit, satisfait.

Le soleil brille à la boutonnière de janvier.

En ce matin du Nouvel An, c'est bien avant l'heure prévue que Claire se présente au couvent de Sainte-Mélodie. De son poste de guet, Paul-André la voit arriver dans une voiture rutilante. L'avocate se gare en deux tours de volant le long du banc de neige laissé par une visite récente et brève de l'hiver. En remontant sur son épaule la bandoulière de son sac à main, elle sort lentement du véhicule. Du coffre de la voiture, elle retire un grand sac. Paul-André la suit du regard, happé par l'élégance de ses vêtements, la fierté de sa démarche, sa prestance un peu hautaine. Elle monte l'escalier puis disparaît à ses yeux. La sonnette de la porte se fait bientôt entendre. Ne reste devant le couvent qu'un coquelicot saignant sur une flaque de neige.

Claire, contre toute attente, est venue seule...

Quittant Danielle qu'elle a surprise en train de finir de s'habiller, Claire frappe chez son père. Après les embrassades et les vœux de circonstance, elle l'enjoint de passer de l'autre côté du couloir et referme aussitôt la porte derrière lui. Un sourire nerveux anime son visage. Elle marche vers une fenêtre, regarde le paysage qui dort et cherche à capter un peu de cette sérénité qui s'étale devant elle. Mais ses mains, malgré elle, s'agitent sans arrêt, se frottent l'une contre l'autre, tirent sur sa jupe de fin cashmere.

Tournant le dos à ses parents, elle commence, d'une voix faible :

– Bon. Vous êtes bien assis tous les deux.

– Te voilà bien solennelle, Claire, se surprend Gérard.

– C'est que j'ai quelque chose à vous... révéler...

Danielle et Gérard se regardent, soudain inquiets. L'avocate fixe la rivière et les traits fugaces d'écume lumineuse qui s'en échappent puis elle lance :

– Je voudrais d'abord que vous ne perceviez pas ce que je vais vous dire comme un geste irréfléchi. Et que vous n'interprétiez pas les... circonstances qui ont entouré cet... événement comme... un blâme à votre égard. Non plus comme un oubli. Je n'ai aucunement voulu vous tenir à l'écart, encore moins vous rejeter.

Gérard fronce les sourcils. Danielle se mord la lèvre, cherchant en vain à paraître impassible, pendant que Claire continue :

– Allons droit au but. Je...

*

Paul-André a fait sa toilette et, de retour à son rôle de vigie, il boit son premier scotch de 1996. Un malt vieilli en fut de chêne, ambré à souhait. Il a entamé cette bouteille avec des gestes lents, respectueux. Un rite sacré accompli dans la solitude de sa chambre qui baigne dans la lumière froide de la nouvelle année !

Comme il s'apprête à remplir un second verre, une mini-fourgonnette sombre quitte la rue principale et s'engage dans l'entrée des voitures du couvent. Aussitôt le véhicule immobilisé, deux portes s'ouvrent. Du côté conducteur, une femme toute ronde à la chevelure flamboyante, habillée d'un poncho aux couleurs vibrantes agite les bras en discourant. Du côté passager, un homme grand, posé, aux cheveux poivre et sel, fait glisser la porte latérale et libère trois enfants qui s'empressent de courir vers l'escalier.

De son poste, Paul-André aperçoit Édith qui, enroulée dans un grand châle pourpre, se précipite vers eux et les embrasse. Tout ce beau monde chargé de sacs et de cadeaux uniformément emballés de papier rouge à étoiles d'or entre. Bientôt, des éclats de voix juvéniles se font entendre dans l'escalier, jusqu'à ce qu'une voix de femme ordonne :

– Descendez, les Enfants. Vous restez en bas avec moi !

– Laisse-les faire, Ginette, voyons.

– Non, j'ai à leur parler. Monte avec Michel, je vous rejoindrai dans quelques minutes.

Une voix de baryton ajoute aussitôt :

– C'est que j'aimerais te... montrer quelque chose, Maman.

La porte se referme quelques minutes plus tard sur Michel Leclerc et sa mère. Tout est redevenu calme à l'étage.

Du moins dans le couloir...

*

– Quoi ? s'exclame Gérard qui n'en croit pas ses oreilles.

Claire n'a pas eu le temps de terminer ses explications ; son père s'est levé d'un trait. Patriarche blessé, il promène sa dignité offensée de la table de travail à la bibliothèque en répétant d'une voix brisée :

– Comment as-tu pu, Claire ?

Après quelques bégaiements de petite fille prise en faute, l'avocate engage bien mal sa propre défense.

– Ça s'est fait... sans penser à mal. Comme ça...

– Comme ça ?

– Un coup de tête... Une impulsion...

– Ah ! Je croyais que ce n'était justement pas un geste irréfléchi, lance Danielle en faisant référence aux propres paroles de sa fille.

Claire fait la moue, prise en flagrant délit de contradiction. Les pas fermes qui résonnent sur le plancher de bois scandent le mécontentement du père :

– Depuis quand ?

Claire pivote sur elle-même, et faisant de nouveau dos à ses parents, elle murmure, hésitante :

– La fin de... septembre.

– Et c'est maintenant que tu nous en fais part ?

La phrase est sortie comme un sanglot plutôt qu'un reproche.

– Et Suzanne et Olivier étaient eux aussi dans le secret des dieux !

– Il nous fallait des témoins.

Gérard quitte la pièce, claque la porte, traverse le couloir et entre chez lui. Claire reste figée devant Danielle, muette. Après quelques instants, Claire se tourne vers sa mère :

– Tu partages l'indignation de papa, je suppose ?

Les doigts de Danielle pianotent sur le bras du fauteuil. La tête basse, le regard ailleurs, elle ne répond pas. Claire s'impatiente :

– Dis quelque chose, Maman.

Danielle scrute le visage de sa fille, cherchant à deviner le fond de son âme. Elle cherche les mots qui décriraient le mieux ce qu'elle ressent, et finit par lancer :

– Ton père et moi, on aurait peut-être aimé être informés en même temps que... le reste de la famille.

– Je n'arrive pas à comprendre tout à fait moi-même ce qui nous est arrivé, ce jour-là. Le sentiment d'une urgence, que si nous ne le faisions pas immédiatement, la conjoncture ne se reproduirait plus. Tu ne saisis pas ce que je veux dire, hein ?

– Au contraire. Je comprends, parfaitement.

Claire jette un regard étonné à la femme qui se tient maintenant debout devant elle. Mais celle-ci ne laisse prise à nulle interruption. D'une voix ferme et contenue, elle poursuit, laissant chaque mot mordiller le silence :

– En trois mois, il y a certainement eu quelques occasions pour toi et... ton mari... de venir nous faire part de votre... bonheur, non ? C'est le retard à nous informer qui a choqué ton père, j'en suis sûre. Je ne crois pas me tromper en affirmant que la goutte qui a fait déborder le vase, c'est que ta sœur, tout ce temps, elle, l'ait su.

– Ne blâmez surtout pas Suzanne. C'est moi qui ai insisté pour obtenir sa discrétion. C'est moi, moi seule qui suis fautive. D'ailleurs, elle ne s'est pas gênée pour me sermonner.

Claire s'est laissée tomber sur un fauteuil. Sa voix de prétoire s'est adoucie jusqu'à devenir celle d'une enfant qui veut se faire pardonner une extravagance :

– J'ai peut-être droit à mes petits secrets, Maman. J'ai 42 ans !

Le chiffre ramène Danielle en arrière.

À 42 ans, elle aussi avait eu son secret. Durant tout un trimestre. Partie à l'autre bout du pays, sans laisser d'adresse, elle n'avait communiqué avec ses filles qu'au compte-gouttes... Sans doute inconsciemment, Claire lui rend-elle aujourd'hui la monnaie de sa pièce. Et Gérard revit peut-être ce qu'il avait interprété alors comme la trahison des siens. La vie est ainsi faite, pense Danielle. Sur la mer que nous voudrions étale, il n'y a vraiment jamais d'accalmie. Les vagues s'enflent avec plus d'arrogance encore à mesure que nous vieillissons. La plus ancienne réminiscence les fait gonfler, le plus fugace souvenir décuple la force des vents. Le sable se soulève et nous aveugle à nouveau, l'écume nous enveloppe, nous fouette, érode le fragile équilibre que nous croyions avoir enfin trouvé... Ce qu'on a vécu, aimé, pleuré, souffert, remonte à la surface et les cadavres du temps rejouent les vieilles tempêtes... Les yeux mouillés, Danielle sourit enfin tendrement à sa fille.

– Tu es heureuse avec lui ?

– Très. Nous sommes ensemble depuis un moment. La passion n'est plus seule en cause. Il est aussi devenu mon meilleur ami. Il ne nous reste qu'à passer l'épreuve de la vie commune.

– C'est vrai, soupire Danielle. Vous ne vivez pas encore ensemble !

– De nos jours, ce n'est plus rare de vivre un amour à distance.

Le visage d'Alex s'impose soudain à Danielle. Leur relation n'avait-elle pas survécu dans des conditions semblables ? Leurs rapports n'ont-ils pas même été approfondis par l'espace qui s'imposait entre eux ?

– Je sais, ma Fille. Je sais, répète Danielle la voix brisée.

– Aurais-tu, toi aussi, tes petits secrets ?

Gênée, Danielle se réfugie dans la salle de bain. L'amoureuse d'Alex s'abandonne, pleure un moment puis se reprend. Devant la glace, elle lave son visage à l'eau glacée, se recoiffe, ajoute un peu de fard sur ses joues pâles, remet du rouge sur ses lèvres. L'âme un peu plus sereine, elle revient vers sa fille, et maternelle, lui enjoint :

– Attends-moi ici. Je vais parler à ton père.

*

Inquiété quelques instants plus tôt par le fracas ayant entouré le départ de Gérard, Paul-André guette derrière sa porte entrebâillée. Immobile. Sur le qui-vive. Chat tapi dans l'herbe, il scrute le moindre craquement de bois, le moindre chuchotement, le moindre rire.

Danielle traverse le couloir. Décidée. Paul-André compte les coups qu'elle frappe sur la vitre translucide. Il attend, comme la visiteuse, une réponse qui ne vient pas. Quelques soupirs d'impatience hachurent le silence. De nouveau, des coups sur le verre poli. Leur nombre redouble. Toujours rien. Soudain un avertissement sans appel :

– Si tu n'ouvres pas, j'entre.

La porte s'entrouvre, timidement. La voix de Gérard résonne, mais Paul-André n'en capte que des éclats fragmentés. Des rires s'amplifient dans la chambre d'Édith. L'homme aux cheveux poivre et sel sort de la pièce et, tirant sa mère par la main, cherche à l'entraîner vers la chambre de Danielle.

– Je ne veux pas me mêler de ça, Michel.

– Laisse agir mon charme. Tu sais, celui que tu m'as toujours reproché d'utiliser... à des fins égoïstes ?

– Grand fou !

Michel mène Édith devant la chambre voisine.

Au même moment, Gérard paraît dans le corridor, suivi de Danielle. Claire, attirée par ces rires et ces voix, est sortie à son tour et se retrouve face à son père.

Gérard hésite un court instant à la vue de sa fille. Avec un effort apparent, il esquisse un sourire, tout en conservant dans son attitude un quelque chose du père offensé pas encore convaincu de la nécessité de l'indulgence. Danielle pose la main sur l'avant-bras de Gérard qui franchit la distance qui le sépare de Claire et l'embrasse. Se tournant vers Michel, qui s'est un peu raidi, il tend une main ferme et sincère :

– Sois le bienvenu dans notre famille, Michel.

À l'autre bout du couloir, discrètement, la porte se referme sur le visage ébahi de Paul-André Côté à qui vient d'échapper, une fois encore, la quintessence des relations familiales.

30

L'HIVER resplendit. Pur. Froid. Lumineux.

Gérard contemple l'après-midi qui s'encadre dans la fenêtre. Tableau d'ivoire où s'accrochent encore, grelottantes, les réminiscences des Fêtes récentes.

Malgré son début impromptu, la journée du premier de l'an 1996 a laissé en Gérard des traces heureuses. Claire rayonnait de joie. C'était là l'important. Il avait donc cessé de reprocher à sa fille les chemins détournés qui l'avaient conduite à tant de bonheur. Il avait fallu toutefois que Danielle taille net, dans le vif de ses émotions, pour qu'il accepte les faits, et quelques jours de recul pour que s'atténuent en lui les battements sourds de son ressentiment.

Le mariage de Claire et Michel était, en fait, un secret de Polichinelle... Tout comme les deux témoins de la cérémonie civile, Ginette, Guy et Jennifer étaient au courant de l'événement. Suzanne, Olivier, le colonel et sa famille s'étaient donné le mot pour arriver au couvent avec un peu de retard, question de laisser aux parents le temps d'avaler la nouvelle. Tout avait été prévu. La connivence entre les Leclerc et les Legault s'avérait exemplaire. L'annonce officielle avait libéré tout le monde d'un poids qui s'était alourdi à mesure que s'égrenaient les jours. À midi, l'incident du matin était totalement mis en veilleuse. L'heure des réjouissances avait sonné.

On avait monté du sous-sol une seconde table de réfectoire et, en la plaçant le long de celle qui occupait déjà la salle à manger, on avait fabriqué un immense rectangle où les deux familles avaient pu prendre place. Durant le repas, la jubilation s'était répandue, rumeur voyageuse entre les convives. Ce dîner de fête avait pris l'allure exubérante d'une noce.

Gérard sourit en repensant au dessert... Grâce à Ginette, les invités avaient même eu droit à un gâteau de circonstance, à la mode d'Antoine.

– Toi aussi, tu savais ? s'était étonnée Édith.

– Eh oui !

– Et tu ne m'as rien dit ?

– Secret professionnel, ma Mie !

Antoine avait pris la main d'Édith et l'avait embrassée, lui déclarant dans un chuchotement :

– Merci de me donner une si belle famille...

Gérard avait vu Édith baisser les yeux, pour mieux savourer l'éternité des mots.

*

Il neige sur la mi-janvier. Depuis plusieurs heures déjà. La manne blanche glisse sur des rails de vent. Le soir tombe. Les flocons s'illuminent sous le réverbère de la rue. La lueur du téléviseur laisse des traces bleues dans la pièce où Paul-André sirote un scotch. Il faudra bientôt descendre souper. Affronter les autres. Encore une fois.

Paul-André avait cru un moment qu'il ne survivrait pas à la réunion doublement familiale du Nouvel An. L'effet de l'alcool n'assourdissait aucunement les rires bruyants des enfants et la voix aiguë de Ginette les rappelant à l'ordre, pas plus qu'il ne voilait la rigidité qui nage toujours en surface chez Guy et la timidité oppressante de Jennifer. Les blagues qu'il racontait à Gérard n'avaient visiblement pas de prise sur l'humeur fuyante de son ami, et Antoine s'affairait à l'autre bout de la pièce dans une attitude toute professionnelle qu'il n'aurait osé perturber pour rien au monde.

Il avait remarqué que Michel cherchait à entamer une conversation avec lui mais ces gentillesses l'importunaient plus qu'elles ne faisaient disparaître sa solitude. Sa présence le frustrait : comment, devant lui, conter fleurette à Claire comme il se plaît à le faire habituellement ? Et il fuyait résolument le regard de Suzanne, ce regard où il s'était noyé, six ans plus tôt.

Le repas allait être long ! Dès la première bouchée d'oie rôtie, il avait guetté le moment favorable pour s'éclipser. Mais la nouvelle maman s'était bientôt retirée au salon pour allaiter son nourrisson. Olivier s'était alors rapproché de lui, lui posant question après question sur sa vie et sa carrière. Ces marques d'attention avaient rassuré Paul-André. Il s'était détendu d'un coup et pris d'amitié pour le peintre. Il était finalement demeuré « en famille » jusqu'au départ de Ginette et de ses enfants, plusieurs heures après que les couples aient quitté le couvent.

Armand était venu. Comme promis. À l'heure du café. On lui avait annoncé l'union des Leclerc et des Legault par enfants interposés. Après un digestif et la farandole des souhaits, le prêtre avait rejoint sa solitude.

Paul-André savoure une dernière gorgée de scotch, retenant un long moment le liquide dans sa bouche. Il rejette la tête vers l'arrière. Fièrement. Il a survécu à une réunion de famille !

*

Dans le salon du rez-de-chaussée, Édith est venue après le souper s'imprégner du calme de la rue. Depuis près d'une semaine, en chutes répétées, la neige gonfle les toits de taches claires. Le village s'est arrondi de volutes poudreuses et, ce soir, il hausse ses épaules d'hermine pour se protéger du froid vif. Une lune d'opale grimpe les échelons du ciel, affinant les ombres qui s'agitent devant l'église.

Édith se souvient...

Les couleurs se détachaient des vitraux et couraient sur le sol entre deux frissons de lumière. Pendant que les cousins et les cousines se taquinaient au salon sous l'œil indulgent de Ginette, que les deux sœurs Legault et leurs compagnons de vie desservaient la table, Guy avait pris Édith à part et lui avait demandé de le suivre dans la chapelle déserte. Elle s'était figée d'émerveillement devant la danse des grenats et des saphirs.

La voix de Guy l'avait ramenée à la réalité. Visiblement soulagé, l'aîné lui avait annoncé le départ de l'ami de son fils :

– Et tu crois que tout est rentré dans ton ordre, Guy ? Non, mon Grand. Je pense que la vie de Christopher suivra son cours. Il prendra la route qui est profondément la sienne. Ce n'est pas la présence ou l'absence d'un Jeff qui y changera quelque chose.

– Je saisis mal.

– Commence tout de suite à accepter tes enfants pour ce qu'ils sont. Non pour ce que tu veux qu'ils soient.

– Mais... je veux ce qu'il y a de mieux pour mes enfants.

– Ce que tu juges « le mieux » n'est peut-être pas ce qui leur convient.

Édith s'était d'abord reproché son intervention. Guy était resté bouche bée. Sa mère ne l'avait pas approuvé, même pour le rassurer. Elle lui avait plutôt fait part de ce qu'elle avait vécu, de la somme de ses expériences. Peut-être en tirerait-il un doute ? Une lueur capable d'ébranler les certitudes auxquelles il se raccrochait à nouveau.

Édith avait poursuivi :

– C'est la faute que nous commettons avec nos enfants. J'ai fait cette erreur avec vous.

– Tu veux dire ?

– Je vous ai rêvés. J'ai joué à la « guénille brûlée » avec vos vies.

– La... quoi ?

Devant le visage interrogateur de son fils, elle avait expliqué le jeu qu'elle jouait autrefois avec les enfants de son âge.

– Une de nous dissimulait un chiffon quelque part et nous devions trouver l'endroit. Selon que nos pas nous amenaient près ou loin de la cachette, la meneuse nous disait que nous brûlions ou que nous gelions.

L'explication n'avait fait que rendre Guy plus perplexe. Édith avait continué :

– C'est ainsi que j'ai joué avec vos vies. Quand vos décisions, vos projets vous rapprochaient de mon rêve, je brûlais de bonheur. Quand vous vous éloigniez de mes attentes, je gelais et vous accusais en secret de me faire souffrir... J'ai risqué ainsi ma relation avec chacun de vous.

Édith avait été brusquement envahie par d'anciens remords, par ces émotions diffuses qu'elle croyait vaincues, effacées, évaporées. Et voilà que leur souvenir l'assaillait, remontait en elle comme une vapeur âcre qui irrite les yeux. Elle avait essuyé une larme. Guy avait surpris le geste pourtant discret :

– Ce n'est pas facile d'être parent !

– C'est un dur apprentissage qui ne s'achève jamais. On ne prend jamais tout à fait sa retraite de cette carrière-là. Même quand on a osé, un jour d'illusion, déclarer « mission accomplie ».

Guy avait posé doucement sa main sur l'épaule fragile d'Édith pour apaiser la tourmente qu'il devinait. Il cherchait à exprimer ce qu'il ressentait, mais les mots restaient malhabiles :

– Je comprends mieux... je pense... Je veux dire que maintenant que j'ai des ados... Ce que tu as vécu avec nous... et papa. Tout ça... Merci de m'avoir soutenu sur le chemin que j'ai pris. Il était bien éloigné de tes rêves, hein ?

Elle avait tourné vers son fils un visage défait et, d'une voix claire, l'avait enjoint à la prudence :

– Accepte Christophe pour ce qu'il est. Avec ses intérêts, ses désirs, ses choix. Quelle que soit leur nature.

Fais de même avec Élizabeth et Nicolas. Ne leur impose ni tes vues, ni ta vie.

Le jour, imperceptiblement, avait baissé dans l'écrin de la chapelle. Les reflets des vitraux s'aventuraient maintenant sur la nudité du mur, croisant leurs feux en un étrange combat. Son fils avait finalement murmuré d'un ton calme :

– Nous devrions nous voir plus souvent, Maman.

Édith lui avait souri. Elle s'était sentie soudain très près de lui et, pour traduire l'émotion intime qui les unissait, elle avait laissé tomber avec une infinie tendresse :

– Pas rien que nous voir, mon Grand. Mais nous rencontrer.

*

La fin de janvier approche. Au couvent, chacun s'enferme dans une solitude féconde. Les heures glissent comme des traîneaux insouciants sur la pente douce de l'hiver installé.

Gérard s'adonne à la navigation électronique qu'il s'est juré d'apprivoiser tout à fait durant cette session sabbatique qui s'amorce. Il a réarrangé les meubles de sa chambre, reclassé ses livres, inventorié ses CD et il passe des heures devant l'écran de son ordinateur.

Édith produit esquisse sur esquisse pour illustrer les contes d'Antoine. Elle a lu les histoires à Pablo. L'enfant a ensuite dessiné les contes à sa façon, et c'est à partir des dessins de son petit-fils qu'elle travaille depuis.

Paul-André s'est procuré une bicyclette fixe depuis qu'un soir, au souper, Danielle et Gérard ont parlé d'entreprendre des randonnées à vélo, le printemps venu. Il a décidé de les suivre. Et d'être en forme physique pour le faire. Ce qui signifie, dans son esprit, en meilleure forme qu'eux.

Dans le silence des après-midi quelques grincements de cordes se font entendre.

Danielle, après un temps d'hésitation, s'est mise au violoncelle. C'est Gérard qui lui a fait cadeau de l'instrument. Au réveillon de Noël. Elle avait sorti l'instrument de l'étui dans un état de véritable stupeur. En reconnaissant la forme de la boîte rigide, elle a entendu la voix de son professeur initiant l'enfant qu'elle était alors aux gestes prescrits : déposer l'étui sur le sol, l'ouvrir lentement, sortir l'instrument avec délicatesse en faisant attention de ne heurter ni les chevilles ni, surtout, le chevalet.

Le bois du nouvel instrument est clair, veiné d'ambre. Elle en a caressé les formes généreuses, sans le moindre mot. À Gérard qui scrutait sa réaction, elle n'a réussi qu'à chuchoter un timide « merci », puis elle s'est mise à pleurer. À 62 ans, elle revivait l'émotion de la petite fille à qui on avait loué, autrefois, un demi-violoncelle.

Dans sa chambre, le lendemain, Danielle avait dégagé le précieux objet de son noir cercueil. Aussitôt, la voix du maître s'était fait entendre à nouveau, péremptoire : choisir un siège qui permet de garder les pieds bien à plat sur le sol, dégager la tige métallique de l'instrument et trouver la hauteur qui convient, bien serrer la vis de fixation, appuyer solidement la pointe sur le sol, retenir avec souplesse l'instrument entre ses genoux, l'envelopper de ses bras, saisir l'archet, le tendre avec précision et faire glisser l'arcanson sur le crin raidi. Il fallait ensuite accorder l'instrument... Le moment de vérité où Danielle pestait de ne pas posséder, comme son professeur, l'oreille absolue... Plus de cinquante ans plus tard, machinalement, l'ancienne violoncelliste se conformait aux diktats du maître.

Bien que ce cadeau l'ait bouleversée et attendrie, Danielle se sent toujours, un mois plus tard, happée par des sentiments contradictoires. L'instrument lui a donné parmi les plus belles heures de sa vie, mais aussi les moments les plus gênants. Presque douloureux. La souffrance de l'orgueil marque longtemps ! Ah ! l'embarras de devoir s'habiller d'une jupe ample quand, durant la guerre, la pénurie de tissu avait mis à la mode les jupes étroites. Pas question pour une jeune fille, à l'époque, de porter un pantalon à la ville. Elle avait donc une jupe dite « de violoncelle », seul vêtement capable de fournir à la fois confort et décence à la jeune instrumentiste, vêtement qu'elle revêtait pour la leçon hebdomadaire. Le problème, c'est qu'il fallait se rendre chez le maître dans cet accoutrement détesté, non conforme aux canons de la mode. Un parcours de deux rues à peine... le long duquel il fallait affronter les regards moqueurs des copines du couvent.

Aujourd'hui, Danielle a coupé ses ongles ras et repris l'instrument. Son poignet droit n'a plus la grâce détendue d'autrefois. L'archet glisse mal sur les cordes tendues. Il semble pris de hoquet. Les doigts de sa main gauche n'ont plus ni la souplesse ni la force pour pincer résolument les cordes. Il faut tout reprendre. À zéro. Humblement, renoncer au vibrato. Redevenir une débutante craintive et obéissante.

Danielle entame une gamme. Lentement. Après quelques efforts laborieux, elle retrouve soudain la sensation qui la ravissait, adolescente. Elle reconnaît l'embrassement sensuel, le bercement de l'instrument entre ses bras, leur corps à corps. L'impression de s'approprier l'instrument, de l'intérioriser, de s'en emparer, de se fondre en lui. Et tout à coup, pendant quelques fugaces secondes, de vibrer avec les cordes, de résonner avec la table d'harmonie, de devenir soi-même musique. Rien que musique.

Mais un instant d'inattention et l'archet glisse sous le mauvais angle, la musique n'est plus que grincement !

Devant la fenêtre, où se tapisse de clarté le grand cahier *L'ABC du violoncelle,* Danielle reprend une fois encore la ligne musicale. La violoncelliste de 62 ans tente, les mâchoires serrées, les paumes moites, de faire vibrer sous les cheveux de l'archet la première mélodie que tous les néophytes doivent faire chanter sur les cordes de l'instrument : *Ah ! vous dirai-je, Maman* !

*

Paul-André n'a pas dormi la nuit précédente. Le téléphone a sonné chez lui hier matin. Une voix monocorde lui rappelait son rendez-vous du 30 janvier concernant la succession de Louis Julien. Ce matin, il n'arrive pas à se lever.

Une heure avant la rencontre prévue, il décroche le combiné et compose le numéro de l'avocate. À la secrétaire, il demande que la rencontre soit remise. Il se dit malade. Il ne ment pas tout à fait. Il est malade... de peur.

Le lendemain, Paul-André quitte le couvent au beau milieu de l'après-midi. Il n'a dit à personne où il se rendait ni quand il rentrerait.

Danielle a goûté son absence au repas du soir. Gérard lui a reproché les remarques narquoises qu'elle s'est permises pour exprimer sa joie. Édith n'a pas osé intervenir. À trois, ils ont desservi la table, rangé les restes, lavé les casseroles, chargé le lave-vaisselle. Puis, conversé sur des sujets purement utilitaires. Édith s'est retirée tôt dans sa chambre. Danielle en a fait tout autant. Avant de monter chez lui, Gérard a allumé les lumières extérieures et, au salon, il a laissé veiller les lampes.

Il est presque minuit. De sa chambre, Gérard guette l'entrée. Machinalement. Comme un ami. La voiture de Paul-André manque toujours devant le perron du couvent.

Gérard s'inquiète. Il s'est couché, mais ne dort pas. Il tend l'oreille.

Vers deux heures du matin, un bruit indéfini l'éveille de la somnolence qui l'a finalement gagné. Il se lève. La voiture de Paul-André est rangée à côté de la sienne.

Il se recouche. Rassuré.

*

L'hiver s'étiole. Au milieu de février, un pernicieux redoux a créé durant quelques jours l'illusion d'un printemps hâtif. Mais le froid et la neige sont revenus en force. Trois tempêtes. Coup sur coup. Nuit sur nuit. Bises sur poudrerie. Le vent siffle. Il n'y a que lui qui court dans la rue et soulève l'édredon nacré de la neige.

Édith est restée au couvent ce dimanche. Plus tard en journée, Antoine est arrivé. Il a bravé la route au volant de sa jeep. Deux heures pour faire les trente kilomètres qui séparent le lac Chocolate du village de Sainte-Mélodie.

Gérard a découvert le clavardage. Il multiplie les contacts. Il a trouvé, voilà une semaine, un interlocuteur de choix avec qui il échange sur les injustices de ce monde et le vide du langage. Aujourd'hui, les deux compagnons d'armes pourfendent l'ennemi du temps présent : la rectitude politique. Ces deux mots font bouillir le professeur Legault qui se venge sur les touches du clavier. Lentement, il compose son message :

On ne parle plus une langue, on marmonne une chaîne d'euphémismes... On aboute des coquilles vides que l'on croit des phrases. Le politically correct, *c'est la nouvelle Inquisition. À l'école. À l'université. À l'écran. Sur la page. La pire censure, dont on sent partout la présence.*

Gérard lit l'intervention de son correspondant et objecte aussitôt : *Rien à voir avec le véritable respect. C'est une perversion de la pensée !* Sur l'écran, la réponse s'aligne, lettre par lettre. Gérard s'indigne : *Allons donc ! Les mots n'auront toujours que le sens qu'on leur donne. Ce ne sont pas eux qui doivent changer, mais nous. Notre mentalité, notre sensibilité. C'est nous qui devons évoluer... Le sens des mots suivra.*

De l'autre bout du continent, une question surgit, à laquelle Gérard s'empresse de répondre : *Je maintiens qu'il s'agit d'une censure. Elle est pernicieuse parce qu'elle surgit de l'intérieur. Une véritable auto-censure. Politiciens, écrivains, journalistes, universitaires, vous et moi, nous y succombons. Tout en nous croyant libres de penser, de choisir nos mots, de nous exprimer. Mais les phrases que nous utilisons ont été forgées, moulées par cette censure assimilée. Nous cédons à une peur souterraine, intime, inconsciente. Nous sommes esclaves de mots vidés de leur substance.*

Gérard sourit en lisant la phrase qui perce la blancheur grisâtre de l'écran. Ses doigts reprennent bientôt leurs sauts sur le clavier : *J'avoue, cher collègue, que vous avez raison. L'indignation me gagne. Mais je m'en réjouis. J'ai six mois devant moi avant que ne sonne ma prochaine session de cours. Je prends le temps de m'indigner. Peut-être même celui de m'insurger !*

Gérard se sent rempli d'une énergie nouvelle. Un printemps qui couve sous les bancs de neige.

De l'autre côté du couloir, Danielle poursuit la routine des exercices et des gammes. Le bout des doigts de sa main gauche est devenu d'une extrême sensibilité. Rouge. Gonflé. Le poignet droit se casse sous la lourdeur soudaine de l'archet. Toutefois, les pièces musicales s'allongent. Certains jours, elle a l'impression de progresser plus rapidement. Elle aura bientôt terminé studieusement tous les exercices du cahier des débutants. De vieux réflexes techniques reviennent à la surface. Ils surgissent comme une odeur qui s'échappe d'un tiroir longtemps demeuré clos.

*

Paul-André reste enfermé dans sa chambre depuis plusieurs jours. Il n'est pas descendu souper, hier, malgré l'insistance de ses amis. Aujourd'hui, en fin de matinée, Gérard s'est imposé à sa porte et a réussi à le voir, malgré le désir manifeste de Paul-André de remettre, encore une fois au lendemain, le moment d'une conversation.

– Non, c'est maintenant, réplique Gérard.

Il trouve son ami défait. Décoiffé. Débraillé. Il fait face à un être visiblement en désarroi, qui bouffe l'espace et s'amenuise. Verres graisseux et bouteilles vides encombrent la table. Le courrier s'y empile sans avoir été ouvert. Les journaux montent en une colonne qui dépasse le rebord de la fenêtre. Sur le lit, les couvertures s'entortillent. Au fond de la pièce, la bicyclette fixe est devenue un support à vêtements... sales. Dans ce couvent, qui pourtant lui appartient, Paul-André Côté campe depuis sept mois comme s'il était de passage.

En traînant les pieds, l'hôte malgré lui, libère une chaise de son fardeau de magazines :

– Aussi bien t'asseoir, puisque t'es là, lance-t-il résigné.

Après avoir absorbé une autre ration d'alcool, et justifié l'état des lieux par quelques raisons oiseuses, Paul-André se renfrogne davantage encore quand son visiteur lui demande directement ce qui ne va pas.

– Ça va. Ça va.

– Tout autour de toi nie ce que tu viens de dire. Déballe le morceau, Paul-André. Qu'est-ce qui se passe ? Notre présence au couvent t'embête ? Tu regrettes ton offre ? Tu désires que nous partions ? Dis-le. Nous rectifierons le tir. Nous irons ailleurs, si tu préfères... Nous...

– Rien à voir, balbutie le propriétaire. C'est... personnel.

– Même pour un ami ?

Après une autre rasade, la lèvre molle, l'œil hagard, Paul-André se confie avec réticence : il a vendu l'école de musique. Brusquement. La résolution s'est imposée, comme un ordre, un matin à son lever. Deux semaines plus tôt.

– Une résolution qui a résisté à trois verres de scotch, précise Paul-André dans un rictus.

Il s'est rendu à Queenstown un après-midi et accepté l'offre que Jean-Marie lui avait faite et qu'il avait rejetée durant des mois. Il a tout vendu. Sans condition. À bon prix. Paul-André raconte la transaction sans émotion apparente. Comme s'il s'agissait d'un geste allant de soi. Une simple routine.

Gérard comprend enfin pourquoi l'homme lui est apparu, à son entrée dans la chambre, comme une marionnette désarticulée. Le musicien traverse le deuil de sa raison de vivre, de ce qui l'a animé de longues années. Depuis deux semaines, son existence s'effrite comme une plaque de rouille s'effeuille et gruge peu à peu toute la carrosserie.

L'effroyable, c'est que Paul-André banalise ce deuil. Il refuse d'affronter cette mort de tout un pan de sa vie. Gérard cherche à raviver une étincelle dans les yeux de son ami :

– Tu commences une autre vie, mon Vieux !

Paul-André ridiculise la remarque de Gérard.

– Je ne m'occupais plus de l'école, tu le sais bien...

– Je pense que t'as franchi une étape décisive. Tout est différent puisque tu ne peux plus te faire croire que tu es toujours maître à bord. Il faut te trouver quelque chose à faire. À donner.

– J'ai déjà donné. J'ai travaillé toute ma vie. Je me repose. En paix. *Requiescat in pace !*

– Sauf qu'on ne récite pas ça de son vivant. Et que tu n'es pas l'homme du repos.

Paul-André frappe son verre avec force sur la table en articulant du mieux que son état d'ivresse le lui permet :

– Qu'est-ce que t'en sais ?

– Je le sens. D'instinct et d'amitié surtout.

Le musicien dévore Gérard de son regard fixe, mais refuse d'y chercher quelque réconfort. Défaitiste, il marmonne qu'il a tout son temps.

– Ce ne sont pas les talents qui te manquent, insiste Gérard.

Paul-André, dont la voix s'embue à mesure que le verre se vide, laisse échapper un rire presque démoniaque qui résonne dans la pièce.

– Tu te paies ma gueule, Professeur ?

Gérard lui rappelle leurs conversations de l'année précédente, la photographie à laquelle il s'était adonné un temps, la poterie à laquelle il s'était promis de revenir une fois installé à Sainte-Mélodie.

– Plus tard. Plus tard. Au printemps...

Paul-André tente de se lever et, indiquant le décor grisâtre qui s'encadre dans la fenêtre, crie presque :

– L'hiver va pas nous écœurer jusqu'en juin, maudit ! À moins que ce salaud décide de passer l'été avec nous autres.

Il perd l'équilibre. Gérard se précipite pour lui éviter une chute humiliante, mais Paul-André lui enjoint de le laisser tranquille. Alors, Gérard se résigne et prend lentement la direction de la sortie. La main sur la poignée de la porte, il ne peut s'empêcher de regretter :

– J'aimerais retrouver nos discussions, Paul-André. Nos engueulades même. C'est ce que je croyais que j'allais vivre en venant m'installer ici...

– On s'est trompés sur toute la ligne. Rien n'est pareil. Antoine et Édith ne voient plus qu'eux. Toi, quand t'es pas à l'université, t'es devant un écran ou entre les pages d'un livre. Ta femme...

Gérard lance un regard désapprobateur à son interlocuteur qui enchaîne quand même :

– Ben... elle me regarde comme si j'étais de trop ici.

– Danielle traverse un moment difficile. Elle aussi, elle a pris des décisions brusques. Peut-être hâtives. Vous vivez des choses semblables. Vous devriez vous parler.

– Son regard... du vrai poison. Tu le croises et tu te sens minable, miteux, un moins que rien...

Gérard comprend ce que veut dire son compagnon. Il ne l'a que trop expérimenté pour lui-même. Après un long soupir, il explique :

– Ses yeux sont des miroirs. Ils ne font que nous renvoyer notre image. C'est toi qui te sens pitoyable, mon Vieux. Danielle n'y est pour rien, crois-moi.

Paul-André fixe Gérard d'un regard assassin. Gérard a touché la cible. Il ouvre la porte et, du couloir, passe la tête dans l'embrasure en ajoutant de sa voix la plus chaleureuse :

– Si tu as besoin de moi, j'habite encore à côté...

31

MICHEL et Claire volent vers Vancouver. Ils resteront là-bas une dizaine de jours, le temps de signer leurs contrats respectifs comme professeurs : Michel à UBC, Claire à Simon Fraser. Le grand défi à relever reste de trouver, durant ce court séjour, une maison.

Édith et Danielle, à leur retour de l'aéroport, se sont préparé un café dans la cuisine. Le soleil joue à cache-cache entre d'épais nuages. La pluie en quittant le village a abandonné sa moiteur dans l'air. La lumière entre dans la pièce avec une pudeur voilée.

– Le printemps s'amuse avec notre patience, constate Danielle en jetant un regard peiné sur l'étain de la rivière.

Édith réplique qu'il faut bien donner une petite chance à celui qui vient tout juste d'arriver. Danielle hausse les épaules :

– Il avance comme une machine à coudre : un point en avant, un demi-point en arrière.

– À ce rythme-là, on finit quand même par compléter la couture. Et c'est du solide.

– J'admire ton optimisme, Édith.

Danielle reste silencieuse un instant puis mentionne que, depuis quelques mois, chacune d'elles semble vouloir jouer le rôle de l'autre :

– C'est moi qui déprime et toi qui me remontes le moral.

À un bout de la longue table, elles se sont assises, face à face. La salle à manger est plongée dans la pénombre, mais elles ne pensent guère à allumer. Édith verse quelques larmes lactées sur le liquide sombre. Les points clairs deviennent un fin stratus couleur de sable que le mouvement de la cuillère convertit bientôt en une plage onctueuse. Danielle s'étonne que son amie prenne maintenant du lait dans son café. Édith, entre deux gorgées, se contente d'un commentaire succinct :

– On change !

– La vie nous change, tu veux dire...

Danielle tient la tasse à deux mains et savoure la boisson corsée, un peu amère, qu'elle refuse toujours, elle, d'adoucir. En le posant délicatement sur la surface lustrée de la table, elle avoue se sentir démunie devant cet éternel recommencement.

– Une situation se tisse, et le temps d'en comprendre la dynamique, d'en évaluer la portée, le sens, les dangers, elle s'est transformée. Il faut s'adapter à tout autre chose, une fois encore !

Édith ne cherche nullement à opposer quelque argument que ce soit. Elle écoute Danielle qui tente de définir ce qu'elle ressent et qui l'obsède depuis quelques mois.

– J'aimerais que le temps s'arrête, Édith. J'aimerais pouvoir me réchauffer à l'intérieur d'une parenthèse et faire le point sans qu'au milieu de l'opération mes calculs ne deviennent désuets.

Édith étend les bras et dessine dans l'air de grands gestes d'oiseaux prisonniers du vent. « Ô temps, suspends ton vol et vous, heures propices, suspendez votre cours !... » récite-t-elle, emphatique.

– Ne te moque pas. Je suis certaine que tu ressens ce besoin-là, toi aussi. C'est pire en vieillissant, on dirait.

Édith replie ses ailes et sirote le reste de son café. Elle cherche à mettre en lumière, pour son amie, un autre versant de la réalité, celui des surprises que nous réserve la vie.

– Nos enfants qui choisissent de faire leur vie l'un avec l'autre, c'est un cadeau, non ?

– Empoisonné.

– Pourquoi, tu dis ça ?

– Si les tourtereaux d'aujourd'hui ne sont pas heureux ensemble, Édith, comment allons-nous nous sentir l'une face à l'autre ? On prend toujours la part de ses enfants, non ?

– Notre amitié survivra à ça. Elle a survécu à tant de choses et de situations. À la distance géographique...

Danielle soupire et dans un chuchotement avoue :

– À mon mauvais caractère, à nos déprimes.

– À nos amours passées et... présentes. Même au test suprême : la vie en commun, ajoute Édith avec l'accent du triomphe.

– En dépit des frictions avec l'intervenant principal évoluant sur le territoire déterminé par la convention des partenaires... continue Danielle, mimant une fonctionnaire en train de lire le rapport d'un comité *ad hoc*.

Comme des adolescentes, les deux amies ricanent en sourdine.

– Crois-tu que nous pensions à la même personne ?

Une autre saccade de fou rire les secoue. Le cœur plus léger, Danielle se lève et remplit les tasses. Elle constate en replaçant la cafetière sur le réchaud qu'il est vrai que leur amitié s'est moulée à bien des changements.

– Depuis ce dimanche où j'ai surgi, affolée, chez toi, à Hampton, tu m'as toujours soutenue, écoutée, conseillée...

– Non, Danielle. Au moment où tu en avais le plus grand besoin, je t'ai fait faux bond. Je n'ai rien vu...

– Parce que je n'ai rien dit. C'est ma faute, Édith : je ne sais pas crier « au secours ! »

Danielle esquisse une moue grimaçante et poursuit :

– J'ai l'impression que mes difficultés sont... ridicules. J'ai peur d'accaparer les autres avec des insignifiances.

– Ce ne serait pas un peu d'or...

– Je te défends de prononcer ce mot-là, Édith Dumas !

Leurs regards se toisent. Quelques brûlantes secondes. Puis, Danielle s'apaise. Son amie respire mieux et l'invite à sa chambre. Elle a quelque chose à lui montrer et elle désire avoir son opinion franche. Elles se lèvent, rincent machinalement la vaisselle sale et montent.

Sur le lit d'Édith, s'étalent les illustrations pour le livre d'Antoine. Danielle s'exclame. Les aquarelles d'Édith sont lumineuses, et elles imitent avec finesse des dessins d'enfant. Danielle prend chaque feuille et examine le travail de l'artiste. Le miroitement des teintes rehausse leur transparence.

– Les couleurs sortent du papier. Elles vibrent. J'ai hâte de faire sortir de mon violoncelle des sons de la qualité de ces aquarelles !

– Voilà un moment que je m'y suis remise, moi. Tu t'exerces depuis quelques semaines à peine. Tu fais des progrès, non ?

– Quand l'arthrite ne me fait pas bégayer sur les gammes !

– Tu souffres beaucoup encore ?

– Surtout de la main gauche et, au violoncelle, c'est celle qui court, s'agite, et nourrit les vibratos !

– Donne-toi du temps...

Édith jette un coup d'œil à la fenêtre et appelle son amie. Le saule ploie ses longues tiges chauves et, à travers les plaques de glace qui témoignent encore de l'hiver, la pelouse perce timidement. Édith désigne une section dégagée et révèle que c'est là qu'elle a l'intention de faire un potager. Devant l'étonnement de sa compagne, elle justifie son projet :

– Qu'est-ce qu'il y a de meilleur au monde que de manger les tomates de son jardin au mois d'août ! De belles grosses : une tranche par sandwich. Pense aussi aux poivrons, aux pois mange-tout bien tendres... aux concombres croquants. Et puis, notre vieux couvent a besoin de couleurs. Le vert, c'est reposant, mais rien que du vert... Il faut des plates-bandes tout autour de la maison.

Pour répondre à l'enthousiasme d'Édith, Danielle enchaîne, sarcastique :

– Et des rosiers tant qu'à y être ?

– T'as raison. En souvenir de Noëlla. Qu'est-ce que t'en penses ?

Danielle avoue qu'en matière de jardinage, elle est d'une ignorance toute... citadine ! Le carré de verdure chez ses parents ne contenait qu'un hydrangée à l'ombre de la maison et des glaïeuls le long de la clôture. Elle explique avec verve que depuis son enfance elle hait ces fleurs, ces ambitieuses qui en prennent trop pour leurs tiges et que la moindre brise affole, que la moindre pluie plonge au sol. Danielle poursuit un temps le récit de ses maigres aventures horticoles puis laisse tomber, en s'étirant la peau des lèvres à belles dents :

– De toute manière, je ne suis pas sûre de rester ici...

Édith reçoit la nouvelle comme un choc. Elle a encore mal jugé. Elle n'avait pas cru son amie malheureuse à ce point. Danielle soupire, grimace, puis explique :

– Je nage entre deux vies. Je me sens floue comme une image qui n'a pas été mise au point. Mon âme n'est pas au foyer...

– Tu veux vraiment... partir ?

– J'y pense de plus en plus.

D'un coup, le visage d'Édith s'éteint. Une bougie qui meurt d'un souffle trop violent du vent. Danielle s'en veut de la brusquerie de sa révélation et cherche à la rassurer un peu en lui disant qu'elle y réfléchit et n'a pas encore pris sa décision. Sa phrase ne semble faire aucun effet sur la tristesse qui ternit le regard de son amie. Danielle s'alarme, cherche à pallier au plus pressé.

– Si je reste et si tu m'apprends...

– Ça fait beaucoup de si, tu ne trouves pas ?

Malgré sa ferme résolution de ne rien promettre à Édith, Danielle se laisse aller à imaginer un printemps à Sainte-Mélodie.

– Je planterais des hémérocalles en mémoire d'Alex.

Édith tourne le dos à la lumière et s'assoit. Après un moment, elle la supplie :

– Reste, Danielle. Le jardin, notre jardin aura ses secrets. Il cachera nos racines dans ce monde qui tourbillonne.

L'amie baisse la tête et ne garantit qu'une chose pour le moment : elle réfléchira.

Le téléphone sonne. C'est Antoine qui appelle du bistrot où il se repose avant le coup de feu du soir. Danielle esquisse un geste de départ. Édith, d'un signe de la main, l'enjoint de rester. Les phrases d'Édith sont brèves, presque toutes interrogatives. Se succèdent un chapelet de : Tu penses ? Tu crois ? Vraiment ? Où ? Quand ? Pourquoi ? Combien de temps ? Soudain un OUI ferme conclut l'étrange conversation.

Les yeux d'Édith brillent, un sourire la transfigure. Avec l'émerveillement d'une fillette qui tient dans ses bras la poupée dont elle rêve depuis longtemps, elle annonce à Danielle, dont la curiosité s'est aiguisée :

– C'était Antoine.

– Vraiment ?

– Il me proposait un voyage.

– Où ?

– En Suisse.

– Quand ?

– À l'automne.

– Combien de temps ?

– Un mois, Danielle. Tout un mois. Moi qui ne me suis jamais échappée plus de quinze jours d'affilée.

Les deux femmes se réjouissent. Les hésitations de Danielle par rapport à son avenir s'estompent d'un coup et font toute la place aux certitudes d'Édith. Au moment de regagner sa chambre, narquoise, Danielle jette à son amie :

– Puisque le voyage de noces est décidé, qu'attends-tu pour demander Antoine en mariage ?

32

Après le rendez-vous annulé de janvier, le cabinet de l'avocate avait fixé à Paul-André une nouvelle date de rencontre à la mi-février. La nature avait servi Paul-André, ce jour-là. Une tempête s'était abattue sur la contrée. Les routes étaient restées impraticables pendant deux jours entiers. Un rêve ! Le rendez-vous avait été reporté au début de mars.

Durant ce sursis, Paul-André avait été pris d'un sursaut de vigueur et de jeunesse. Il était descendu plusieurs soirs partager le repas avec ses locataires, et Gérard avait, naïvement, cru que c'était le fruit de leur conversation en tête-à-tête.

Aujourd'hui, le ciel est d'un bleu céruléen que nulle paupière de nuage ne vient voiler. Paul-André ne peut plus reculer. Comme un condamné, il se rend chez Maître Collins. Il patiente depuis une dizaine de minutes dans la salle d'attente au design soigné et audacieux. Les magazines sont luxueux. Les fauteuils excellents. L'éclairage étudié. L'acoustique muette.

Il a bu. Un peu. Ce qu'il lui faut pour se donner du courage. Il fanfaronne avec la secrétaire, une jeune femme au tournant de la trentaine, moulée comme une vedette de cinéma et habillée comme une carte de mode, qui vient de l'appeler et qui le fait pénétrer dans une immense pièce à la moquette épaisse et aux murs couverts de livres reliés en cuir. Un bronze audacieux emplit le coin, derrière la chaise de l'avocate, une autre sculpture repose sur une table basse et se découpe sur le mur opposé.

Maître Leslie Collins affiche des allures d'amazone : la quarantaine installée, les cheveux courts, elle est vêtue d'un chemisier à cravate et d'un ensemble veste-pantalon. Une seule touche de féminité : ses lobes d'oreilles sont ornés de perles sages.

Le sourire disparaît avec la poignée de main. Un geste brusque, éphémère. Maître Collins n'accorde guère de temps aux civilités. Pour l'entrée en matière, elle s'en tient au strict minimum et passe rapidement au cœur du sujet. Louis Julien a laissé en héritage à son frère une large enveloppe scellée. L'avocate explique le pourquoi de leur rencontre :

– Je dois m'assurer que vous preniez connaissance du contenu.

– Et si je déchirais le tout ?

– Les fils Côté en possèdent une copie. Ils connaissent la nature du document que je vous remets aujourd'hui.

L'amazone a tout prévu. Les doigts de l'héritier tremblent. L'avocate lui tend froidement un coupe-papier. Paul-André s'en sert avec une maladresse nerveuse qui l'humilie. La dame s'impatiente... Son temps est précieux.

Paul-André réussit enfin à ouvrir l'enveloppe. Il déplie les feuilles qu'il compte instinctivement : neuf. Neuf feuilles tapées à l'ordinateur.

– Lisez, s'il vous plaît.

Paul-André entreprend la lecture, mais aussitôt, Maître Collins ajoute sur un ton de réprimande :

– Pour que j'entende, monsieur Côté.

Il se rebiffe.

– Cette lettre m'est adressée. À moi. Je ne vois pas pourquoi je devrais la rendre publique !

– Ce qui se passe entre ces murs y restera. Je suis tenue au secret professionnel. Lisez à haute voix, je vous en prie.

– Je n'ai pas le choix ?

– Non.

Le ton est sec. La réponse sans équivoque. Paul-André s'exécute :

Voilà deux ans que je me bats contre la mort. Il y a eu des jours plus difficiles que d'autres. J'ai accepté de me laisser bercer par quelques illusions sur l'issue du combat. Au début. Rapidement, toutefois, la vérité m'est apparue sans artifice. Désespérante. Inéluctable. Un cancer du rein va m'emporter. Question de temps. De peu de temps. J'ai tenté de te joindre. À plusieurs reprises. Tu n'as jamais donné suite. Ou on ne t'a pas remis mes messages. Je ne sais. Mais je te laisse le bénéfice du doute.

Paul-André sent sa bouche soudain très sèche. Il s'arrête, mais Maître Collins ne l'entend pas de cette façon et l'enjoint de poursuivre.

La voix du lecteur est à peine audible :

Un peu plus tard, un séjour à l'hôpital m'a fait comprendre que la fin se précipitait vers moi. Je suis revenu à la charge auprès de toi. J'ai voulu te revoir. J'ai insisté avec tout ce qu'il me restait de force pour te parler. Je voulais une visite. Je me serais peut-être contenté d'un appel. Tu n'as jamais daigné répondre aux miens. Me voici de retour à la maison. Je dicte difficilement cette lettre à mon fils Jonathan. Il habite encore avec moi. C'est le plus jeune. Mais il est aussi devenu un homme qui peut comprendre, transmettre sans juger qui que ce soit.

Paulo, j'ai à te révéler certaines choses. T'expliquer certains faits concernant Maureen. Maureen et moi. Maureen et toi.

Au nom de la femme aimée et détestée tout à la fois, Paul-André pâlit. Il interrompt sa lecture brusquement et, d'une voix perçante, déclare :

– Et si, moi, je ne veux pas savoir ? Et si moi, qui suis lucide et bien vivant, je ne veux rien entendre de ce qu'a à me dire un mort ?

L'avocate se raidit, s'énerve :

– Ne rendez pas ma tâche inutilement difficile, Monsieur.

Paul-André se lève et marche de long en large. Menaçant, il s'approche de l'avocate :

– Pourquoi Louis Julien me dicterait ma conduite, hein ? Moi, je suis, moi, bien vivant. J'ai mes droits. À qui est-ce que vous obéissez, Maître ? Uniquement aux fantômes?

– Louis Julien était mon client. Je me suis engagée envers lui et envers ses héritiers.

Paul-André rugit. Maître Collins appelle sa secrétaire et demande qu'on leur serve du café, à elle et à son visiteur. Elle prie Paul-André de se déplacer devant une table basse. Celui-ci garde les mâchoires serrées et le regard dur tout au long de cette attente forcée.

L'interruption permet à Maître Collins de réfléchir et d'imaginer un compromis. Quand arrive enfin la jeune femme avec son plateau, l'avocate s'est adoucie. Elle sert Paul-André et lui permet de lire à voix basse s'il le désire...

– Je travaillerai à mon bureau.

L'idée détend un peu Paul-André qui, tasse en main, retourne à son fauteuil et poursuit sa lecture. Dans la pièce feutrée, aucun bruit ne perturbe le silence épais et gluant qui distancie l'homme et la femme. Rien que le glissement des feuilles les unes sur les autres : celles de la lettre et celles du document qu'étudie l'avocate.

À un moment, Paul-André essuie furtivement une larme qui a échappé à son orgueil. Plongée dans son dossier, Maître Collins ne s'aperçoit de rien. C'est au premier paragraphe de la dernière feuille que Paul-André lance un cri d'angoisse.

L'avocate lève la tête et n'a que le temps de voir son client glisser de son fauteuil et s'affaler sur la moquette.

33

PERSONNE ne sait. Personne ne doit savoir. Paul-André n'a parlé à quiconque de la lettre de son frère. Ni même de sa visite chez l'avocate. Lui-même n'arrive pas encore à croire les mots qu'il lit et relit depuis trois jours. Des mots qui le déchirent, le lacèrent, lui crient sa bêtise. Son aveuglement. Sa terrible lâcheté aussi. La vérité lui a éclaté à la figure. Paul-André ne s'en remet pas.

Des émotions contradictoires le paralysent le jour et l'envahissent la nuit, perturbant un sommeil qui n'est plus qu'une vague somnolence. Il boit. Il flotte entre deux eaux. Il se perd de fond de verre en goulot. Il plonge à se noyer dans l'évasion fugace de l'alcool.

Gérard a insisté pour qu'il prenne le repas du soir avec eux ces derniers jours comme il le faisait à nouveau depuis quelque temps. Mais à l'invitation sincère de son voisin et à l'odeur d'un *osso bucco,* Paul-André a résisté. Le troisième soir, Gérard lui monte une assiette fumante. Mâchonnant les remerciements d'usage, il prend le plateau et referme rapidement la porte. Dans le couloir, Gérard hausse les épaules, soupire, et se résigne.

Pour libérer sa table, Paul-André a entassé sur le plancher le courrier à la dérive, les journaux empilés et les verres sales. Sur la surface libre, il étale les neuf feuillets de la lettre.

Obsédé, accablé, il relit certains paragraphes, ceux qui lui font le plus mal. Il en arrache les images frémissantes. Il en épluche les sous-entendus. Il se flagelle de leurs mots. *Où notre affection s'est-elle détériorée, Paulo ? Car nous nous sommes aimés, mon frère. Te souviens-tu quand nous nous amusions à former des huit autour des arbres chez grand-père, tournoyant jusqu'à l'étourdissement ? Te rappelles-tu les deux érables de sa cour, ceux qu'il avait plantés pour témoigner de notre arrivée en ce monde ? Tu ne peux avoir oublié nos baignades à la rivière ! Ni la cache du petit bois derrière la ferme. Pas plus que nos échappées en auto-stop vers Queenstown. Tu revois tout cela, j'en suis sûr, n'est-ce pas ? Quand notre relation a-t-elle dérapé ? Où s'est produite la brisure, Paulo ?*

Ces rappels du grand frère prennent d'assaut la mémoire du cadet. Les moments d'enfance et d'adolescence reviennent en lui avec la clarté toute neuve de l'aube. Instants enfouis dans les circonvolutions de l'inconscient pour donner plus de prise à la rancœur où il s'est complu des années durant. Il est tellement facile d'oublier ce qui sème le doute, de faire s'estomper les teintes colorées sur les images en noir et blanc d'une mémoire qui veut refaire l'histoire, reprendre le montage, créer un autre film pour raconter une autre histoire. Une autre vie. Un mensonge que n'écorcherait plus la lucidité des faits.

Paul-André se lève, prend l'assiette sur le plateau et pique un cube de bœuf parfumé. La viande a tiédi mais elle fond dans la bouche. L'appétit s'éveille. Il goûte un second morceau, puis un troisième.

Il retourne à la lecture des feuillets. Plus loin, un autre paragraphe l'attire comme un aimant. *Cela s'est fait bien avant l'arrivée de Maureen dans ma vie. Maureen n'a été que le prétexte. L'excuse facile. Flagrante. Elle n'a fait que donner corps et nom à une inimitié qui s'était tissée mystérieusement au fil des mois, des années. Quand tout cela a-t-il débuté ? Quand je suis parti pour New York peut-être ? Je donnais peu souvent de nouvelles, c'est vrai. Et mes lettres se sont espacées davantage encore quand j'ai gagné Paris. Mais n'est-ce pas l'histoire banale d'un gars de Rousselle, enfermé dans une vie étouffante et qui soudain découvre la liberté ? Tu as toujours connu mon adresse. Je ne t'ai jamais fui. Alors qu'est-ce qui t'a éloigné, toi ?*

Paul-André ne connaît que trop bien la réponse. Un mot a gâché ses liens fraternels, rongé ses relations amicales. Deux syllabes toutes bêtes, homophones d'être « EN VIE ». Oui. L'EN-VIE. L'envie. Deux sons qui aboient toujours dans sa tête ont érodé sa propre créativité, l'ont coupé de lui-même. Il serre le poing jusqu'à meurtrir la paume de sa main et l'abat sur la table comme le couperet de la guillotine. Les feuilles s'agitent. L'une se replie.

Une fois apaisé, Paul-André la déplie et poursuit sa lecture : *Je ne t'ai pas volé Maureen. Elle est venue vers moi. De son plein gré. Sans provocation. Parce qu'elle avait besoin de moi. Je n'ai fait que répondre à sa demande. Je n'ai fait que l'aider. C'est plus tard, des mois plus tard, que je l'ai aimée. Gardée. Nous vivions alors à Victoria.*

Paul-André comprend. Elle avait eu raison, Maureen, en le quittant, de le fustiger. Des années durant, il avait vécu avec elle sans voir autre chose en elle que son propre reflet, que l'amour qu'elle lui portait, que la tendresse qu'elle lui tissait entre deux longues semaines de solitude. Il avait tout pris, tout mangé comme la nuit bouffe le jour, sans devenir pour autant lumineuse. Il s'était comporté en enfant gourmand, goinfre même, jamais rassasié, qui mord le sein qui le nourrit.

Épuisé, Paul-André commence à ranger les feuillets. Les yeux embués, il s'attarde sur un passage dont il murmure chaque mot, épines de regret dans un bouquet depuis longtemps fané : *Moi, qu'aucune femme n'avait su, jusqu'alors, retenir, j'ai succombé à sa douceur, à l'immense bonté de son regard... Elle m'a rendu heureux. Magnifiquement heureux. Cependant, sache une chose, Paulo : en moi, c'est toi qu'elle retrouvait, et c'est toujours toi qu'elle a aimé. Jusqu'à sa mort.*

34

DANS la pièce, le soir s'est répandu comme une eau glauque. Un seul bruit s'échappe : le clapotis des touches du clavier. Une seule lueur, celle de l'écran cathodique devant lequel Gérard laisse s'échapper sa pensée. Épellation ardue d'un élève studieux. Les dents serrées, le menton relevé, l'universitaire scrute le gris de l'écran à travers ses demi-lunes. Les mots s'alignent, graviers inconvenants lancés sur l'asphalte uniforme qui obligent le marcheur à s'arrêter. Gérard veut bousculer ses vieux collègues de travail, leur faire voir le pouvoir des êtres libres. Il secoue la cage sans détour.

Le message partira ce soir.

Je comprends que les plus jeunes d'entre nous hésitent à se joindre à cette protestation. Ils sont en début de carrière, ils ont à prouver ce qu'ils sont, ils rêvent encore sans doute – et c'est bien ainsi – de trouver par leurs recherches des réponses essentielles à l'humanité ; ils sont peut-être aussi pris dans la ruée vers l'or académique. Il est normal qu'ils craignent de prendre des risques. Normal, et bien humain. Ne doivent-ils pas payer leurs dettes d'études, leur mini-four-

gonnette, leur hypothèque, la garderie des petits... les études des grands ? Je comprends leur repli, leur silence. Je respecte le fait qu'ils se raccrochent à un optimisme un peu candide. J'ai agi de même à leur âge. J'ai, moi aussi, analysé les faits à travers la grille de la sécurité et de l'ambition. Inutile de revenir sur un passé que je juge bien peu glorieux. Nous, les plus vieux, sommes passés par là. Nous avons su, en ce temps-là, protéger magnifiquement nos arrières. C'est à leur tour.

Nous avons marché, depuis trente ou quarante ans, sur un large sentier, aux courbes onctueuses, au décor verdoyant. Un cheminement privilégié. Nous avons franchi sans trop d'embûches les territoires que nous voulions franchir. Exploré avec tout l'outillage que nous désirions les horizons les plus lointains, les plus imprévus. Nous nous sommes permis quelques lâchetés sans bien nous rendre compte que nous nous délestions aussi, dans les fourrés fleuris du parcours, chaque fois un peu plus de notre liberté. Il fallait bien maintenir le cap, viser l'objectif, ne pas s'encombrer du risque de la prise de parole. La faim, comme la fin, justifie les moyens, n'est-ce pas ?

Aujourd'hui, nous avons atteint les beaux jardins de la sécurité financière, nous nageons au milieu de relations fécondes, ou tout au moins commodes ; nous avons été maintes fois honorés et acclamés par les chapelles réconfortantes où l'on discute entre gens qui, adroitement, pensent les mêmes choses et vivent à peu près de la même manière, dans une soyeuse harmonie. D'années d'enseignement en sabbatique, nous avons voyagé, travaillé, étudié, enseigné et transmis. Certains beaucoup. D'autres avec parcimonie. Une chose est certaine : nous avons tous reçu, au long de notre carrière, plus que nous avons su donner et transmettre.

La vie universitaire nous fut douce. Nos conventions collectives ne nous glisseront pas sous les pieds : ce sont des moquettes bien collées, épaisses sur lesquelles nous ne saurions déraper. Nous pouvons vieillir douillettement avec la satisfaction de ceux et celles qui ont accompli leur devoir... sans attirer le regard ! Nous épuisons ce qui nous reste de temps à déplorer des étudiants moins préparés, à décrier un gel de salaire occasionnel, à nous plaindre d'un climat de travail tendu, à dénoncer les magouilles qu'alimente l'obtention d'un poste, les grenouillages qui tentent de nous forcer à faire de la place, et nous nous offusquons de devoir participer à des débats oiseux.

Que risquons-nous de perdre à l'orée de la retraite ? Sûrement pas notre crédibilité ! Pas non plus notre réputation d'intellectuels. Ce qu'il y avait à construire nous l'avons construit. Ce qu'il y avait à poursuivre nous l'avons poursuivi. Pourquoi ne pas, aujourd'hui, dire ce que tous nous pensons en secret ? N'avons-nous pas atteint enfin l'âge de prendre, sans équivoque, la parole ? De quoi avons-nous peur ?

C'est à nous, qui avons vu l'eau passer sous les ponts et les modes sous les jupons, de nous accaparer le leadership de cette campagne d'information. C'est à nous qu'il revient d'alerter l'opinion publique. Il faut révéler ce que nous savons, ce que nous appréhendons, ce qui se chuchote dans les bureaux et les couloirs de l'université. Que désirons-nous laisser derrière nous ? Le déluge ?

Le temps est venu de nous tenir debout. Nous ne sommes plus à l'âge de la conformité et de l'ambition. Nous sommes arrivés à celui de nous insurger et de défendre l'indépendance de la recherche universitaire.

Gérard pose ses mains sur le clavier. Il laisse échapper un grand soupir de soulagement et relit lentement sa harangue. Un paisible sourire éclaire son visage.

Satisfait, il commande une dizaine de copies de son texte et, pendant que l'imprimante ronronne, il déroule le menu de son carnet d'adresses. Les noms de ses confrères et consœurs apparaissent et vont grossir la liste d'envoi. Un dernier clic. Le message est parti. Gérard jubile. Demain, il y aura de la vague chez les membres éminents de la faculté. Le professeur Legault, lui, se rendra à Montréal.

Il n'a fait qu'entrevoir Paul-André dans la matinée. Comme deux voisins qui se croisent dans l'escalier, ils ont échangé sur le remaniement ministériel de la veille, et Paul-André s'est longuement plaint du temps qu'il faisait. Pourtant, le soleil s'accrochait comme un flambeau joyeux aux branches nues des arbres. Gérard constate que son voisin reste tendu, distant et qu'il persiste dans son isolement. Il n'ose plus insister.

De son côté, Danielle demeure songeuse et s'enferme de longues heures dans sa chambre. En prêtant l'oreille, Gérard peut entendre la voix du violoncelle. L'exercice devient plus ardu. L'instrumentiste reprend la phrase musicale, encore et encore...

Édith est absente, comme en chaque début de semaine. Elle reviendra demain, à l'heure de l'apéro. Elle aura son sourire de femme heureuse, rajeunie.

Depuis le début de son congé sabbatique, Gérard habite, lui aussi, une bulle confortable. Il a passé l'après-midi à lire les journaux, à prendre des notes pour rédiger la lettre qu'il vient d'envoyer à ses collègues, et à préparer sa rencontre de demain. Il ouvre sa fenêtre et regarde la rue principale. L'air est doux. Invitant.

Gérard referme son porte-documents. Il revêt sa canadienne, mais le vêtement d'hiver lui semble bien lourd pour cette soirée tempérée. Du placard, il sort l'imper des demi-saisons.

Les magasins de la rue dorment ; seules leurs vitrines veillent. Les étalages de la Saint-Valentin, puis ceux de la Saint-Patrick ont été rapidement remplacés. Les œufs de toutes grandeurs, les lapins et les poussins pastel ont succédé aux trèfles brillants. Gérard marche d'un pas ferme. Un grand calme s'épanouit en lui, comme une fleur longtemps demeurée en bouton. Il n'est plus le même homme. Ou peut-être devient-il enfin lui-même. Une force nouvelle le nourrit : la liberté d'être soi.

Le prix de critique littéraire l'a accaparé durant des mois. Il s'attaque maintenant à une bataille bien différente : le financement des universités. L'annonce d'une *joint venture* entre l'université et une multinationale l'a fait sortir de son anonymat professoral, de sa respectueuse indifférence, et de ses gonds. Ce partenariat lui est apparu tout de suite comme le camouflage indécent de commandites dont l'on obtient jamais rien sans rien. Il a senti qu'il était impératif de s'y opposer. Il a exposé franchement son point de vue. Il a rencontré quelques collègues, puis d'autres et d'autres encore. Ces éminents intellectuels ont tous reconnu le danger de voir l'entreprise privée éroder à plus ou moins long terme l'indépendance et l'intégrité de la recherche universitaire. Gérard a entrepris une campagne de protestation contre cette ingérence sournoise.

Les étudiants ont tout de suite suivi ; les collègues, eux, reculent, hésitent, restent tapis dans l'ombre de leurs bureaux, s'étonnant d'entendre le professeur Legault se déclarer soudain « politiquement enragé ». Depuis deux semaines, ils résistent à celui qui tente de les faire sortir de leur torpeur. Gérard constate que la peur viscérale qui tord et paralyse à l'heure de l'action les hommes et les femmes de tout âge, de toute origine, se cache aussi sous la majesté des titres et des diplômes...

Demain, il tentera d'alerter les anciens collègues de Montréal. Peut-être trouvera-t-il là, dans la foule des indécis et des indifférents, un ou deux compagnons de route à ce Don Quichotte qu'il se sent devenir...

Le promeneur, tout en fourbissant ses arguments, s'engage dans une rue transversale du village. Les néons des cuisines se sont éteints. Des maisons ne s'échappent plus que la lumière indécise des téléviseurs, la lumière voilée des lampes de chevet, l'ambre discret des veilleuses.

Le soleil a brillé toute la journée, perçant la croûte glacée de l'hiver. Les trottoirs sont à découvert. Les cours détrempées conservent quelques îlots de neige, poitrines offertes au regard oblique d'une lune rousse. Dès l'aurore, le jour se gavera de leur lait jusqu'à s'en faire un printemps...

Il se fait tard. Gérard décide de revenir tranquillement vers la rue principale. Là-haut, la lune s'opalise en gravissant la paroi noire du ciel. Un petit vent s'élève. Frais. Le marcheur se hâte, met les mains dans ses poches. Au fond de l'une d'elles, dort une boulette de papier. Sous le réverbère de la rue, il déplie la feuille froissée. Serpent pernicieux, enroulé dans un repli de saison. Oublié depuis l'automne, le numéro de téléphone d'Odette, à Montréal, apparaît entre les doigts de Gérard.

*

La journée est magnifique. Danielle contemple la rivière et les blocs de glace qu'elle transporte allègrement au fil d'un courant régénéré. Elle se sent soudain très seule. Elle aurait peut-être dû accepter l'offre que Gérard lui a faite, il y a quelques jours...

Elle se reproche, ce matin, son refus de l'accompagner à Montréal. Elle aurait eu le loisir de revoir, à l'heure du midi, ses élèves de l'an dernier et de saluer les anciennes collègues ; elle aurait pu s'attarder au Musée des beaux-arts en après-midi ou simplement marcher dans les rues de son quartier. Elle aurait attendu Gérard chez Suzanne, en bavardant et en jouant à la grand-mère avec le petit Emmanuel.

Gérard est parti seul.

Une autre porte que Danielle a refermée. Une autre occasion ratée. Tout s'étiole dans sa vie depuis son installation à Sainte-Mélodie. Son amitié avec Édith ne se dessine plus qu'en périphérie de la toile qu'elle tisse serrée avec Antoine. Avec Gérard, la relation stagne depuis la fin des bavardages, au bord de l'eau. Chacun s'enferme dans le cocon de sa chambre, de ses pensées, de ses voyages intimes. Mais c'est surtout face à Paul-André que l'amertume gagne Danielle.

Danielle s'imagine sur une de ces banquises miniatures qui voyagent devant elle. Elle aussi navigue sur une île de glace. Qu'y a-t-il en aval de sa vie ? Une plage accueillante ? Une cascade chatoyante ? Une chute audacieuse ? Un gouffre béant ?

*

Le jour resplendit et boit à pleins rayons l'eau qui ruisselle sur les flancs de l'hiver. Les champs libérés lancent dans l'air un lumineux vibrato. Le paysage prend vie et sève.

Gérard file sur l'autoroute. La radio fait claquer les timbres étincelants d'un orchestre déchaîné. Tout devient soudain rythmes, battements, pulsations. Le conducteur appuie sur l'accélérateur. Un peu plus. Encore plus.

Il est redevenu jeune, libre. Délicieusement fou.

*

Tout au fond d'elle-même, Danielle sait fort bien ce qui filtre la lumière de ses jours, aspire ses rires, coupe les ailes de son enthousiasme et l'attache encore à l'hiver alors qu'aujourd'hui le printemps danse autour d'elle.

Au cœur de son mal-être, de son mal de vivre, un trou l'aspire : la mort d'Alex. Un départ qu'elle ne peut comprendre. Encore moins accepter.

Comment survivre ? Que devient-on quand d'un coup s'effrite la plénitude et que se fige la passion ? Alex, c'était le bonheur sans le prix du quotidien. Alex, c'était le temps sans la lassitude, c'était l'espace sans la distance.

Après s'être remplis de l'air des sommets, les poumons ont bien du mal à respirer le *smog* de la basse vallée. Danielle s'en veut d'avoir si naïvement cru Alex McNeil immortel.

*

Gérard n'est plus seul dans sa démarche de protestation. La rencontre à l'Université de Montréal s'est avérée des plus fructueuses. Le mouvement est lancé. La réponse a été spontanée, semble vouloir entraîner une adhésion plus large que celle imaginée par Gérard. L'espoir peut faire son nid. Une douce euphorie envahit le professeur à sa sortie de l'édifice.

Il est encore trop tôt pour se rendre chez Suzanne. Dans sa poche, le numéro de téléphone d'Odette veille, et quatre téléphones publics attendent dans l'entrée du bâtiment. Gérard se prend d'une irrésistible envie de renouer avec l'élève d'autrefois. Quelques heures. Le temps d'une conversation, d'un verre, de quelques regards charmeurs. Le visage d'Odette s'impose. Le papier frémit au bout de ses doigts.

Gérard ne résiste plus. Il s'empare d'un combiné, place la feuille devant ses yeux. Ce sera une rencontre toute amicale. Un tête-à-tête pour échanger quelques nouvelles, se raconter un peu, rafraîchir les vieux... très vieux souvenirs. Après toutes ces années, les feux se sont sûrement éteints. Rien ne couve plus sous la cendre. Il n'a plus rien à craindre.

Gérard compose lentement le numéro. Son doigt tremble un peu. L'émotion qui l'envahit tient à la fois du doute, d'une culpabilité diffuse, et du sentiment déplaisant de retomber dans des ornières boueuses. Les mots d'une chanson de Léo Ferré s'agitent en sa mémoire : « Monsieur mon passé, voulez-vous passer... »

Gérard replace le combiné.

La pièce de monnaie tombe. Elle brûle ses doigts. La feuille est restée bien à plat à côté de l'appareil. Les chiffres s'étalent. Perçants. Gérard fait de nouveau glisser la monnaie dans la fente. Il cherche à se disculper, à rationaliser son geste. À chaque touche qu'il enfonce, une raison plausible fait surface : rien qu'une conversation ordinaire ; rien que des retrouvailles amicales ; rien qu'un détour inoffensif...

Gérard jette un œil sur les chiffres alignés devant lui et mémorise les quatre derniers : rien qu'une courte visite, rien qu'une heure, rien qu'un bref retour aux pays des souvenances, rien que...

*

Le téléphone sonne dans la chambre de Danielle. C'est Suzanne, fatiguée de sa journée, mais ravie de retrouver sa maison et son enfant. Olivier travaille dans son atelier. Gérard n'est pas encore passé. Elle et Danielle bavardent. De tout et de rien. Surtout de l'enfant qu'elles chérissent. Les réponses de Suzanne forgent une litanie de bonnes nouvelles que la grand-mère écoute en souriant.

Emmanuel est resplendissant, fort et sain.

Emmanuel sourit, lance des « ga... ga... » ravissants, regarde partout, suit le doigt de Suzanne.

Emmanuel bouge la tête, les mains, les pieds.

Emmanuel reconnaît la voix de sa mère.

Emmanuel mange comme un ogre, gazouille comme un oiseau, dort comme un ange.

À l'autre bout de la ligne, Danielle s'informe encore.

Encore et encore...

*

Au dernier chiffre, Gérard dépose le combiné. Il agrippe le papier, le froisse à nouveau, et le lance. Il court presque à sa voiture. Aussitôt assis dans le véhicule, il laisse échapper un long soupir de soulagement. Il déboutonne son imper, ouvre la radio et se détend dans cette cage rassurante.

Suzanne et Olivier l'attendent.

Chez eux, il contemple son petit-fils, accepte un café et quelques biscuits, mais refuse leur offre de rester à souper. L'heure de pointe est passée. Gérard ne désire plus qu'une chose : prendre la direction de Sainte-Mélodie.

*

Paul-André est sorti au cours de l'après-midi. Deux fois. Le vent a fait claquer sa porte de chambre quand il est rentré chez lui. Édith est revenue. Il y a quelques minutes. Danielle a reconnu son pas dans le couloir.

Il est temps de descendre, de manger quelque chose. N'importe quoi. Mais avant de panser son présent, Danielle veut en finir avec son passé.

Sur son plus beau papier à lettres, de son écriture la plus soignée, elle trace lentement les mots qui l'habitent, l'étouffent, l'écorchent :

J'ai mal de ton absence, Alex.

J'ai plus mal encore du miroir des jours qui ne me rend plus ton image.

Tes traits s'amenuisent, s'estompent, se voilent sous l'épaisseur du temps.

Tes gestes ralentissent de jour en jour... jusqu'à se figer.

Ton regard s'affaiblit, se fane, s'éteint.

Ta lumière s'atténue et court se fondre dans la nuit.

Ta voix se fait de plus en plus lointaine en moi. De plus en plus ténue. Filet qui s'épuise dans un gouffre sans écho.

Je te perds.

Tu meurs.

Une seconde fois.

35

GÉRARD, Édith et Danielle achèvent leur repas. Ce soir encore, Paul-André n'est pas venu souper. Personne ne l'a aperçu aujourd'hui. Les trois amis s'inquiètent.

– Il tourne en rond dans sa chambre, soupire Édith. Tout le jour.

– Toute la nuit aussi : je l'entends, ajoute Gérard.

Édith s'inquiète. D'une voix nerveuse, elle insiste :

– Il faut faire quelque chose. Paul-André, c'est notre ami.

– Faire quoi ? s'enquiert Danielle, en haussant les épaules. On a tout essayé : les plats cuisinés, le vin et les liqueurs fines. On a épuisé tous les prétextes : l'arrivée du printemps, Pâques, mon anniversaire. Il a résisté aux invitations d'Armand, aux parties d'échecs avec Antoine.

Danielle a perdu espoir. Selon elle, leurs efforts n'ont eu qu'un effet : Paul-André se replie davantage sur lui-même. Elle conclut :

– Ça devient de l'ingérence !

Gérard agite machinalement sa fourchette sur le bord de son assiette sans rien ajouter. Édith revient à la charge:

– L'amitié, c'est de le laisser s'enfoncer sous prétexte de respecter sa volonté, ou d'intervenir en forçant quelque peu la note ?

Danielle ne répond pas. Elle soupire. Visiblement impatientée par la conversation. Gérard s'exclame soudain : il a une idée !

– Elle est mieux d'être lumineuse et géniale, rétorque Danielle en ramassant les assiettes.

Gérard explique que l'essai de cohabitation a suffisamment duré. Chacun d'eux doit prendre une décision.

– Paul-André est en droit de savoir si nous avons l'intention de renouveler, ou non, notre bail.

– Tu penses qu'il se souvient que nous vivons ici, que nous sommes ses locataires ? ironise Danielle en rinçant les assiettes.

– Ce n'est pas le moment d'aiguiser tes couteaux, Danielle. On cherche un moyen de sauver un ami.

Le ton est péremptoire. Insultée d'avoir été rappelée à l'ordre, Danielle croise les bras. Appuyée au comptoir, elle se tait, les dents serrées. Le silence s'épaissit. Édith se lève et met de l'eau à bouillir pour la tisane. Après une pause, Gérard reprend :

– Moi, je reste. Je suis prêt à signer un bail de trois ans... si ça convient à Paul-André.

– Moi aussi, enchaîne Édith.

Le regard d'Édith s'est assombri. Elle pense que c'est peut-être à cause des baux dont personne ne parle que Paul-André est dans cet état. Gérard s'empresse de la rassurer.

– C'est plus personnel, j'en suis certain. Tu ne dis rien, toi ? lance Gérard à Danielle qui revient lentement vers ses amis.

– Je ne sais pas. Je ne sais plus, murmure Danielle en s'asseyant.

Elle cherche à bien décrire ce qui l'accable, la trouble. Après un instant d'hésitation, elle avoue :

– Pendant qu'Édith fait des plans de jardinage et que toi, Gérard, tu t'installes dans tes meubles et tes habitudes, moi, je remets tout en question.

– Tu n'es pas bien, ici ? Avec nous ? demande Gérard d'une voix qu'il cherche à rendre douce pour atténuer son moment d'impatience.

– L'endroit me plaît, je ne m'en suis jamais cachée. Le calme, ma grande chambre. C'est bien. Même très bien. Votre présence : mes deux amis à portée de voix, je n'aurais jamais osé rêver cela. Mais...

Danielle pousse un long soupir au lieu de nommer Paul-André, comme s'il s'agissait d'un tabou. Elle poursuit, en mesurant ses mots :

– Je n'arrive pas à accepter ses agissements, je ne comprends pas ses attitudes.

– Il faut que vous vous parliez, franchement, suggère Gérard.

– J'ai l'impression qu'il ne fait que me tolérer chez lui. Je suis une poussière agaçante dans son champ de vision.

Gérard laisse entendre à Danielle que son impression n'est pas tout à fait fausse. Paul-André, en effet, est mal à l'aise avec elle. Il se méfie de ses réactions. Il craint ses reparties cinglantes. Irrité que la tension engendrée par cette animosité perturbe le calme du couvent, Gérard insiste :

– Réglez votre différend... bon Dieu ! Et qu'on en finisse !

Danielle ne demanderait pas mieux. Mais aborder Paul-André Côté n'est pas une mince affaire, se défend-elle. Surtout présentement.

– De toute manière, il me fuit.

– Il nous fuit tous, précise Édith.

– Il se fuit, rectifie Gérard, exaspéré par cette discussion qui tourne en rond.

Avec détermination, Danielle conclut en versant dans les tasses la camomille qui a eu tout le temps de bien infuser :

– J'attendrai donc que monsieur se retrouve.

*

Gérard a besoin de respirer. De changer d'air. De bouger. De se fatiguer physiquement. Il sort. Il suit la rue principale jusqu'à l'autre bout du village, là où se tient le dernier lampadaire, là où le trottoir s'arrête brusquement, là où la rivière dessine un dernier méandre. Il reste immobile à contempler l'eau noire, labourée par le vent.

Il a été profondément troublé, déstabilisé par la conversation d'après souper. Au moment où il se croyait arrivé à bon port, voilà qu'une nouvelle tempête s'élève et le fait dériver de sa course. Pourquoi les eaux persistent-elles à vaguer et divaguer ? Le voyage de la vie ne connaît-il donc jamais d'accalmie ? N'existe-t-il aucune baie à l'abri du vent où jeter l'ancre le temps de se reposer de la haute mer, des lames de fond qui vous submergent, des déferlantes qui vous poursuivent sur les galets ?

Gérard se sent très las. Lentement, il revient vers le couvent, cherchant à faire le vide en lui, couvé par l'ombre, grisé par l'air du soir.

Armand surgit, au coin d'une rue transversale. Il est allé à pied visiter un malade. Les deux hommes font ensemble le chemin du retour. Le curé invite Gérard chez lui, le temps d'une tasse de thé. Reconnaissant, celui-ci accepte.

Devant la porte du presbytère, un corps gît. Paul-André s'est effondré. Ivre.

*

Le réveil est long et douloureux dans le salon du presbytère. Paul-André, effaré, jette des yeux désorbités sur les deux silhouettes qui montent la garde devant lui. Il a mal à la tête. Avec précaution, il se redresse sur le canapé, regarde autour de lui puis, d'un coup, se souvient. Gérard lui tend un verre d'eau.

Paul-André, troublé par la situation dans laquelle il se trouve, cherche à faire diversion :

– T'es fou ou quoi ? lui lance-t-il, c'est dangereux, cette affaire-là !

– Laisse faire tes vieux clichés de buveur qui ne sont drôles que pour ceux qui ont trinqué autant que lui et bois, ordonne le professeur sur un ton sans réplique.

Paul-André obéit. Mécaniquement. Comme on avale un médicament. Sur ordonnance.

– Maintenant, fais sortir le chat du sac, poursuit le professeur avec impatience.

– De quel maudit chat tu parles ? balbutie Paul-André avec ce qui lui reste d'insolence.

– Dis-nous ce qui se passe. Ce qui t'obsède, te ronge. Ce qui est en train de te détruire. Et de détruire notre amitié.

La voix de Gérard s'amplifie à chaque mot, se vengeant de la peur qui l'a envahi à la vue de son ami affalé sur la galerie du presbytère. D'un signe de la tête, Armand fait comprendre à Gérard qu'il désire prendre la relève. Le professeur s'empare du verre vide que Paul-André tient encore nonchalamment entre ses doigts. Il va le déposer sur le comptoir de la cuisine et revient au salon s'enfoncer dans un fauteuil à l'autre bout de la pièce. Armand s'est approché de Paul-André :

– Tu voulais me parler ?

– Peut-être...

– Tu préfères le faire seul à seul ?

– Oui... non... enfin... Ah ! et puis merde ! Aussi bien que tout se sache... lance-t-il comme si le secret qui le hante depuis le début de mars n'avait soudain plus d'importance. Il raconte, à voix basse, sans chercher à y jouer le beau rôle, la relation qu'il entretenait avec son frère. Il l'enviait pour rien en particulier. Et pour tout. D'avoir été inscrit à l'école avant lui, d'avoir eu de la barbe avant lui, d'avoir embrassé les filles avant lui. Surtout cette Jeannine dont les nattes blondes l'affolaient mais le rendaient muet. Il les avaient surpris, elle et Julien, un après-midi d'été. Ils s'enlaçaient derrière la remise. L'aîné ne savait même pas que son frère avait des vues sur la petite voisine...

D'une voix morne, sans nulle émotion, Paul-André révèle les malentendus accumulés, les tracasseries de toutes sortes dont il affligeait son frère, les soupçons sans fondement qu'il entretenait sur ses moindres gestes. Les coups d'épingle. Les coups de matraque.

– J'ai continué à l'écœurer... jusqu'à ce qu'il quitte Rousselle. Je me suis délecté un temps de son absence et de son silence. Il est réapparu à la mort des parents. Il était devenu un sculpteur dont on parlait dans le milieu artistique. Moi, je me cherchais encore sous mon déguisement de musicien.

Paul-André parle longuement de ses amours. De la rencontre, puis de sa vie avec Maureen. Cette vie commune qu'ils partageaient si peu. Il relate leurs dimanches, ces ponts précaires entre leurs mondes parallèles. Il avoue l'avortement auquel il avait ordonné à la jeune femme de se soumettre.

– Elle est morte bien des années plus tard, mais je l'ai tuée ce jour-là. Je le savais pas dans ce temps-là. Ça m'a pris du temps à comprendre ! Quand j'ai appris qu'elle avait rejoint mon frère, je n'ai pas saisi non plus. C'était plus facile de la blâmer et d'en vouloir à Louis Julien. J'ai laissé la haine couver en moi. C'est elle qui me ronge.

Après de laborieuses circonvolutions, il révèle enfin le contenu de la lettre. D'une traite. Sans pudeur.

– Maureen s'est retrouvée enceinte une deuxième fois. Elle n'a rien dit. Rien à moi en tout cas. C'est à Louis Julien qu'elle a demandé de l'aide. Un peu d'argent pour fuir, louer un logement et subsister le temps de trouver du travail. Quand Maureen est arrivée chez lui, il s'en allait vivre à Toronto. Ils sont partis ensemble. L'enfant est né six mois plus tard. En héritage, Louis Julien m'a laissé un fils.

Armand, qui était resté debout tout ce temps, s'empare d'une chaise et s'installe face à Paul-André :

– Tu viens de recevoir un grand cadeau de la vie, mon Vieux.

Paul-André tremble. Ses mains s'affolent d'un mouvement qu'il ne peut contrôler.

– Qu'est-ce que je peux faire avec un fils de 27 ans ? Qu'est-ce qu'il pense de moi, tu crois ?

– Il t'attend peut-être.

– Tu me vois arriver chez lui... Bonjour, mon Grand, c'est *poupa* !

Paul-André hoche la tête avec des poses de clown triste à qui la révolte redonne soudain de la vigueur pour objecter :

– Je ne suis quand même pas pour survenir dans sa vie, comme ça. Le déranger, le bousculer...

– Es-tu bien certain que c'est la crainte de déranger qui te fait reculer ?

Paul-André hésite, s'enroule dans ses pensées avant d'éclater :

– Je me sens coupable ! T'es-tu content, Curé ? Coupable face à Maureen. Face à mon frère. Face à cet enfant. J'ai honte, maudit. Comprends-tu ça ?

– La honte ne sert plus à grand-chose. D'ailleurs, ce n'est pas la honte qui te ronge, c'est la peur.

– Tu recommences avec ta peur ? crie presque Paul-André sous le regard d'Armand qui le jauge jusqu'au tréfonds de lui-même.

Après un moment, le prêtre tranche le silence qui s'est épaissi entre eux :

– De quoi as-tu peur ?

Paul-André fixe Armand de ses yeux désorbités.

– T'as été promu inquisiteur ?

– J'insiste, Paul-André, articule fermement Armand.

Le musicien ne peut plus contenir sa fureur. Il explose :

– Simple. J'ai peur qu'il me casse la gueule. Qu'il me crache dessus. C'est légitime, non ? J'ai peur de pire encore : qu'il me dise ce qu'il pense de moi !

– Ça ne peut pas être pire que ce que tu te dis à toi-même depuis un mois.

– Je me sens pris à la gorge. Impuissant.

– Arrête de gémir sur ton passé. C'est la lâcheté qui te paralyse.

Le musicien serre les poings et la mâchoire.

– Comment tu peux dire ça ?

– Parce que je t'observe.

– Qu'est-ce qui te permet de me juger ?

– Ma propre lâcheté. Rien comme un lâche pour en reconnaître un autre.

– Toi ?

– Moi.

Le dernier mot a claqué comme un drapeau au vent. Les deux hommes se toisent.

Immobile dans un coin isolé de la pièce, Gérard s'enfonce dans son fauteuil et cherche à devenir invisible. Il se sent imposteur comme cette fois où, adolescent, il avait entendu, caché dans le confessionnal, les aveux d'un compagnon de classe.

36

HIER, Gérard a cru entendre le ronronnement de la bicyclette fixe de Paul-André s'activer pendant une quizaine de minutes. Aujourd'hui, un peu avant midi, il croise son voisin dans l'escalier extérieur. Au moment où le professeur revient d'une réunion à l'université, le musicien, lui, quitte le couvent, les bras remplis de vêtements d'hiver qui méritent un bon nettoyage à sec.

– Tu m'as l'air en forme, toi ! lance Gérard en guise de salutation.

– Ça doit être le printemps, répond Paul-André dans un rictus.

En donnant à son ami une tape fraternelle sur l'épaule, Gérard ose :

– Tu soupes avec nous, ce soir ?

À sa grande surprise, Paul-André ne refuse pas.

– Je connais deux femmes qui vont être heureuses ! Tu sais, elles ne comprennent pas tout à fait ce qui t'arrive. Elles s'inquiètent...

– Rassure-les. Je vais bien... enfin... mieux.

Au moment où Gérard ouvre la lourde porte de la maison pour entrer, Paul-André le rappelle dans l'escalier :

– Tu sais, à propos de l'autre soir... tu... tu peux le dire aux femmes. Pas besoin de t'attarder sur tous les détails... mais, ça me fait rien qu'elles sachent. Moi, je ne suis pas capable de leur parler de... ça.

– J'irai à l'essentiel.

Gérard remonte quelques marches puis se tourne brusquement vers Paul-André comme s'il avait oublié de lui faire part de quelque chose d'important :

– Danielle t'a parlé ?

Devant la réponse négative de son ami, il suggère :

– Prends donc les devants.

Paul-André grimace, hésite, puis en esquissant une moue, promet :

– Ouais... si l'occasion se présente...

*

C'est un tout autre homme qui paraît à l'heure du repas. Les trois locataires le reconnaissent à peine. Les cheveux plus courts, la barbe fraîchement taillée, habillé d'un pull et d'un pantalon neufs, Paul-André a rajeuni de dix ans. Il n'est pas peu fier de son petit effet et des remarques gracieuses que provoque son arrivée dans la salle à manger.

Sans être enjoué, le souper est agréable. La conversation roule sur des thèmes banals. Question de diplomatie. Les dames craignent un faux pas qui repousserait Paul-André. Gérard discute du temps qu'il fait sur le pays et des promesses de la météo ; puis, il se laisse entraîner sur le sujet du réchauffement de la planète. Édith, plus prosaïque, fait le point sur son projet de voyage avec Antoine. Les dates de départ et de retour sont fixées. Paul-André raconte avec force détails sa visite à Jean-Marie et sa rencontre avec le chef, au *George-Sand,* le temps d'une partie d'échecs comme au « bon vieux temps ». Danielle sourit, mais ne s'engage pas vraiment dans la conversation.

La table desservie, Édith s'excuse : un coup de fil à donner. Gérard secoue la nappe, la plie, regarde l'heure et, à son tour, prend la direction de sa chambre pour regarder, explique-t-il, le second volet d'un documentaire. Danielle range les dernières assiettes dans le lave-vaisselle et replace le plat de fruits frais au centre de la table.

Paul-André, toujours assis, l'observe. Ce regard lourdement posé sur elle rend Danielle mal à l'aise. Elle cherche à s'esquiver à son tour :

– Bon... bien... je vais monter sagement à ma chambre.

– Toi, c'est un coup de fil ou un documentaire ?

Surprise de la question, Danielle pouffe de rire.

– Moi, c'est un violoncelle... ou peut-être simplement le goût de la solitude.

– Tu n'as pas un peu de temps ?

Danielle finit par avouer, ironique :

– Je dois avoir tout le temps puisque je suis à la retraite.

– Alors, je t'offre un digestif et nous passons au salon...

Ils n'ont pas allumé les lampes. La lumière filtrée d'un couchant d'avril pénètre timidement par les grandes fenêtres. Danielle boit à petites gorgées la boisson qui lui chauffe la gorge, tout en conservant, dans le fauteuil qu'elle occupe en face de Paul-André, le maintien rigide de quelqu'un qui reste sur ses gardes.

Le musicien s'est installé à un bout de la causeuse. Il dépose son verre de cognac sur la table à café, passe ses mains sur ses cuisses à plusieurs reprises, puis après les avoir posées sur ses genoux, plonge :

– Je pense qu'il faut qu'on discute de certaines choses.

– C'est Gérard qui t'as suggéré ce tête-à-tête ?

– Non ! Non ! se défend-il.

Danielle le regarde, incrédule. Paul-André s'éclaircit la voix :

– L'important, c'est qu'on se parle, non ?

Lentement, comme un pèlerin fatigué, il fait comprendre à son interlocutrice qu'il a eu de graves problèmes personnels.

– Je suis pas facile à vivre. Je le sais. Mais... dans la vie courante... je suis pas si difficile que ça. Je veux dire... d'habitude... Enfin... Pas autant que ces derniers mois.

Danielle ne peut retenir un sourire en coin. Paul-André poursuit :

– Je ne voudrais pas te forcer à rester ici. Mais... si on mettait cartes sur table... si on éclaircissait la situation... avant que...

– D'accord.

Paul-André reprend son verre et le fait rouler entre ses paumes. Danielle ne sait nullement comment aborder la question. Elle n'a pas eu le temps de se préparer à cette rencontre. Et là... tout à coup, trop d'éléments s'agitent dans sa tête. Elle se contente de prendre une profonde respiration dont le bruit emplit la pièce. Elle se mord la lèvre avec insistance avant de s'aventurer à expliquer :

– J'ai pris un peu vite mes décisions l'été dernier. Ça m'avait déjà servie par le passé. J'ai cru bien agir. Cette fois, ça semble moins... réussi !

– Tu regrettes d'être venue ici, c'est ça ?

– L'endroit me plaît.

– C'est nous, le problème ? Je veux dire... moi ?

Un deuxième grand souffle s'enfle et retombe dans la pénombre.

– Je suis partie de Montréal pour les mauvaises raisons. Je n'ai pas pris le temps d'examiner toutes les facettes de la question. À mon retour chez moi, après ma convalescence, un ensemble d'événements... un coup dur... a fait que...

Danielle s'empêtre dans ses explications. Après un soupir, elle confesse :

– Aussi bien cracher le mot : j'ai eu peur. Peur d'être seule avec mes souvenirs, avec des regrets qui me sautaient à la figure. Peur de la solitude aussi. Tu sais, quand... les rangs commencent à se dégarnir autour de soi, ce qu'on voit venir dans l'espace laissé vacant peut devenir angoissant. J'ai vu...

Pour faire taire l'émotion qui le gagne, Paul-André tente une blague :

– Des rides ?

– Tu te trompes, ricane nerveusement Danielle. Je ne crains pas les pattes d'oie. Ni les veines qui gonflent ni les taches brunes qui marquent le corps. Les courbatures aux moindres mouvements, les jambes raides, la mécanique qui a des ratés, je commence à m'y habituer peu à peu. Ce qui m'effraie, c'est autre chose...

Danielle songe à la conscience qui se fracture comme un bras ou une jambe, à cause de rien... d'une chose toute bête, d'une planche pourrie. L'accident du printemps dernier l'a rendue vulnérable dans son corps et lui a fait entrevoir d'un coup la décrépitude qui accompagne parfois la vieillesse. Un pas, une mauvaise cassure et tout bascule.

– L'énergie qui arrive au compte-gouttes, qui choisit ses heures, qui fait grimper ses prix comme une usurière, je pense que je peux m'en accommoder. Mais la mémoire qui fuit comme une vieille tuyauterie, les mots qui nous échappent, les yeux hagards devant ceux qu'on aime... le cerveau comme un gruyère. Ça, je ne peux pas. C'est cette vision qui me hantait.

Paul-André ne dit mot. Danielle continue :

– C'est à notre âge, devant les vrais choix, que l'on se révèle fort ou... timoré. Moi, à l'heure d'affronter l'autre versant de ma vie, j'ai tourné le dos. J'ai été lâche.

Paul-André frémit. Il marmonne à voix blanche :

– On se ressemble...

Danielle laisse la remarque flotter dans l'espace. La locataire et le propriétaire se devinent à peine dans la pièce où, insidieux, le soir s'est répandu. Danielle finit lentement son verre et le dépose sur la table :

– J'ai sauté dans un train en marche que tu conduisais. Dix mois plus tard, je ne sais toujours pas dans quelle direction nous allons, et je sens que tu ne le sais pas toi-même. Je ne suis pas sûre de vouloir continuer le voyage.

– Mais pourquoi ?

– La vie à bord n'est pas organisée. Je la trouve malsaine. Je me suis retrouvée au fourneau et au torchon plus souvent qu'à mon tour. J'ai l'impression de retourner trente ans en arrière...

Danielle s'arrête, tente de préciser son explication. Elle hésite, bafouille quelques syllabes et reprend péniblement le cours de ses idées :

– Je ne veux pas te blesser... encore moins que tu croies que tu es seul responsable. J'ai ma très large part...

Dans le noir, la voix ferme de Paul-André ordonne :

– *Shoot,* Danielle, *shoot.*

Elle décide d'aller au bout de sa pensée : *advienne que pourra !* Sans retour possible, Danielle franchit le Rubicon :

– C'est simple. Je me sens exploitée. Consciemment ou non, tu profites de moi. D'Édith aussi. Elle ne s'en plaint pas, elle, parce qu'elle est d'un naturel plus généreux que moi et que ses amours avec Antoine lui font oublier de grands pans de la réalité. Tu comptes sur nous pour préparer les repas et voir au ménage. Gérard nous aide. Toi, presque jamais ! Ces derniers mois, la distance que tu as mise entre nous nous a rendus mal à l'aise, puis franchement inquiétés. Tes absences nous ont bouleversés, perturbés. On ne sait jamais sur quel pied danser avec toi. J'avoue que je n'ai plus l'âge, la patience pour ces jeux de cache-cache, Paul-André. Tu peux jouer les princes tant que tu veux, mais je ne me ferai pas vassale. Voilà, voilà... ce qui me fait hésiter à... signer un nouveau bail.

Paul-André se lève. Il marche lentement vers les fenêtres, tournant complètement le dos à son interlocutrice. Longtemps, il garde le silence, semble réfléchir.

Danielle sait qu'elle a frappé dur, mais elle ne le regrette nullement. Elle se sent soulagée à présent. À chaque seconde qui coule sur le silence, elle respire mieux. Elle savoure le calme qui se répand en elle, ondée rafraîchissante après la brûlure du soleil.

Dans l'ombre, la voix chevrotante de Paul-André chuchote enfin :

– Tout va être différent, maintenant.

Danielle se lève à son tour, s'approche de Paul-André et rétorque avec une pointe de désabusement :

– Le temps ne fait que nous adoucir. Comme un papier sablé. Mais on reste toujours soi-même. Les années passent, les gènes restent.

Danielle, presque maternellement, appuie sa main sur l'épaule de l'homme et poursuit :

– Il paraît que c'est ça, vivre... S'ajuster, s'adapter, s'acclimater, se lover comme un chat autour de chaque nouvel obstacle...

– Attrayant comme programme !

– C'est l'éternel retour... dans sa version quotidienne. Je t'ai fait part de ce qui me ronge. Je l'ai peut-être fait trop... directement. Mais c'est comme ça que je suis.

Elle reprend les verres laissés sur la table, quitte le vivoir et se dirige vers la cuisine où Paul-André la rattrape :

– Donne. Je m'en occupe, dit-il en se rendant au lave-vaisselle.

Danielle sourit de cette évidente bonne volonté. Ils montent à l'étage, côte à côte. Obsédé par la pensée qui s'agite en lui, Paul-André garde les sourcils froncés. Dans l'embrasure de sa porte, il s'enquiert :

– Tu t'es déjà demandé, Danielle, à quoi ça sert, tout ça ?

– Tout ça... quoi ?

– La vie.

Danielle échappe un ricanement qui égratigne le silence :

– Trop souvent.

– Tu as trouvé ?

– Jamais.

37

Le vent fait frissonner l'étain bleuté de la rivière. Le soleil du début de mai réchauffe les géraniums alignés sur le rebord des fenêtres. Leurs fleurs pourpres s'affolent dans la lumière et s'agrippent au feuillage. Danielle quitte à regret la pièce où elle s'imbibait de sérénité et de chaleur. Laissant les fenêtres entrouvertes sur ce printemps généreux, elle descend au sous-sol prendre sa nouvelle bicyclette.

Elle s'est fixé un horaire strict qu'elle suit rigoureusement depuis une dizaine de jours. Chaque matin, une fois accomplis les rites de la toilette et du petit-déjeuner, elle entreprend une pratique de violoncelle de trente minutes, puis elle enfourche son vélo. Elle traverse d'abord le village d'un bout à l'autre pour se mettre en forme. Ensuite, elle prend chaque rue transversale sur toute sa longueur et, en zigzagant ainsi, traverse Sainte-Mélodie une seconde fois. De ses premières sorties, elle revenait essoufflée, épuisée, découragée. Après quelques jours, elle a pu constater un fragile progrès qui l'a rendue optimiste. Elle parcourt chaque fois plus rapidement les cinq kilomètres du trajet. Elle songe même à doubler la longueur de son itinéraire d'ici deux semaines.

Dans l'ancien réfectoire, les fenêtres du sous-sol ne rendent nullement justice à la clarté du jour. Le perron, avec son long escalier, voile en partie la lumière. Une quarantaine de chaises et quatre longues tables dorment dans une pénombre triste attendant le soleil de l'après-midi.

Édith est déjà là en train de libérer de leur emballage et de leurs étiquettes l'outillage acheté dès l'ouverture du centre-jardin. Binette, sarcloir, pelle et bêche attendent leur tour, appuyés contre le mur, tandis que plantoir, griffe à fleurs, sécateur et transplantoir sont déjà alignés sur la table la plus proche. Édith coupe le carton où se balance l'étiquette du prix d'un arrosoir rouge pompier.

– Je vois que tu tiens parole. Tu es bien résolue à embellir la propriété !

– Et j'aurai besoin d'aide... ajoute Édith.

Danielle s'empare de sa bicyclette, la fait rouler jusqu'à la table où s'affaire la jardinière et promet qu'elle viendra plus tard, après son « entraînement ».

Édith examine minutieusement le véhicule d'un bleu métallique, aux pneus épais, au guidon droit où s'accroche un panier profond.

– C'est du solide.

– Pourquoi tu ne t'en achètes pas une ? demande Danielle.

– J'ai jamais appris. Je n'arrive pas à tenir en équilibre. J'ai essayé quand les enfants étaient jeunes. Je n'y suis jamais parvenue. Ce n'est pas à mon âge que je vais retenter l'exploit. Je préfère canoter...

– Pour le canot ou la compagnie ?

Édith se contente de sourire.

– Dommage, poursuit Danielle, parce qu'avec Gérard, on va organiser des randonnées dans la campagne environnante. Même Paul-André a l'intention de se joindre à nous.

– Si je comprends bien... tu as décidé de rester ?

Danielle ne répond pas. Suivie d'Édith, elle se dirige tranquillement vers la porte qui mène à la cour. Après quelques pas, elle se retourne et, d'une voix chantonnante, roucoule, mi-taquine, mi-sérieuse :

– Une bicyclette, ça se déménage facilement, tu sais.

Édith fait remarquer à son amie :

– Il change Paul-André... Votre entretien a porté fruit, on dirait. Il manifeste beaucoup de bonne volonté : préparation de repas, ménage de la cuisine... Et avec le branle-bas que j'ai entrevu et le concert de coups de marteau auquel j'ai eu droit, sa chambre n'a certainement plus l'air d'un camping.

Au moment où Édith ouvre la porte pour permettre à son amie de gravir les quatre marches de l'escalier avec son vélo, elle jette machinalement un coup d'œil dans la pièce arrière, baignée de lumière. Un cri lui échappe.

– T'as vu ?

Danielle ne peut que constater le dégât. La vitre d'une des fenêtres donnant sur la cour a été fracassée. De multiples parcelles de verre éparpillées sur le plancher font éclater leurs reflets lumineux. Une pierre gît en leur centre, île au milieu d'une écume irisée.

*

Un ouvrier a remplacé la vitre l'après-midi même. Le lendemain, c'est au tour d'une fenêtre latérale de laisser entrer le vent et la pluie.

– Je vous avais prévenus, se contente de jeter Armand en haussant les épaules.

La pluie tiède a cessé en début d'après-midi. Le soleil est apparu juste avant de se vautrer dans les voiles safran du jour agonisant. Gérard et Paul-André sont assis avec leur voisin sur la galerie du presbytère. Ils sont venus, après le souper, lui faire part des incidents des derniers jours.

– Qui peut bien s'amuser à faire ça ? demande Gérard, intrigué.

– Des jeunes... je suppose, bougonne Paul-André, qui prend comme une attaque personnelle ce vandalisme paroissial.

– Rien de pire que d'inspirer le mystère, je vous l'avais dit... dès l'hiver, leur rappelle Armand.

– Qu'est-ce que tu vas chercher, Curé. On fait pas les mystérieux, réplique Paul-André, visiblement agacé.

– Les gens ne vous voient pas beaucoup. Ce n'est pas un bouquet commandé au fleuriste, un litre de jus d'orange acheté à l'épicerie, un journal ou un sac de chips pris chez le dépanneur qui vont faire de vous des villageois de Sainte-Mélodie. Vous traversez le village en voiture pour aller à la ville ou vous vous promenez tard le soir quand chacun est rentré chez soi. C'est votre droit. Mais après dix mois de vie ici, vous n'avez établi aucun lien.

– C'est toi notre lien, Armand, précise Gérard en réfléchissant à haute voix.

Paul-André fait la moue :

– Qu'est-ce que tu veux qu'on fasse ? Passer la quête le dimanche ? Aller faire le pied de grue au salon funéraire à chaque décès ? Faire la tournée des commerçants en tendant la main comme les politiciens ? C'est ça, se mêler à la vie du village ?

– Et moi qui croyais que tu avais de l'imagination ! regrette Armand d'une voix douce.

La soirée a considérablement fraîchi. Paul-André remonte le col de son blouson. Gérard, bien qu'il ait déjà boutonné son gilet de laine, frissonne. Il décide de rentrer au couvent.

– Une chose est certaine, proclame-t-il en se levant : il y a dans ce village un garnement dont les frasques coûtent cher.

– Un ou plusieurs, qui vont savoir à qui ils ont affaire. Je me sens d'attaque, moi, ce soir ! réplique Paul-André en rejoignant son compagnon.

Debout, dans l'embrasure de la porte, Armand les salue avec une pointe d'ironie :

– Bonne chance pour votre chasse à l'homme !

*

Édith s'est retirée dans sa chambre : c'est l'heure de l'appel quotidien d'Antoine. Danielle, après avoir tenté de dissuader les hommes d'une veillée d'armes qu'elle juge inutile, a sagement renoncé à les convaincre et s'est finalement jointe à eux. Elle a éteint les luminaires du rez-de-chaussée et, en retrait des tentures du salon, surveille les abords du couvent afin de détecter les ombres suspectes qui s'en approcheraient. Il est passé 22 heures. La nuit ne révèle aucune présence qui pourrait faire croire à une récidive, ce soir, de l'hypothétique garnement.

Au sous-sol, la pièce arrière est complètement plongée dans le noir. Vitrée uniquement du côté de la rivière, elle ne profite nullement de la luminosité de la rue. Gérard a rejoint, en tapinois, un Paul-André pressé de jouer les chevaliers du guet ; habillé de vêtements sombres, il s'est assis par terre sur un coussin et, le dos au mur, il fait face aux fenêtres, à l'affût du moindre mouvement extérieur. Sa patiente immobilité a quelque chose de félin. Gérard, lui, s'agite. Imiter le sphinx n'est guère dans ses cordes.

– À cette heure, les garnements sont sûrement endormis.

– Alors, c'est qu'on a affaire à un adulte. Et ça, c'est plus troublant, répond Paul-André.

La perspective de voir surgir un homme de l'autre côté des fenêtres ne plaît pas du tout au professeur qui suggère :

– On devrait peut-être remettre la séance à demain soir.

– Jamais de la vie ! Tu penses exactement ce que notre vandale veut que tu penses. Je suis sûr qu'il viendra. Ça doit être quelqu'un qui vit pas bien loin. En face, par exemple. Le gros *fun* dans le vandalisme, c'est de regarder sa victime se rendre compte des dégâts, et essayer de se sortir de l'emmerde ! Voir le camion du vitrier qui revient une troisième fois... c'est ça qui est drôle, tu comprends ?

– Pas vraiment.

– T'as pas le sens du comique. Ou t'as jamais été jeune.

Gérard se frotte le dos à la paroi humide pour retrouver une position à moitié confortable.

– Tu es sûr que ça va marcher, notre plan ? s'inquiète-t-il.

– Évidemment !

À 23 heures, là-haut, Danielle renonce. Elle laisse les lourdes tentures du salon grandes ouvertes sur les clapotis lumineux des néons de la rue et regagne sa chambre, bien décidée à fuir cette histoire rocambolesque dans les bras de Morphée. Prête à se couler entre ses draps, elle se sent prise de remords. Elle frappe chez Édith dont elle a aperçu, en passant dans le couloir, la lampe de chevet encore allumée.

– Ils sont toujours au sous-sol, nos héros ? s'informe l'amie.

– Ouais... Je me sens coupable de les abandonner. J'ai décidé de redescendre. Tu veux une tisane ?

– Je pense à quelque chose de mieux.

– Comme quoi ?

– Du lait chaud.

– Ouache.

– Pas si tu y ajoutes un doigt de brandy...

*

La voix de Danielle tremble dans la cage d'escalier.

– Il y a quelqu'un qui s'approche.

Édith, restée dans le noir à une fenêtre du salon, continue d'informer son amie :

– Ils sont deux. Pas très grands.

La voix hésitante de Danielle transmet les informations au sous-sol. Paul-André guette, le regard avide et la mâchoire serrée, tandis que Gérard qui somnolait se met sur un pied d'alerte.

– Ils longent le mur du couvent, prévient Édith.

– Ils arrivent... avertit Danielle.

– À l'assaut, Capitaine ! ordonne Paul-André.

Édith reste à son poste de garde, mais Danielle ne peut retenir son élan et rejoint les hommes au sous-sol. Elle se pointe aux abords de la pièce en même temps que craque une vitre et que jaillit une cascade d'éclairs lumineux.

Deux silhouettes s'affolent, reculent, s'entrechoquent avant de s'enfuir en direction de la rue. Des entrailles de la sombre demeure, un rire fend le silence.

Sardonique.

Restée seule là-haut, Édith frémit.

38

— Je ne te savais pas si bon photographe ! proclame Armand en jetant un coup d'œil rapide aux photos étalées sur la table de la salle à manger. Bravo ! C'est très réussi.

– C'est surtout compromettant ! ajoute Paul-André en tendant un verre de jus de pomme à son voisin.

Armand sourit en examinant à nouveau les instantanés où deux garçons tiennent chacun une pierre à la main...

– Ils ne pourront pas nier.

Paul-André s'est assis devant Armand et cherche, sans en avoir l'air, à obtenir son avis sur la situation.

– Tu les reconnais ?

– Bien sûr. Ce sont des jumeaux. Mathieu et Mathias. Les fils de Blondeau.

– Blondeau, le propriétaire du dépanneur ?

– Celui-là même. Les jeunes ont 12 ans... Ils habitent la maison à côté du magasin, précise le prêtre en repliant ses lunettes.

Paul-André se lève, ouvre la fenêtre. En pénétrant dans la pièce, la brise déplace légèrement les photos.

L'hôte emplit à nouveau les verres de jus froid et revient lentement à la table.

– Veux-tu bien me dire ce que faisaient des enfants de cet âge, dehors, à minuit ?

– Tu le sais, répond Armand sur un ton sarcastique. Ils cassaient des vitres.

– Comment des parents peuvent-il laisser faire ça ? Il n'y a plus de discipline dans les familles d'aujourd'hui.

– Là... cher Ami, tu te trompes tout à fait. C'est ça que je ne comprends pas. Blondeau n'est justement pas le genre à laisser ses enfants dehors au milieu de la nuit. Il est plutôt sévère. Il les encadre même un peu... à l'étroit.

Paul-André pianote sur la surface polie.

– Cette histoire d'enfants qui dorment pas la nuit, ça m'a coûté 600 $. Je peux pas passer l'éponge, l'air de rien.

Armand regarde attentivement, une fois encore, les photos qui témoignent clairement des intentions de Mathieu et Mathias. Dans un geste d'impatience, Paul-André les reprend :

– Alors, preuves en main... qu'est-ce qu'on fait ?

– Je pense au meilleur moyen d'aborder notre homme.

*

Comme chaque dimanche, Antoine s'est joint aux résidants du couvent pour le repas du midi avant de s'isoler avec Édith jusqu'au mardi. Les cinq amis ont décidé de prendre le café à l'extérieur, sous le saule. En demi-cercle, face à la rivière, ils laissent échapper, de temps à autre, des phrases éparses, filets lancés sur le silence... Des mots jaillissent de la pensée de l'un d'eux et entraînent des fragments de conversation.

– Ça, ce sont des chaises comme je les aime, se réjouit Antoine. Solides et confortables à la fois.

Il joue avec les bras de cèdre rouge pour baisser d'un cran l'angle du dossier. Plus personne ne prononce un mot durant un long moment. Ils écoutent le clapotis des vaguelettes à leurs pieds.

– Du vrai bois pour fabriquer des vraies chaises pour du vrai monde ! commente enfin Paul-André, fier de son achat. Pas des affaires en aluminium qui plient quand on les regarde de travers, pas de ces sièges de résine qui mollissent au premier kilo qu'on leur met dessus et nous font croire que la terre tremble quand on tousse, poursuit-il.

– Au prix que tu y as mis, je suis heureux que tu t'en trouves satisfait, précise Gérard.

– Résistance, espace et solidité. C'est le grand confort, ajoute Danielle.

– Il faut bien que je gâte mes locataires si je veux les garder, plaisante le propriétaire en fixant Danielle qui, le visage à demi disparu sous un grand chapeau de paille, fait celle qui ne saisit pas l'allusion au bail toujours en suspens.

Le silence est rapidement de retour. Une paix douce les retient en son antre généreux. La chaleur engourdit les muscles fatigués, les paupières lourdes, les songes tristes. Antoine frôle tendrement la nuque d'Édith assise à son côté :

– Bonne idée, ma Mie, de couper les branches du saule à cette hauteur du sol, on peut mieux profiter de son ombre, ronronne-t-il à son oreille.

Édith répond d'un sourire. La main passe et repasse, s'attarde, pèse, descend entre ses omoplates. De tendre, la caresse devient presque voluptueuse. Édith ferme les yeux pour vivre intensément cette petite joie intime.

Un merle promène son ventre roux sur la pelouse reverdie. Deux écureuils noirs se pousuivent entre les érables de la cour. Gérard aperçoit enfin Denis Blondeau sortant du presbytère, précédé des jumeaux, et bientôt suivi d'Armand. La délégation s'approche.

Armand présente ses voisins.

– Je comprends pourquoi ils ne voulaient pas venir, mes petits sacripants ! s'exclame le père en marchant directement vers Paul-André. Je vais vous les payer vos vitres...

– On va d'abord discuter un peu, enchaîne Paul-André en serrant la main ferme que lui tend Denis Blondeau.

– Je suis un gars honnête, enchaîne le visiteur. Je paie toujours mes dettes. Mais, y faut me donner le temps. C'est pas mal d'argent, d'un coup. J'avais vraiment pas prévu une affaire de même.

Le père jette un regard furieux en direction des jeunes qui, eux, demeurent timidement impassibles.

– Ce n'est pas votre responsabilité directe, monsieur Blondeau ; plutôt celle de ces deux jeunes hommes, articule Gérard d'une voix qu'il rend plus grave pour impressionner les garçons.

– Je vais m'arranger avec mes petits délinquants, une fois à la maison !

Mathieu et Mathias rougissent sous le verdict paternel et baissent la tête d'un commun mouvement sous le regard de ce jury d'adultes dont ils craignent tout à coup la condamnation. Armand, jugeant sa mission accomplie, rentre chez lui.

– Asseyez-vous, monsieur Blondeau, qu'on parle affaire, suggère Paul-André.

Denis Blondeau soupire, et accepte la chaise qu'on lui désigne. Alors qu'Édith allait offrir aux enfants de prendre les deux sièges qui restent, leur père leur lance d'une voix agacée :

– Faites de l'air, vous deux. Allez-vous-en plus loin. Mais arrangez-vous pour que je vous voie. Je veux vous avoir à l'œil. Compris ?

Les garçons obéissent en maugréant et vont s'asseoir dans l'herbe, adossés aux pierres du couvent. Le marchand tient à expliquer les circonstances exceptionnelles qui ont permis les actes de vandalisme. À cause du commerce, sa femme et lui prennent rarement des vacances. Au printemps, ils ont gagné un prix. Une semaine à Cuba. Pour deux.

– Ça nous a décidés. On a attendu que mon aîné finisse son année d'université : il fallait quelqu'un de fiable pour s'occuper du magasin. Il était là de bonne heure le matin, pis, à la fermeture, il partait dormir chez lui. À Queenstown. Ma mère gardait la maison. Le problème, c'est qu'elle est plus jeune, jeune... J'ai jamais pensé que mes deux tannants profiteraient d'elle. Vous comprenez, elle dort mal, ça fait qu'elle prend des somnifères...

Les jumeaux avaient vite saisi l'occasion. Ils n'enjambaient pas de fenêtre, mais sortaient et entraient par la grande porte !

– Je les comprends pas ces deux-là. Nos plus vieux ont toujours été bons à l'école. Ils sont à l'université.

Mon gars va être ingénieur. Ma fille, docteur. Mais eux autres... on dirait que le fait d'être deux, ça leur donne le double de l'audace, mais rien qu'une moitié de jugeotte. Je sais plus quoi faire. Je me demande où et quand ma femme et moi, on a manqué notre coup.

Douce, maternelle, la voix d'Édith s'élève au-dessus du silence qui suit le long monologue de Denis Blondeau :

– Les jumeaux ne sont pas nécessairement en train de glisser sur la pente de la délinquance, monsieur Blondeau. Ils vivent une crise, mais ils ne sont pas des criminels endurcis.

– Vous dites pas ça juste pour me faire plaisir ?

– Je pense qu'ils ont voulu attirer votre attention, explique Édith. Ils ont peut-être mal accepté que vous partiez sans eux.

– Maudit, on avait quand même droit à des vacances !

Édith le rassure une fois encore. L'homme se calme, soupire, mais revient à la charge. Il ne comprend toujours pas pourquoi ses enfants sont sortis en pleine nuit, pour aller briser des vitres chez des voisins qui ne leur avaient rien fait.

– Vous avez des chats ? interroge Antoine.

– Qu'est-ce que les chats viennent faire là-dedans ? demande Denis Blondeau, surpris.

– Vous en avez ?

– Pas moi, mais ma mère.

– Les a-t-elle amenés chez vous cette semaine-là ?

– C'était trop de trouble...

– Qu'ont-ils fait, ces animaux charmants, seuls à la maison en l'absence de votre mère ?

Le visage de Blondeau s'illumine. L'homme se met à rire. À rire... au point de ne pas pouvoir placer un mot. Après un moment, en essuyant les larmes qui lui pleuvent des yeux, il avoue entre deux spasmes :

– Ben... Je sais pas trop comment vous... dire ça en restant poli... Ben... Les chats de ma mère... ils ont chié partout dans son salon.

– Voilà ! Vos enfants, monsieur Blondeau, ont agi comme des chats frustrés.

L'homme s'arrête subitement de rire. Il s'enrage :

– Mais c'est pas chez nous, mais chez vous qui sont allés ch...

Outré par le comportement de ses fils, il se lève.

– Ils vont en avoir une bonne !...

Édith l'interrompt et termine la phrase pour lui :

– ...une bonne... leçon : je suis totalement de votre avis. Au lieu de leur faire subir une punition, pourquoi ne pas leur faire faire quelque chose ?

– Comme quoi ?

Édith explique qu'elle a commencé à préparer une plate-bande autour du couvent. Elle trouve ce travail beaucoup trop fatigant et elle a pensé engager un ouvrier.

– Peut-être que vos enfants pourraient venir m'aider, chaque après-midi, après la classe jusqu'à ce que le travail soit complété...

Le marchand sourit, les yeux plissés, la bouche pincée :

– J'aime bien ça, votre idée. Vous avez dit... autour de tout le couvent ?

L'homme estime l'ampleur de l'ouvrage, et sourit avec plus de satisfaction encore. Mais son regard s'assombrit aussitôt.

– Y a un *bug*. Un gros *bug*. C'est presque le temps des examens et mes gars, ils réussissent mieux dans le cassage de vitres qu'en français. Je voulais qu'ils prennent des cours de rattrapage.

Danielle se décide enfin à intervenir :

– Je serais heureuse de les aider, vos jumeaux. L'un fera une heure de travail au jardin pendant que je réviserai le programme de français avec l'autre. Puis, ils changeront d'activité.

Denis Blondeau objecte :

– J'aurai jamais les moyens de tout rembourser, les vitres et les cours.

– Pour les vitres, on peut s'arranger, répond Paul-André entraîné dans le sillage de la générosité des deux femmes. Après tout, on est entre voisins. Que diriez-vous de mon journal, gratuit, chaque matin... pendant...

– Votre journal, vous l'aurez tous les jours, tant que je tiendrai le dépanneur.

Danielle ajoute à son tour que l'aide pédagogique est aussi gratuite.

Blondeau hoche la tête, incrédule.

– Mes gars vandalisent votre maison et vous m'offrez de les aider ?

– L'important, c'est qu'ils apprennent quelque chose de tout ça, ajoute Gérard.

Édith et Danielle vont à la rencontre des jumeaux qui commençaient à trouver le temps long. Les deux amies leur expliquent en quelques mots l'arrangement, le travail à faire... et parcourent avec eux le périmètre à creuser. Après quelques soupirs où s'entremêlent découragement et soulagement, Mathieu et Mathias reviennent, penauds, vers le groupe d'adultes. Poussés par leur père, les garçons s'excusent officiellement auprès des résidants du couvent et, sous l'œil sévère du marchand, promettent tout aussi officiellement de ne plus recommencer leurs méfaits. Au moment où les deux jeunes terminent leur pénible promesse, le père leur conseille :

– Respectez bien ces gens-là, vous deux. Des comme eux, ça court pas les rues. Ni à Sainte-Mélodie. Ni ailleurs.

La rencontre s'achève. Tout le monde marche lentement vers l'édifice. En examinant de près l'importance du travail à accomplir, Denis Blondeau se réjouit franchement et murmure à l'oreille d'Édith :

– Ça va leur faire pas mal d'ouvrage !

– La leçon portera mieux, laisse échapper Édith.

Danielle donne rendez-vous aux garçons. Mathias grimace et marmonne :

– Ouais. Après l'école.

Mathieu ajoute, d'une voix résignée :

– 15 h 30. Ouais.

Danielle promet, avec un sourire équivoque :

– Je vous attendrai. Avec une grammaire et deux bonnes pelles.

39

MATHIEU et Mathias ont traîné un peu la savate au début. La première heure de creusage a fait naître beaucoup de soupirs d'ennui ! La deuxième aussi, d'ailleurs... Pour la leçon de français, chacun des jumeaux a eu recours aux techniques de résistance passive. Les efforts physiques et scolaires demandés durant la première semaine ont été ardus. Pour tous. Mais Édith et Danielle en ont vu d'autres... Bien d'autres. D'ailleurs, le diagnostic de Danielle est simple : les jumeaux connaissent beaucoup mieux qu'ils ne le laissent paraître les règles de syntaxe, l'orthographe et la grammaire. C'est réfléchir qui leur est pénible !

Les garnements ont vite saisi que tout le monde autour d'eux s'était clairement et fermement mis d'accord. Ils n'avaient personne à qui raconter leurs malheurs ! Nulle oreille à laquelle gémir. Même le frère aîné appuyait leurs parents : il leur fallait rembourser leur triple sottise en travaillant et leur paresse en étudiant.

Au milieu de la seconde semaine, les jumeaux avaient terminé le côté du couvent donnant sur le presbytère, et ils entamaient la plate-bande de la façade. Édith avait commandé un chargement de terre noire. La butte sombre montait la garde au coin de l'édifice. Danielle et Édith restaient d'humeur égale, gentilles, avenantes même, mais elles encadraient leurs protégés avec fermeté. Les tentatives de manipulation avaient autant de prises sur elles que le vent sur une paroi rocheuse.

Au bout d'une quinzaine, les garçons ont décidé de faire contre mauvaise fortune bon cœur. À la surprise de leur institutrice, de leurs parents et... d'eux-mêmes, ils ont passé avec succès le test provincial de français. Cet après-midi, ils étaient fiers d'annoncer leurs résultats. Édith a pensé leur donner congé. Ce sont les gamins qui ont refusé. L'heure de jardinage s'est effectuée à quatre, vaillamment, entre deux taquineries.

En ce début de juin, Mathieu commence à prendre un réel plaisir à plonger la pelle avec force dans la terre pauvre, à en retirer cailloux et mauvaises herbes, et à remplir la tranchée de terreau fertile. Mathias l'imite, mais il ne peut pas encore s'empêcher de grimacer à chaque mouvement. Sa moue, toutefois, tient moins du dégoût que d'une mauvaise habitude.

*

Ce matin, c'est la première sortie à bicyclette de Gérard, Danielle et Paul-André. Ils se sont préparé un itinéraire et un léger goûter. Paul-André surgit du sous-sol avec sa bicyclette de course à guidon rabaissé.

– Les bicyclettes de vieux, ça me déprime ! lance-t-il en enfourchant son vélo.

– C'est quoi, une bicyclette de vieux ? s'informe Gérard, agacé.

– Une bécane à panier ! clame-t-il en prenant les devants.

Gérard répond d'un trait :

– Mais vive les paniers pour transporter de quoi boire et manger !

Danielle hausse les épaules. Le couple se met en route et rejoint rapidement le fanfaron dont les cheveux s'affolent dans le vent. Le trio traverse le village et s'engage sur le chemin qui fend les terres fraîchement labourées.

Paul-André ne peut s'empêcher de prendre des allures de pro et d'accélérer comme un fou sur la route droite qui s'étire devant lui. Gérard cherche à le rattraper.

– Laisse-le faire, implore Danielle qui préfère circuler à son rythme en s'imprégnant des sons, des odeurs et des couleurs qui l'entourent. Je n'ai nulle envie de lui ravir la coupe du monde ! Je veux jouir du paysage, moi.

À la faveur d'une côte, Paul-André disparaît de leur vue. Le couple continue, plus lentement, Danielle suivant Gérard et admirant les cumulus qui gratifient l'azur d'un relief sans cesse renouvelé. Les cris perçants d'une volée de bernaches écorchent le silence. Bientôt le *V* sombre qui fend le ciel se désintègre et s'abat en centaines d'individus dans un champ. Au moment où les deux cyclistes longent les sillons béants, une autre volée plonge et se joint à la première. La terre remue, grouille, suinte d'une agitation nerveuse et gourmande. Une géante fourmilière à ciel ouvert.

Les deux cyclistes contemplent cette activité printanière avec admiration. Le soleil se fait de plus en plus rigoureux.

– Il va finir par avoir soif, le Paul-André, s'inquiète

Gérard amicalement en descendant de son vélo.

– Ça lui apprendra que l'on peut peut-être ridiculiser les bicyclettes de vieux, mais qu'il ne faut pas trop s'en éloigner...

Le couple prend le temps de boire un peu d'eau et décide de se reposer sous les arbres en fleurs d'un verger. Les branches des pommiers bougent à peine mais un bourdonnement les habite. Une pulsation sourde anime leur masse neigeuse. Une vie inconnue, imprévue se révèle peu à peu sous les ailes lumineuses des arbres. Des dizaines d'abeilles folâtrent, butinent, zigzaguent d'une branche à l'autre, d'une fleur à sa voisine. Suc de vie, miel des jours, brise tissée de petites ailes travailleuses, murmure affairé qui circule dans les veines neuves de cette floraison printanière.

Un cardinal flamboyant marque d'une empreinte de sang la blancheur de la chevelure fleurie sous laquelle Danielle et Gérard se reposent. Son cri insiste dans le calme de la matinée : « huit, huit, huit, huit... » Il s'interrompt un moment, écoute l'écho de son chant et reprend son appel.

– Qu'est-ce qu'il a de si important à raconter pour y mettre tant d'énergie ? demande Gérard.

– Il dit : « Je suis bien ! Je me sens revivre. »

– Il en dit des choses en quelques huit, huit, huit... ironise Gérard.

Le cardinal recommence sa ritournelle, résiste aux bruits qui s'élèvent autour de lui, insiste, s'acharne.

– Écoute-le, il nous explique que la vie commence à 65 ans tout autant qu'à 20, 30, 40 ou 50... Il répète que chaque jour est un univers à découvrir. Il dit aussi : « Je déguste pleinement ce moment. »

L'oiseau s'envole, voltige brièvement au-dessus de leurs têtes avant de déchirer le firmament d'un dernier cri.

– Tu sais ce qu'il a dit en nous quittant ?

Danielle, qui s'amuse au jeu, sourit et chuchote pour ne rien couvrir du trait sonore qui persiste dans l'air :

– Pas la moindre idée, Monsieur. Traduisez pour moi.

– En langage humain, ça se dit : je suis bien près de toi.

Le regard de Danielle s'attendrit. Elle blottit sa tête contre l'épaule de son compagnon qui la retient avec douceur. Ils ferment les yeux.

Un raclement de gorge rompt le charme. Paul-André est là, devant eux :

– C'est pour les minouches ou le sport que vous êtes venus jusqu'ici ?

Danielle se lève en ricanant nerveusement. Un peu confuse, elle reprend sa bicyclette et s'éloigne à toute vitesse. Planté bien droit devant l'arrivant, Gérard, frustré, le toise du haut de sa grandeur :

– Je ne m'entraîne pas pour le Tour de France, moi, l'Ami. Dans mes randonnées, je compte voir les arbres, les champs, les nuages. C'est ça, l'avantage des guidons droits, mon Vieux : on n'est pas condamné à regarder l'asphalte !

*

Gérard m'a invitée au restaurant d'un village voisin. Une maison historique convertie en auberge. Il l'a fait sous un frauduleux prétexte : notre anniversaire de mariage !

Vie matrimoniale inconstante que la nôtre. Relation en montagnes russes, en tirets et pointillés. Avec ses heures de tendresse aussi. Retrouvée.

La vie semble avoir érodé les pics trop audacieux. C'est la plaine. Douce. Ouverte sur l'horizon. Sans obstacle où se casser constamment le nez. Sans détour inutile non plus.

Quand quelque chose nous embête, quand un mot nous reste sur le cœur, on s'en parle avec franchise. Non plus en paraboles, non plus en allusions subtiles qu'on reproche ensuite à l'autre de ne pas avoir saisies. Le discours est direct. Net. Une tendresse affranchie. Dont je n'attends rien. Et qui, paradoxalement, me comble.

Au moment où Gérard levait son verre pour porter un toast à cette drôle de vie commune qui, pour nous, reprend sans reprendre, une brise fugace a traversé la terrasse, le temps de faire neiger le lilas près duquel nous étions assis.

Nous nous sommes retrouvés les cheveux et les épaules illuminés par la vibrante voltige de ces pâles confettis. Pluie venue parfumer notre vœu d'harmonie.

C'est le printemps comme je l'aime. Celui qui suinte de rosée, pleure de joies et neige d'odeurs.

J'espère que pour toi, Alex, l'éternité fleurit aussi et que la lumière y est envoûtante de renouveau...

Ici, le quotidien s'égrène. Se perpétue. Fidèle à lui-même.

À son destin.

40

Le couvent grouille de jeunesse. Un pique-nique réunit les familles Leclerc et Legault. La Noël d'été. Enfants et ados vivent l'effervescence toute neuve des vacances, célébrant la fermeture des écoles pour deux mois. Mais c'est aussi l'heure plus attristante des départs. Celui de Michel et Claire pour le lointain Vancouver.

Ils sont tous venus et se retrouvent avec un plaisir évident : Ginette et ses trois enfants, Guy, Jennifer et les leurs, Michel, Claire, Suzanne, Olivier et bébé Emmanuel.

Antoine fait aussi partie de la fête et, incapable de s'asseoir à l'heure des repas, il a pris la cuisine d'assaut. Édith est ravie. Le bœuf haché assaisonné savamment est divisé en galettes consistantes. Les légumes sont coupés en julienne à une vitesse toute professionnelle ; les œufs durs refroidissent ; la laitue déchirée et les vinaigrettes attendent qu'on les touille. Antoine est heureux. Édith rassemble les ustensiles, la vaisselle et les serviettes de table qu'il faudra descendre au jardin.

Danielle et Claire nettoient les deux longues tables que Gérard et Michel ont sorties du sous-sol. Nicolas, le fils cadet de Guy, et son cousin Juan ont interrompu leur jeu de ballon pour dépoussiérer une vingtaine de chaises.

L'enfant de Suzanne et d'Olivier est un poupon heureux pour qui Gérard abandonne spontanément son sérieux habituel. L'universitaire grimace sans pudeur pour faire rire le rejeton. Lui, que l'amour-propre et la rigidité ont contenu dans un corset affectif pendant de longues années, enlève et remet ses lunettes, les fait glisser sur son nez, fait des moues de babouin, émet des roulements de babines de mauvais élève et agite ses doigts de chaque côté de sa tête comme un abruti. Emmanuel rit, roucoule, babille et remue ses petits bras dodus. Suzanne regarde son père avec des yeux agrandis. Elle ne peut s'empêcher de chuchoter à l'oreille d'Olivier :

– Père et grand-père, c'est vraiment deux états différents.

Le peintre, tendrement, rassure celle qui souffre encore des privations de la petite fille.

Suzanne sourit et rejoint sa mère et sa sœur qui s'apprêtent à recouvrir les tables de longues nappes.

Amina et Élizabeth se voient de plus en plus souvent à Queenstown. Elles courent les boutiques pour se faire coquettes et charmeuses, et reçoivent parfois la permission d'une séance de cinéma grand public. Paul-André, qui s'est entretenu avec elles à leur arrivée, leur a décrit les pièces de l'étage et mentionné que dans la chambre de Gérard les murs sont tapissés de livres ! Les deux adolescentes s'imaginent mal une pièce recouverte de bouquins. Incrédules, elles demandent au professeur de voir sa bibliothèque. Gérard s'exécute... ravi.

Nicolas et Juan ont reçu l'ordre sans équivoque d'aller jouer plus loin sur le côté avec leur ballon de soccer. Guy garde toujours un œil sur ses enfants, mais de manière un peu plus détendue qu'il y a quelques mois. Sa femme Jennifer surveille le surveillant avec vigilance et le rappelle à l'ordre quand elle le voit serrer la mâchoire. Le père toujours aux aguets observe son aîné qui vient de prendre sa grand-mère à l'écart. Ils semblent heureux de se retrouver, ces deux-là ! Christopher, souvent rêveur et distant, s'anime auprès d'elle, gesticule, lui tend quelque chose. Il s'agit en fait d'un échange, puisque Édith lui remet un livre et l'embrasse affectueusement. Le jeune homme s'isole dans la lumière au bord de la rivière, Édith s'engouffre dans la gueule noire du couvent.

Les cousines se sont assises sous le saule et feuillettent des livres de voyages prêtés par Gérard. Jennifer et Suzanne déposent sur la table les grands plats de salades. Danielle arrive avec deux bols bondés de petits pains pour les hambourgeois. Guy vient à la rescousse de Gérard qui a du mal à allumer le BBQ, acheté la veille. Olivier les rejoint et offre son aide à Gérard pour la cuisson de la viande.

– Avec les affamés qu'il y a ici, on sera pas trop de deux !

Le gendre et le beau-père se mettent à l'ouvrage en conversant.

– Bien sûr que j'ai de quoi faire une exposition. Le sous-sol est rempli. Suzanne se plaint que j'envahis la maison. Mais, je vais vous résumer ça bien vite, monsieur Legault : une galerie te prend quand t'as un nom, et pour avoir un nom, il faut avoir été en galerie... On n'en sort pas !

– Il faut contourner l'écueil.

Olivier est bien d'accord. Mais comment s'y prendre ? Gérard lui promet de communiquer avec lui à ce sujet, et reporte toute son attention sur les galettes de steak haché qui grillent.

À l'intérieur du couvent, debout devant l'une des fenêtres de la salle à manger, Paul-André se laisse bercer par le mouvement continu qui anime la cour. Les gens s'entrecroisent, jouent, se taquinent, lancent un avertissement, vaquent à des occupations diverses, s'assemblent un temps, boivent, discutent, rient, puis s'écartent les uns des autres pour se joindre à d'autres, donner des nouvelles, en prendre, se complimenter sur leur mine et celle de leurs enfants...

De son poste d'observation, il les imagine tour à tour voitures circulant dans les artères du quartier, poissons glissant dans l'eau transparente d'un étang, grains de sable voltigeant au vent de la dune, boules se heurtant sur le vert tapis d'un billard... Paul-André, lui qui a toujours méprisé les soirées entre amis ou les réunions professionnelles, se réjouit à présent de cette fluidité dansante, des cris tintinabulants et des rires cascadants. Sur le moment, ces mouvements humains ne lui paraissent ni grotesques ni caricaturaux. Le misanthrope a tout à coup l'intention de se joindre à cette fête qui s'amorce, prend forme, et va bientôt s'éclater.

Mais avant de descendre dans la cour, il effectue quelques calculs. Il cherche le moyen d'écourter le chemin entre la cuisine et le jardin... Un étage à monter et descendre, un déplacement forcé jusqu'au fond du couloir pour trouver l'escalier, puis un retour sur ses pas avant de trouver la sortie. Ridicule ! Inutilement épuisant ! Il faut imaginer quelque chose... Paul-André se perd rapidement dans ses pensées créatrices. Il examine la possibilité de mettre en place un monte-plat entre la salle à manger et le niveau du sol...

Il n'entend pas Pablo, le benjamin de Ginette, qui du haut de ses 7 ans a entrepris, il y a un moment déjà, l'inspection du couvent. Le garçon fixe l'homme qui, seul dans la pièce, estime des hauteurs, mesure une largeur, se penche à la fenêtre, en tâte le rebord, fait la moue, marmonne des chiffres...

– Qu'est-ce que tu fais, Monsieur ?

La voix enfantine tire Paul-André de ses plans ingénieux. Il en est tout d'abord contrarié. L'enfant repose sa question, lentement, avec assurance. Le musicien répond sèchement :

– Rien.

– Pourquoi tes lèvres bougent ?

Paul-André s'apprête à renvoyer l'enfant à sa famille, mais il se perd dans le regard d'ombre et succombe rapidement à son charme.

– Pourquoi tu poses toutes ces questions-là ?

– Je pensais que tu voulais prendre une photo...

– Une photo ? C'est une bonne idée, ça.

Paul-André a rejoint les autres, sur la pelouse. Il circule de groupe en groupe et prend sur le vif une série de clichés.

– Je peux en prendre une de toi, Monsieur ?

Paul-André accepte et fait le clown devant l'objectif. Pablo rit. Paul-André redouble de grimaces. Pablo prend minutieusement la photo et demande :

– Tu es un clown joyeux ou un clown triste, Monsieur ?

La question surprend Paul-André. Il cherche habilement à la contourner en lançant quelques blagues. L'enfant insiste et la réitère. La phrase de ce Petit Prince aux yeux de jais, à la peau olivâtre et aux cheveux raides, paralyse Paul-André. Il reprend son appareil des mains de l'enfant, et ne pouvant supporter d'entendre une troisième fois la question qui le déchire, il jette, pour satisfaire l'enfant :

– Triste. Je suis un clown triste.

Un grand rire éclate, perçant comme la vérité.

– Non, Monsieur. Pas aujourd'hui.

Interloqué, Paul-André interroge l'enfant :

– Pourquoi tu dis ça ?

– Tes yeux sont heureux. Tu es un clown joyeux.

L'enfant se met à danser en chantant.

Ginette survient et leur indique qu'il est temps de passer à table. Paul-André lui offre de prendre une photo d'elle avec Pablo. La fille d'Édith accepte, amusée. Elle a vieilli, pense le photographe en réglant son appareil. Mais une fois l'œil rivé à l'objectif, il constate que la jeune maman tendue d'il y a quelques années est devenue belle !

La fête est finie. La cour se vide, famille après famille. Sablier sonore et grouillant d'où coulent peu à peu les têtes blondes, les têtes noires et les têtes blanches.

Suzanne quitte Sainte-Mélodie la première. Elle travaille le lendemain, très tôt. Elle a promis à sa mère de revenir après sa quinzaine de garde passer deux jours avec Emmanuel.

– Repose-toi, Maman. Tu as les traits tirés. Tu es pâle. Je n'aime pas ça.

– Qui parle ? Ma fille ou le docteur Legault ?

– Les deux. Elles sont inséparables.

– Rassure-toi, j'ai ressenti aujourd'hui plus de bonheur que de fatigue.

Avec Claire, Suzanne a longtemps causé, seule à seule, sous le saule. L'aînée promet de revenir régulièrement et rappelle à sa sœur qu'elle l'attend au printemps... Michel a répété l'invitation à Olivier.

C'est le tour de Guy et de Ginette. Les deux familles jouent d'abord un chassé-croisé où Édith et Antoine se perdent quelques instants avant de saisir qu'Élizabeth va passer les prochains jours chez sa tante Ginette et que Nicolas reçoit son cousin Juan. Les bagages, les ballons, les baladeurs et les CD passent d'une mini-fourgonnette à l'autre pendant que les parents s'embrassent et saluent leur frère Michel.

Les enfants se précipitent une dernière fois vers leur oncle qui les serre longuement dans ses bras. Le petit Pablo reste cramponné à lui jusqu'à ce qu'il le transporte dans le véhicule de Ginette. Il continue d'agiter le bras aussi longtemps que les mains qui le saluent restent visibles pour lui.

Édith, émue de voir son fils Michel transformé en homme de famille, lui sourit et, à son invitation de visiter le couple bientôt à Vancouver, elle répond :

– Nous irons sûrement. Mais...

– C'est d'abord la Suisse, vous comprenez, Michel. Tout est réservé pour octobre, explique Antoine en lissant sa moutache. Nous commençons une tournée des montagnes du monde ! Les Rocheuses seront les suivantes.

Michel est soulagé de voir sa mère enfin heureuse. Il ne l'a vue que rarement ainsi, rieuse, taquine et abandonnée. Le géant l'entoure de son bras et, comme s'il lisait les pensées du fils, l'assure :

– Je prendrai bien soin d'elle. Longtemps.

Un dernier enlacement. Un dernier claironnement de vœux de bonheur, de bon voyage et de promesse de communiquer. La voiture du couple tourne à son tour dans la rue principale. Gérard envoie un dernier au revoir. À côté de lui, Danielle pleure.

Ils se sont assis près de la rivière. À l'ombre. Gérard a servi un digestif à Danielle. Une Sambucca avec des glaçons.

– Ils seront bien là-bas. Ne t'inquiète pas.

– Je ne m'inquiète pas. Ni pour Claire ni pour Michel.

– À leur âge, on n'est plus des enfants ! On sait ce qu'on fait.

– À leur âge, je te quittais, Gérard... rappelle Danielle.

L'homme ne commente pas. Il tourne la tête vers la rivière et, en silence, se contente de savourer le liquide onctueux.

– Pourquoi pleurais-tu ?

La réponse tarde à venir. Gérard attend un moment, et reformule sa demande. Après un long soupir, Danielle marmonne :

– Ce sont... enfin... tous ces... ces départs... ces tournants... Ça me passera...

Le jour s'est dépouillé de son écharpe orange. Les

verres sont vides. La cour, déserte. Le rez-de-chaussée, silencieux. Paul-André est sorti. Gérard et Danielle s'apprêtent à se retirer chacun chez soi.

– Tu me sembles épuisée.

– Un peu lasse, c'est tout.

Ils s'embrassent affectueusement. Gérard traverse le couloir et, tracassé par la mine tirée et les yeux hagards de Danielle, revient à la charge avant de refermer sa porte :

– Tu es certaine qu'il ne s'agit que de fatigue ?

– Une bonne nuit de sommeil et je serai sur pied.

*

Je respirais mal. L'air de la chambre me semblait épais. Je me suis rendue à la fenêtre. J'ai ouvert bien grand celle qui n'était qu'entrouverte et j'ai levé les bras pour tourner la crémone de la seconde. C'est ce geste qui semble avoir déclenché la douleur.

Un coup dans la poitrine qui pesait et pesait, se répandait, irradiait vers la gorge. Même mes dents devenaient douloureuses. Le feu a traversé mon corps pour brûler entre mes omoplates, se prolonger et se répandre dans le bras. C'est quand j'ai pris conscience qu'il s'agissait du bras gauche que j'ai mis un nom sur ce qui m'arrivait, et que j'en ai entrevu l'issue possible.

À ce moment-là, je n'ai eu aucunement l'envie d'appeler, de crier. Je n'étais pas paralysée. Je n'avais pas peur.

J'ai entrevu ma mort. Et je l'ai attendue. Sans effroi. Mais sans courage.

Comme une chose normale. Un peu bête. Qui survient mal à propos.

Une mort ordinaire, quoi !

Alors j'ai choisi de la vivre en silence.

Seule.

La distance s'est faite entre la souffrance puissante qui me tenait dans ses serres et ma conscience qui, elle, se détachait du nœud de plomb qui serrait encore ma poitrine. Du fond de ma douleur, je me moquais de moi-même.

On croit toujours que « ça » n'arrive qu'aux autres, qu'on est solide, que notre santé est florissante et éternelle... On se croit forte puisque tout le monde le dit, et vous pousse une vie durant à en convenir. Chacun compte apparemment sur cette force : alors on s'y oblige, on en vient à se croire pilier de cathédrale.

Et, une nuit, dans sa solitude de pierre, la colonne s'écroule...

Dans le noir où je m'engageais, je crois même avoir souri à cette lueur insignifiante, dérisoire qui s'éloignait et que j'avais pendant plus de soixante ans appelée ma vie.

*

Un autre dimanche s'achève. Édith vient de partir au bras d'Antoine. La jeep disparaît. Le jardin retient la lumière oblique du soleil qui descend derrière les maisons du village. Gérard s'apprête à rejoindre Armand et Paul-André dans la cour.

Danielle n'a soufflé mot à personne de la crise vécue une semaine plus tôt. Elle s'est retirée plus souvent dans sa chambre sous prétexte de lire, d'écrire. Elle est restée étendue de longues heures. Elle a beaucoup réfléchi.

Le mal a disparu. Mais le serrement demeure. Tiraille en sa poitrine. Cicatrice de la douleur ? Ou angoisse de son retour ?

Dans la solitude de sa chambre, Danielle prend une ferme résolution, qu'elle compte mettre à exécution le soir même. Elle prend une feuille de papier et, de son écriture la plus soignée, commence :

Alex,

Il me faut reprendre possession de ma vie, celle qui m'a été laissée l'autre soir. Je dois redevenir maître de mon âme.

Je te laisse la plénitude, l'absolu, le paradis. Au fait, existe-t-il ? L'harmonie, le respect, l'entraide, la solidarité, tout cela n'est-il que pièges ? Mirages ? Illusions ?

Et le temps... Alex ? Est-ce un trou noir ou une éblouissante spirale galactique ? J'aimerais tant obtenir des réponses à toutes mes questions, les entendre de ta voix, toi qui sais peut-être, maintenant...

J'ai pleuré ta mort. Je me suis enroulée à toi. À la terrible culpabilité de n'avoir pas su deviner, prévenir ton départ. Aujourd'hui, je sais que je ne peux plus rien. Ni pour toi. Ni pour nous deux.

Je me suis harnachée au deuil. Jusqu'à m'en faire une muette torture. Au fond, j'aurais voulu, comme toi, échapper aux souffrances de l'âge, au déclin de la lumière, à la dégénérescence de la conscience, à la décrépitude du corps, et à la morne solitude qui les accompagne.

Nous sommes toujours seuls.

Dans la vie comme dans la mort. Dans le bonheur comme dans la douleur. Dans la lâcheté comme dans le courage.

Il me faut profiter de ce qui me reste de temps, de lucidité et de mobilité, et m'en tisser une sérénité, que je nourrirai des heures vécues ensemble, des carrefours où nos temps se nouaient.

Envole-toi dans la lumière, Alex. Chevauche celle qui empourprait le dôme de Collioure et dont tu t'émerveillais chaque soir.

Moi, la vie me retient encore, ici.

Pour d'autres harmonies. Dans un village qui, étrangement, a pour nom Sainte-Mélodie.

Danielle s'empare de toutes les lettres écrites à Alex depuis un an, les relit de la première à la dernière ligne et, les yeux remplis d'eau, les déchire une à une en parcelles minuscules qu'elle enferme dans une boîte de métal.

Dans le noir, elle attend.

La nuit est là maintenant. Lourde. Sans lune, sans fard. Sans autres reflets au ciel que d'épars scintillements.

Danielle descend discrètement jusqu'au sous-sol, sort et, à l'abri sous le saule, enlève ses souliers avant d'entrer dans la rivière. Le temps est venu pour elle d'accomplir le rite de sa délivrance.

L'eau fraîche encercle ses chevilles, frappe ses mollets, mouille sa robe. Danielle s'avance, tenant la boîte contre elle comme un enfant enveloppe sa poupée de ses bras. Elle s'éloigne de la rive, jusqu'à ce que la force du courant heurte ses cuisses. Elle frissonne. De froid. De peur aussi. Et peut-être surtout de la conscience claire qu'il lui serait si facile d'aller rejoindre une autre rive.

Elle entrouvre la boîte, hésite un instant, puis l'ouvre et avec détermination la secoue au-dessus de l'eau fugitive. La pluie de papier s'échappe. Les étoiles de mots voguent sur la mouvance du courant. Danielle, pendant quelques secondes, en suit les pointillés clairs qui s'étalent, se répandent avant de disparaître à ses yeux.

Elle retrouve la rive. Rassurée.

Sur la pointe des pieds, elle rentre. Longtemps, elle laisse pleuvoir sur elle l'eau tiède et régénératrice de la douche. Elle s'attarde. Le corps immobile. La tête vide.

À la fenêtre, elle contemple ensuite la nuit opaque où ont plongé ses souvenirs. À la lueur vacillante d'une veilleuse, elle gagne enfin son lit. Entre les draps frais, elle ferme les yeux. C'est alors qu'elle constate que la main de fer qui nouait sa poitrine depuis des jours a disparu.

41

Au couvent, plus personne ne regrette sa décision de rester quelques années de plus. L'été s'est implanté. Chaud. Humide. Mais à l'intérieur, on est au frais, la pierre protégeant des excès de chaleur et les arbres jetant une ombre bénéfique aux heures les plus ensoleillées. Le vent qui souffle de la rivière, la grandeur des pièces, les hauts plafonds permettent à l'air de circuler. Le bien-être que les occupants du vieil édifice trouvent entre ces murs les rassure. Au pied de la masse grise les couleurs s'alignent, grâce au travail d'Édith et de Danielle, toutes deux devenues de ferventes adeptes du jardinage.

D'une fenêtre de sa chambre, Paul-André scrute la rue principale. Sainte-Mélodie s'éveille. Des enfants, le sac au dos, la boîte à lunch à la main, se rejoignent en sautillant et en riant pour se rendre au camp de jour. Des voitures se croisent, les conducteurs klaxonnent, s'envoient un bonjour d'un geste furtif. La rue commerciale s'anime. Au restaurant, un employé lave les vitrines ; la propriétaire du salon de coiffure tourne le carton portant la mention OUVERT qui depuis des années pâlit au soleil. Armand quitte le presbytère et fait démarrer sa vieille automobile sans regarder autour de lui. Sérieux. Méditatif. Denis Blondeau laisse béante la porte du dépanneur pour prendre les piles de journaux que le livreur a déposées négligemment sur le trottoir. Il sort le porte-journaux de métal et l'emplit consciencieusement. « Il va sûrement faire beau ! » en déduit Paul-André qui sait que le marchand ne prendrait jamais le risque d'une averse sur ses quotidiens.

Un grand îlot de verdure et de couleurs vives offre maintenant ses tiges fleuries au centre du demi-cercle tracé par l'entrée des voitures. Les rudbeckies font déjà briller leurs éclatants soleils, mais l'ensemble ne donne pas encore l'aspect escompté : les cannas n'ont pas atteint leur pleine hauteur. Ce jardin ovale n'a pas été aménagé sans peine. Les jumeaux n'étaient plus de service quand Édith a proposé cet ajout. Gérard a accepté d'aider. Il s'est vaillamment mis à l'ouvrage. Il a creusé et transporté de la terre jusqu'à ce que s'impose le repos :

– Des muscles d'intellectuel, s'est permis d'ironiser Danielle avec tendresse, tout en massant, un soir, les épaules, les bras et le dos de l'apprenti jardinier.

Paul-André n'a pas répondu à cet appel à l'aide. Déjà qu'il doit faire bonne figure à la cuisine une semaine par mois pour répondre au nouveau *modus vivendi* des résidants du couvent ! Cela lui suffit amplement. Et il a en tête bien d'autres préoccupations que le paysagement... Dans sa chambre, il imagine divers scénarios pour rencontrer son fils.

Il a relu *ad nauseam* la lettre de Louis Julien. Il repasse en mémoire les paroles que l'avocate a prononcées en la lui remettant. William, le fils de Paul-

André, détient une copie de cette lettre que Jonathan a écrite sous la dictée de son père mourant.

William Côté attend certainement un signe, un geste de ce père biologique qu'il n'a qu'entrevu un matin, il y a sept ans, dans l'atelier du sculpteur, et qu'il a cru être son oncle.

Son fils l'attend. Mais comment ? Avec une brique ou un fanal ? Les bras ouverts ? Comment un fils attend-il le père prodigue ? Prêt à ouvrir sa porte et à partager le veau gras ? Ou derrière une porte qu'il veut garder close ?

L'adresse résidentielle du fils est là, à la fin de la longue lettre, suivie d'un numéro de téléphone. Paul-André les connaît par cœur. Pour l'instant, il contemple l'idée d'un whisky... Il s'est pourtant promis de diminuer sa consommation d'alcool, mais il est si facile de rompre les promesses que l'on se fait à soi-même. Il sort la bouteille, le verre. Et, au dernier geste, renonce à ce retour en arrière.

L'image de son fils sortant de son bungalow de banlieue s'impose à sa mémoire. Au cours des derniers mois, Paul-André a joué une fois de plus les détectives ; il est allé fureter dans ce quartier de Queenstown construit il y a une trentaine d'années. La première génération de résidants a vu ses enfants grandir, entrer à l'université, se trouver un travail, s'éloigner. Les parents ont, à leur tour, abandonné ces lieux qui convenaient de moins en moins à leurs besoins et s'alourdissaient de trop de souvenirs ou de regrets. De jeunes couples leur ont succédé. Parmi eux, son fils William... et une jeune femme.

Paul-André s'est familiarisé avec leurs allées et venues. Ils partent ensemble le matin. Ils reviennent séparément. Excepté le jeudi. L'espion n'a pas encore osé les suivre jusqu'à leurs lieux de travail. Il s'est contenté de connaître leur horaire et leur environnement. Toutes les maisons de la rue présentent des nuances de brun, du café crème au chocolat. Aux briques identiques de ces unifamiliales identiques s'ajoutent quelques touches... presque identiques. Les entrées de garage sont asphaltées, bordées de tulipes au printemps et de géraniums en été et, près de la fenêtre du salon, des genévriers s'étirent avec nonchalance ou pointent insolemment. Les nouveaux habitants du quartier n'ont pas encore osé rompre avec l'uniformité soigneusement entretenue par leurs prédécesseurs.

Paul-André s'imagine garant sa voiture devant le bungalow de William, marchant dans l'allée, sonnant à la porte après avoir monté les trois marches réglementaires des maisons du quartier. Non ! Il n'oserait pas arriver à l'improviste. Ni venir là à un premier rendez-vous. Pas plus qu'il ne peut se représenter l'arrivée de son fils au couvent, dans le tacot vert lime qu'il a entrevu devant la porte du garage et dont la rouille mange les portières et les ailes

Lui téléphoner ? Il ne voudrait surtout pas avoir à se nommer à la jeune femme. Il ne peut supporter l'idée qu'elle entende, qu'elle se mêle, même par une écoute discrète, à leur première conversation. Et Paul-André se connaît : au téléphone sa voix est sèche, ses mots hachurés. Il a mauvaise voix, comme il a mauvaise mine.

Il ne reste qu'un moyen. La poste. Une lettre. Cette bonne vieille méthode qui donne le temps de penser à sa guise, de trouver les mots, ou de les lire à son rythme, de prendre le temps dont on a besoin, à chaque bout de la communication.

Paul-André se décide enfin : il écrira à son fils.

*

Tôt ce matin, Danielle et Gérard ont pris la route de Montréal. Gérard prépare une exposition des œuvres d'Olivier Bertrand, son gendre. Il s'y consacre corps et âme. Édith n'est pas encore revenue de chez Antoine. Paul-André est seul au couvent.

Tout l'après-midi, il a tenté de mener à bien son dur labeur, sa tentative de jeter un pont entre deux îles égarées. Les brouillons de lettre, froissés, pavent le plancher de la chambre. De bonnes intentions éparses, denses mais inachevées. Le père n'a su trouver le ton d'un possible rapprochement avec son fils, pas même l'entrée en matière.

Épuisé mentalement, désabusé et mécontent de lui-même, Paul-André quitte sa chambre, puis sort et va s'asseoir dans l'une des chaises de bois près de la rivière. Au bord, l'eau est étale ; au milieu du chemin d'eau, le courant frémit à peine.

Paul-André ferme les yeux, jusqu'à ce que le cri d'une corneille outrage le mutisme ouateux de l'heure. Il constate qu'il n'arrive nullement à profiter de la tranquillité du lieu. Cette solitude, loin de le détendre, lui redit son incompétence, son incapacité de trouver les mots justes, les explications vraies. Elle le met face à face avec sa lâcheté de jadis... et ses petites lâchetés d'aujourd'hui. Le père remet en question cette tentative de rapprochement avec son fils et trouve inutilement torturant ce pèlerinage humiliant vers le passé. Pour tenter une diversion, il se lève, prend quelques-uns des cailloux qui jonchent la rive et, un à un, les lance pour faire des ricochets. Comme ses mots, les cailloux coulent à pic.

Un caillou fait soudain éclater des cercles féconds en vaguelettes. Une fois, deux fois, trois fois... Paul-André se retourne brusquement. Armand affiche un sourire vainqueur. Les deux hommes prennent place sous le saule. Le dialogue s'amorce en quelques phrases banales, routinières. Paul-André finit par faire part à son interlocuteur de son échec épistolaire.

– *Vingt fois sur le métier...* chantonne Armand en citant Boileau.

– J'ai dépassé la norme des vingt fois, je te jure. Je déclare forfait. J'abandonne.

– C'est de la lâcheté.

Paul-André devient furieux. Il crache les mots à la figure d'Armand qui demeure étrangement de marbre sous l'avalanche des émotions déployées.

– Oui, je suis lâche... Je le sais. Tu le sais. Mon frère le savait... Mon fils le constate sûrement. Je suis lâche. J'ai peur. Ça te suffit comme confession, Curé ?

Armand attend que l'écho des phrases se perde. Puis il répond doucement :

– Il nous faut maintenant dépasser notre lâcheté. Il est temps d'affronter les miroirs, et de continuer au-delà d'eux.

– Nous ? Tu me parles au pluriel, maintenant ? se surprend Paul-André.

– Toi et moi, ça fait nous.

Paul-André saisit mal. Il scrute son compagnon qui hésite, baisse la tête, avant d'avouer :

– Je m'embourbe dans une lâcheté bien pire que la tienne.

Paul-André arque les sourcils mais déjà Armand continue :

– Il nous faut tous deux faire un geste. Le bon. Franchir le ravin qui nous coupe du reste de notre vie. De l'autre côté de la peur tout devient possible. Cessons de piétiner.

– Mon problème, il est bien simple, Armand : je veux savoir quoi dire à mon fils.

– Ce que ton cœur te dicte.

– Encore des maudites paroles achetées toutes faites ! Encore des phrases qui claironnent.

Armand croit que Paul-André, pour ne pas tomber dans des excès qui lui répugnent, renie ses propres émotions. Jusqu'à l'oubli. Jusqu'au mutisme. Il cherche à le convaincre de se laisser aller, car c'est dans la simplicité qu'il trouvera les mots justes. Ceux qui touchent, émeuvent, bousculent peut-être, mais peuvent agir sur la vie.

Paul-André sait, tout au fond de lui, qu'Armand a raison. Mais il doit prendre le temps de digérer le flot de paroles qui bourdonne encore à ses oreilles. Il cherche à renvoyer la balle à son interlocuteur.

– C'est quoi, ta lâcheté, Curé ?

– C'est d'être curé.

– Quoi ?

L'ahurissement se lit sur le visage de Paul-André. Mélange de scepticisme et d'incompréhension. Armand poursuit d'une voix lasse :

– Je suis un soldat qui ne croit plus à la guerre. Ma lâcheté, c'est de vivre dans ce presbytère, de continuer à célébrer la messe et les sacrements au lieu de partir. J'aide mes paroissiens de mon mieux. Comme un humain aide un autre humain. Mais je persiste à prêcher une foi à laquelle je n'adhère plus. Je joue le rôle du bon curé.

La révélation d'Armand prend du temps à pénétrer dans la conscience de Paul-André.

– À nous deux, nous faisons du grand théâtre, hein, Curé ? laisse-t-il tomber après un long moment de silence.

– Nous sommes de la même famille !

Une pensée continue de tracasser Paul-André. En se frottant vigoureusement la barbe, il s'informe, inquiet :

– Tu vas... faire... quoi, Armand ?

– Je n'ai jamais connu que des encadrements rassurants... La famille, le clergé... Ce que je dois faire, c'est réapprendre à marcher, cette fois, sans béquilles.

42

SUR une table basse sortie exprès pour ce tête-à-tête, Gérard et Danielle dégustent avec ravissement... un simple plat de tomates. Les tranches juteuses conservent encore la tiédeur du jardin. Saupoudrées de basilic frais, elles baignent dans l'huile d'olive où du vinaigre basalmique trace des filets marron. Le soleil lance l'or flamboyant de ses rayons obliques. Aucun vent ne vient troubler la chaleur du jour.

Danielle a apporté une baguette croustillante qu'elle coupe en rondelles au-dessus d'un panier d'osier.

– On mange directement du plat, c'est meilleur, dit-elle pour expliquer l'absence d'assiettes.

Gérard termine son verre de vin blanc. Il commente la beauté des jardins et la générosité du potager. Danielle attribue son succès au temps chaud et humide et surtout à sa chance d'avoir eu un bon maître en Édith.

– Après les courbatures de la première semaine, on découvre que c'est un excellent exercice pour le corps, une grande satisfaction pour les yeux et, deux mois plus tard, un savoureux plaisir pour l'estomac. Je n'ai jamais tant profité d'un été, de la lumière, des odeurs, des chants d'oiseaux... continue-t-elle en agrippant un morceau de tomate.

La vinaigrette dégoutte sur son menton. Danielle s'empare de sa serviette de table et s'essuie avec un rire de petite fille espiègle.

– Si ton notaire de père te voyait ! ne peut s'empêcher de remarquer Gérard.

– Il trouverait que ma mère m'a bien mal élevée !

Cette allusion à la rigidité de Maître Saint-Martin, à sa façon de blâmer tout un chacun pour ce qui clochait autour de lui déclenche, chez le couple, une hilarité qui se prolonge à mesure que Danielle ajoute des bribes aux souvenirs qui parsèment sa mémoire.

– C'était tout un personnage, ton père ! conclut Gérard.

– Intolérable ! Invivable ! Le mariage de mes parents ne tiendrait pas la route aujourd'hui...

Gérard pense qu'il marchait magnifiquement sur les traces de son beau-père. Il trempe à son tour une rondelle de pain dans le liquide. Il pique une tranche de tomate, la porte à sa bouche en ne tarissant pas d'éloges sur leur goût. Danielle enchaîne avec gourmandise :

– La pomme d'amour... *Pomodoro...* Rondes, oblongues, minuscules, généreuses, roses, jaunes, rouges... immenses, fraîches, séchées, en sauce. Je les aime sous toutes leurs formes !

En choisissant un morceau bien assaisonné, elle annonce :

– J'ai croisé la directrice de l'école, vendredi matin, au dépanneur. Monsieur Blondeau m'a présentée comme celle qui a permis à ses fils de prouver ce dont ils étaient capables. Elle a été un peu forcée de me féliciter pour mon travail. Quand je suis sortie du magasin, je l'ai vue qui m'attendait. Elle m'a demandé si j'accepterais d'autres cas problématiques, à la rentrée des classes.

– Ça te plairait ?

– Je me sentirais utile. Je ne tiens pas à vivre repliée sur moi-même. J'ai accepté d'aller discuter avec elle, à la mi-septembre.

Gérard est ravi pour Danielle. Elle a raison. La définition courante de « retraite » a beau être celle d'un repli, d'un retour vers l'arrière, d'un abandon... ça ne correspond nullement à ce qu'il compte faire de la sienne. Prendre sa retraite, c'est pour Gérard être enfin en mesure de prendre en charge son temps. C'est posséder enfin la liberté de diriger ses efforts, même les plus quotidiens, dans le sens qu'il choisit.

– J'ai d'anciens confrères qui macèrent dans le passé, se retranchent du moment. Je ne veux pas, moi, vivre en retrait de la vie. Uniquement de la course folle et inutile à laquelle elle nous entraîne si souvent. Éloigné du tourbillon, je vois avec plus d'acuité. Libre d'attaches professionnelles, mon opinion prend du poids. Je veux servir. De toute la force de mon expérience et de mes connaissances. Pas une institution, pas des structures qui encarcanent, mais la société.

Danielle soupire et avoue avec une pointe de regret :

– Ça m'a pris un an pour comprendre qu'être maître de mon temps ne va pas à l'encontre d'en offrir un peu aux autres... Tu m'apparais plus sage que moi.

Chacun d'eux plonge sa fourchette dans le plat. Une dernière rondelle de baguette attend dans le panier d'osier. Gérard la prend, la rompt et en tend la moitié à sa compagne. Il mâchonne lentement son morceau de pain avant de poursuivre d'une voix compatissante :

– Ma retraite progressive, c'était une bonne idée, je crois. Toi, tu t'es trop coupée de ton univers.

– La vie s'est aussi chargée d'organiser mes ruptures, Gérard.

Danielle a parlé avec beaucoup d'amertume. Gérard est trop intelligent et sensible pour croire que seule sa chute de l'année dernière puisse nourrir tant de hargne : elle lui doit une explication. Elle se permet un demi-aveu :

– Je parle de... d'une autre... brisure... dont je te ferai peut-être part, un jour...

Danielle est gagnée par l'émotion. Gérard n'insiste pas. Il se contente de regarder avec une infinie tendresse cette femme avec qui il partage des instants de vie, de près ou de loin, depuis presque cinquante ans... Il la fixe avec intensité pendant qu'elle fait place nette sur la table qui les sépare.

Pour lui, elle reste à la fois l'adolescente aux yeux de feu, la jeune femme énergique et rieuse, la mère dévouée de ses enfants, la compagne des jours heureux et l'amie des mauvais jours. Danielle a été de tous les moments de sa vie d'homme, par la lumière de sa présence ou par la déchirure de son absence. Face à elle, Gérard n'a jamais vécu l'indifférence.

Ce soir encore, sous les reflets mourants du soleil qui se vide sur l'horizon, il se sent rassuré par la grâce, l'adresse de ses mouvements, par la sonorité de sa voix, par la générosité de son sourire. Le temps a passé sur eux, les a marqués de sa grisaille, de ses pleurs, de ses tourments. Mais, les rides qui se sont dessinées autour des yeux de Danielle ne font que rayonner davantage sa lumière intérieure. Elles en aiguisent la densité, l'acuité, la vivacité...

*

Édith et Antoine ont soupé d'une salade, d'un bout de fromage et d'un peu de vin. Assis devant le miroir du lac, ils discutent, rêvent, font des plans en mangeant les perles indigo de grappes de raisins bien mûrs. De temps à autre, Antoine souffle dans le cou d'Édith. Elle rit. Il effleure sa nuque de la paume de sa main. Édith ronronne.

Sept semaines avant leur départ, ils ont terminé l'itinéraire qu'ils ont tous deux l'intention de suivre méticuleusement. Édith, qui poursuit ses recherches attentives sur l'histoire des lieux qu'ils visiteront, lui fait part de ses lectures de la semaine. Sans le savoir, elle raconte des événements historiques qui ont échappé au mauvais élève d'autrefois.

Le couple est arrivé en milieu d'après-midi et a effectué son circuit habituel en canot, prenant plaisir à écouter les piailleries et les pépiements remplacer graduellement le vrombrissement des moteurs et le crépitement des appareils radios.

Le jour effiloche ses franges violacées entre les pointes noires des sapins. Antoine se sent fatigué.

– Ce voyage en Suisse est peut-être important pour nous deux, mais il est essentiel pour toi, Antoine. Tu as droit à des vacances. Tu as ralenti un peu, c'est vrai. Mais ce n'est pas encore suffisant. Loin de là. Pense à tout ce qui s'est passé en moins d'un an.

Antoine est d'accord. Sa vie a complètement changé. Il a rompu avec le rythme effréné de son travail, avec des dimanches entièrement consacrés à Lionel... Le voilà, lui, le casanier, parlant de voyages ; le voilà, lui, le célibataire endurci, aux côtés d'une femme qui l'aime...

– Que dirais-tu d'un peu de brandy ? suggère Édith.

Antoine se lève à demi, mais Édith est déjà debout. Elle se penche vers lui et en lui caressant le visage du revers de sa main, elle murmure :

– Accepte que l'on fasse quelque chose pour toi... Tu as longtemps donné. Il est temps de prendre.

Antoine saisit Édith dans ses bras, la serre contre lui et, au moment où elle se dégage, retient tendrement sa main entre les siennes :

– Bon... tu as raison. Mais comprends que les vieilles habitudes d'un vieux chef... de bistrot et de famille... ça ne se brise pas d'un coup.

Édith revient avec deux verres de lait chaud, doré d'un peu de brandy.

– Qu'est-ce que tu as fait, ma Mie ? Tu avais parlé de brandy !

– Brandy que tu avales le plus souvent en grimaçant. Crois-tu que je n'aie pas remarqué ?

Antoine fait la moue et en tenant son verre à bout de bras lui demande comment elle nomme cette boisson blanchâtre.

– Un compromis.

Elle explique que le lait adoucit l'alcool, et que l'alcool chaud double la détente.

– Tu parles comme un apothicaire. Tu me sers un médicament, c'est ça ?

Antoine goûte du bout des lèvres, constate que le mélange n'a pas aussi mauvais goût qu'il ne le craignait et boit avec une certaine satisfaction. La nuit plonge dans les eaux étamées du lac. La voix d'Édith, à la fois douce et ferme, s'informe :

– Tu n'as pas encore consulté de médecin, hein, Antoine ?

Un silence étal s'ensuit.

*

– Ça fera bientôt un an que je vis à Sainte-Mélodie.

– Déjà ! Je vois de moins en moins le temps passer. Tu crois qu'on devient inconscient, en vieillissant ? Il me semble qu'avant je sentais les jours, je pouvais les palper, je les voyais venir et repartir. Durant cette demi-sabbatique, j'ai l'impression de flotter sur les heures.

Danielle se souvient des rentrées scolaires : le temps l'emportait sur une rivière turbulente, encaissée entre les parois d'un canyon. Pas de ralentissement, pas de dérive possible. Il fallait aller au bout du courant. L'année se découpait en trimestres avec chacun leur programme défini ; les trimestres se fractionnaient en semaines et les semaines en jours, en leçons, en travaux à remettre, en corrections à faire.

– Enseigner, c'est faire cuire un œuf mollet... Interdit d'oublier le sablier. J'ai toujours réussi mes œufs... jusqu'à l'année passée.

– Que dirais-tu de fêter le temps perdu et retrouvé ?

– Une Sambucca ? sussurre Danielle d'une voix charmeuse.

Pendant que Gérard traverse chez lui, Danielle ferme l'une des fenêtres, met un disque des valses de Chopin et baisse un peu la lumière. Gérard revient avec la bouteille, un bac de glaçons et deux verres. Ils boivent au temps à apprivoiser.

Gérard se détend. Danielle savoure le liquide anisé. Après une hésitation et une nouvelle gorgée, elle regarde son compagnon droit dans les yeux :

– Je voudrais te remercier pour le violoncelle. J'apprécie pleinement. Maintenant.

– Maintenant ? s'étonne Gérard.

Danielle n'avait pas que de bons souvenirs de cet instrument. Elle avait un peu oublié les détails déplaisants. Mais quand elle avait manipulé l'instrument pour la première fois, seule dans sa chambre, tous les doutes du passé avaient surgi de sa mémoire. De vrais geysers !

– Maman s'était mis un jour en tête que je serais violoncelliste. Bien mauvais départ pour une carrière. J'avais beau aimer la musique, ça ne me donnait pas du talent. Le concert n'était pas vraiment dans mes cordes, d'autant plus que ces cordes-là sont particulièrement difficiles à maîtriser. Les exercices quotidiens ne se faisaient pas toujours dans l'harmonie, chez nous.

Gérard remplit les verres en faisant remarquer à Danielle qu'elle ne lui avait jamais confié cela.

– C'était passé. Je ne voulais pas revenir là-dessus.

Gérard se rappelle qu'elle n'avait jamais suggéré à leurs filles de s'inscrire à tel ou tel cours. Elle tenait compte des désirs qu'elles émettaient ; elle les encadrait pour qu'elles persévèrent dans leurs décisions. Sans plus.

– Je tenais à ce qu'elles choisissent elles-mêmes leurs prisons.

Gérard se souvient. L'important, pour Danielle, c'était que les filles s'engagent. Qu'elles tiennent bon. Une année à la fois.

L'alcool aidant, Danielle devient volubile :

– En janvier, quand j'ai tenté de tirer quelques sons décents de l'instrument... je me suis vite découragée. J'ai eu mal dans tous les muscles des bras, des épaules aux poignets. J'avais les phalanges raides et le bout des doigts de la main gauche tout rouge. Je m'appliquais et grinçais tout autant des mâchoires que de l'archet. Ce qui m'a retenue de ne pas tout balancer, c'est la crainte de te chagriner...

– Vraiment ? échappe Gérard, troublé.

– Malgré l'arthrite, après des semaines de tentatives infructueuses, j'ai commencé à retrouver une certaine aisance physique. Un jour, j'ai constaté que mes bras, mes jambes avaient enfin trouvé leur place, que je gardais sans trop de mal l'angle qui convenait à l'archet, et que mes gestes avaient l'ampleur et l'aisance qui permettaient un début de fluidité. Je l'enveloppais enfin mon instrument, et ses cordes vibraient...

Chopin égrène une autre valse. La bouteille de Sambucca est vide.

– Les vieux fantômes m'ont quittée, Gérard. Je suis libre.

– J'aimerais bien être violoncelle, ce soir, Danielle !

43

La chapelle s'est brusquement vidée. Les derniers invités s'apprêtent à quitter le couvent. Seuls les spots suspendus au plafond de la grande pièce jettent encore leurs feux sur les toiles d'Olivier Bertrand. Dans le hall d'entrée, entouré d'autres œuvres, le peintre serre des mains, s'assure qu'il a bien noté une adresse, donne son numéro de téléphone.

Gérard n'a pas lésiné sur les invitations. Il a voulu rejoindre toutes ses connaissances, celles de sa famille et de leurs amis. Plus de la moitié d'entre elles se sont déplacées de Montréal et de Queenstown : des membres de la faculté, des amis de Ginette, d'anciens collègues de Claire et de Michel, des vieux élèves de Paul-André et, surprise des surprises, Guy Leclerc avec deux autres officiers et leurs femmes !

– Y a de la vie chez vous, a confié un colonel à l'hôte de l'exposition.

Armand, lui aussi, a fait sa large part en invitant chaleureusement ses ouailles et ses confrères des paroisses voisines. Parmi ces derniers, quatre sont venus. Armand en est lui-même étonné. Ils ont fait le tour brièvement, discrètement. L'un est sorti émerveillé, a parlé d'un jeune artiste de sa paroisse à qui il suggérera une visite. Un autre lui a confié en aparté que certaines toiles convenaient mal au cadre d'une chapelle. Armand a souri... et rappelé à son pieux homologue le contenu pictural de la chapelle Sixtine.

De Sainte-Mélodie, quelques personnes seulement se sont présentées. Qui par amitié. Qui par sens du bon voisinage. Qui par pure curiosité. Denis Blondeau et son épouse. Chacun à son tour... à cause du magasin qu'il faut bien garder ouvert, surtout le dimanche. La directrice de l'école, intimidée, qui s'était fait accompagner d'une enseignante et de son mari. Un couple que Paul-André croise parfois au dépanneur et à l'épicerie.

Peu de gens en fait. Un début.

Olivier a vendu beaucoup plus qu'il n'espérait. Les pastilles rouges se sont rapidement multipliées dans le coin des toiles, contribuant à d'autres ventes et à quelques commandes. Pour l'artiste, le vernissage a fait s'estomper d'un coup les doutes des récentes années. Ravi, satisfait, Olivier n'est plus que sourire et projets.

En regardant s'éloigner le dernier visiteur, Gérard s'exclame :

– Nous ferons du couvent de Sainte-Mélodie un centre culturel !

– On pourrait en discuter un peu, peut-être, s'empresse de préciser Paul-André.

Au salon, Emmanuel dort. Suzanne somnole dans la pénombre qui s'infiltre. Les yeux grands ouverts, Olivier rêve, repu de bonheur. Le fil rassurant de leur quiétude est rompu quand tout le monde les rejoint.

C'est dimanche... Édith et Antoine se préparent à rentrer à la maison du lac. Avant de partir, le couple annonce que le premier des *Contes pour Lionel* sera publié bientôt.

– Le contrat se signe mardi, ajoute Antoine en lissant fièrement sa moustache. L'éditeur s'est même dit intéressé par une série.

Paul-André ressent une vague envie devant cet ami que l'amour et le travail accaparent. Il ne peut s'empêcher de lancer avec ironie :

– Il faut prendre ta retraite, Chef, pour arriver à concilier inspirations littéraires, roucoulades amoureuses... et ces joutes d'échecs que tu me promets de reprendre régulièrement depuis un an !

Antoine relève la tête, bombe le torse et fait, avec une pointe de sarcasme, une mise au point :

– Rassure-toi. Tout d'abord, je n'ai aucune prétention littéraire. Secundo, deux autres contes sont déjà écrits. Édith se met aux illustrations dès notre retour de Suisse. Pour ce qui est des parties d'échecs... nous reprendrons en novembre. On fera dans l'hebdomadaire jusqu'à ce que je me retire des cuisines. Je me donne deux ans pour bien assurer la relève. Je procède graduellement. Le *George-Sand* doit survivre à mon départ. Mais il glisse tout doucement sur l'autre versant de ma vie.

Le géant se lève en riant. Après les embrassades et les au revoir d'usage, lui et Édith s'apprêtent à partir.

– Nous avons toujours une chambre libre, ici... rappelle Paul-André en serrant la main tendue.

Antoine hoche la tête, et en jetant un regard faussement sévère vers Édith, il lance :

– Vous vous êtes tous mis d'accord, c'est ça ?

Édith nie. Danielle reprend l'idée émise par Paul-André et ajoute :

– C'est une invitation spontanée... et unanime.

– J'y penserai, promet le géant en s'emparant du sac de voyage d'Édith.

Le couple traverse le hall d'entrée. Au moment où le chef va ouvrir la lourde porte, Gérard, resté silencieux tout au long de l'échange, sort de son mutisme :

– C'est quelque chose comme *après tout, pourquoi pas ?* que nous aimerions entendre.

Antoine abandonne le sac sur le plancher de bois franc et revient vers ses amis :

– J'aime cette expression, proclame-t-il au milieu de la pièce. *Après tout, pourquoi pas ?* Quels mots magnifiques !

Il poursuit dans l'enthousiasme :

– Tout est là : l'expérience, l'espoir, la vitalité, l'audace, le goût de s'affirmer... d'agripper la vie, d'enfourcher la liberté comme un cheval au galop... encore et encore...

Édith sourit de voir Antoine s'envoler ainsi sur les ailes de ses propres phrases. Suzanne et Olivier paraissent dans l'embrasure du salon, surpris de tant d'éloquence. Tous écoutent la voix qui continue, sonore :

– *Pourquoi pas !* C'est la plus belle réaction du monde. Le temps qui nous fait signe. La confiance qui mord la poussière, mais survit. C'est la lumière qui jaillit au tournant d'une route inconnue. La beauté du monde qui ressuscite au lendemain du cauchemar. La liberté en bandoulière. L'espoir qui se déroule. Le sésame de tous les possibles. La vie qui bat. Encore et encore.

– Eh bien, je ne croyais pas, par mon commentaire, déclencher un tel élan, s'étonne Gérard.

– On sent l'écrivain... ironise Paul-André.

Dans un concert de rires, la porte du couvent se referme sur le jour qui fuit.

*

Danielle observe son gendre et sa fille depuis un moment. Olivier est visiblement épuisé. Suzanne a les traits tirés et bâille en faisant manger son fils.

– Pourquoi ne dormez-vous pas ici ? suggère-t-elle après le repas.

Gérard approuve d'emblée cette suggestion.

– Quelle chambre d'amis, voulez-vous ? Choisissez !

Olivier et Suzanne se regardent et contemplent cette possibilité avec soulagement.

Gérard et Olivier ont préparé les deux lits simples d'une des chambres et ils sont passés au salon pour écouter les nouvelles. Suzanne a couché Emmanuel puis elle a suivi Danielle dans sa chambre.

– Tu es mieux, plus sereine, toi.

– Je me plais, ici, maintenant. J'y ai mis le temps. Mais je me suis adaptée.

Danielle passe sous silence la colère longtemps contenue, les tête-à-tête prolongés, les discussions sans équivoque, les explications cartes sur table, et une ribambelle de petites promesses domestiques insignifiantes, quotidiennes et terre à terre, mais dont l'absence lézarde facilement les meilleurs arrangements.

Dos à la fenêtre qu'elle vient de refermer, elle confie :

– J'ai dû m'exercer à plus de tolérance. Faire des efforts. Des compromis. Tout a un prix, tu le sais. L'amitié se paie. Gentiment. Affectueusement. Mais ça se paie. Comme un loyer.

Suzanne se tait, perplexe. Sa mère la regarde et la rassure aussitôt :

– C'est sans cynisme que je dis cela, ma Belle. Je décris un fait. Banal. On a beau tenter de l'ignorer, il nous saute constamment à la figure. *Facts of life*. Pas de raison de se révolter. On s'incline. Je préfère consacrer l'énergie qui me reste à autre chose qu'à résister à l'évidence.

Danielle sort d'un tiroir un ensemble de serviettes puis, de son placard, une robe de nuit et le peignoir assorti qu'elle tend à sa fille :

– Dors bien. Dors tard... Si Emmanuel pleure, je m'en chargerai. Tu me sembles surmenée.

– Ne t'inquiète pas. C'est normal.

– Normal ?

Suzanne soupire comme une enfant prise en faute. Elle s'assoit sur l'un des fauteuils et, sans préambule, révèle à sa mère que la famille s'agrandira bientôt. Avec un sourire taquin et sarcastique, elle conclut :

– Tu ne pourras pas dire que, moi, je te cache des choses, fait-elle observer en faisant allusion au mariage secret de sa sœur. Tu es la première à le savoir. Même Olivier l'ignore. J'attendais que le vernissage soit passé pour lui annoncer la nouvelle. Je songe à prendre congé cette fois. Avec Emmanuel, c'est impossible de concilier repos et travail.

Suzanne reprend les vêtements de nuit déposés sur la table à café.

– J'espère être une mère attentive comme tu l'as été, et comme tu l'es toujours.

Danielle prend sa fille dans ses bras, la serre longuement contre elle, les yeux mouillés.

*

Paul-André a regagné sa chambre aussitôt après le repas. Il a choisi un papier de qualité et transcrit la lettre qu'il a rédigée la veille. Peu de phrases. Des intentions claires et directes. Sa main tremble un peu. Avec la plume fontaine qu'il a, pour l'occasion, ressortie de son étui rigide, il trace lentement les formes. L'encre verte véhicule avec une gracieuse rondeur les mots de son cœur.

Avec Paul-André, pas de remords qui bavent sur la feuille. Pas de séance d'auto-flagellation. Pas de repentance humiliante. Pas de coulpe. Pas de cérémonie du Grand Pardon.

William,

Je ne connais rien sur toi. Tu en sais sans doute fort peu sur moi.

Nous ne pouvons ni refaire ce qui fut, ni inventer ce qui aurait dû être.

Le passé n'est plus. Le présent s'estompe déjà.

Pour nous, seul l'avenir reste encore possible.

Nous pourrions peut-être en partager des bribes. Ou de grands moments.

J'ose espérer un geste de toi.

Quelle que soit ta décision, je la respecterai et m'y conformerai.

Paul-André Côté

44

— C'EST plein, Patron, lance Vincent en déposant une commande devant le chef.

Antoine soupire et fronce les sourcils.

– Brigitte et moi, on n'y arrive plus, poursuit le serveur.

– Annik et Jérémie seront là d'une minute à l'autre. Courage, Jeune homme.

– Mais vous, Chef...

– J'en ai vu d'autres !

Rassuré, Vincent reprend le collier et, avant d'entrer en salle, fixe sur ses lèvres charnues le sourire un peu factice du métier.

Seul devant ses marmites, le chef se prépare à affronter une soirée qui menace d'être longue et houleuse. « Assume tes décisions, mon Antoine », marmonne-t-il pour lui-même, en retournant une pièce de viande dans le poêlon.

Ce samedi avant son départ pour la Suisse, le chef a donné congé à son assistant. Une idée de dernière minute prise en constatant la courte liste des réservations. Une gentillesse qui s'avère maintenant une erreur flagrante !

– Deux couples attendent à la porte, déclare Annik en arrivant aux cuisines saluer le patron.

– Et l'*osso bucco,* Chef ? chuchote Brigitte devant le passe-plat qui donne sur la serre.

– Il vient.

Annik boucle la ceinture du petit sac qu'elle porte à la taille, prend son crayon et son carnet :

– À la guerre comme à la guerre, proclame-t-elle, en ajustant la mèche de cheveux qui persiste à lui bloquer la vue.

Au moment où la jeune femme s'apprête à pousser la porte des cuisines, Antoine la rappelle :

– J'apprécie que tu sois venue si vite.

Annik sourit, radieuse, et vole vers la serre, au secours de sa collègue Brigitte. Vincent fait pivoter la porte de la salle avant.

– Jérémie vient d'entrer. Voulez-vous qu'il vous donne un coup de main ici ou qu'il reste en salle ?

– La meilleure façon de m'aider, c'est d'insister sur les plats du jour... Ça, au moins, c'est prêt ! Transmets le message aux autres.

Le calme semble revenir un moment. Antoine laisse pétiller en lui l'excitation de son prochain départ. Par phrases parcimonieuses. Des instantanés. Un refuge ouaté dans le brouhaha de la tempête culinaire.

– Deux potages crécy, Patron.

Un mois entier sans commande à remplir, pense Antoine en savourant cette délicieuse perspective.

– Une grecque et une maison.

Un mois sans la chaleur exténuante des fourneaux, sans la sueur qui coule sous la toque.

– De la truite saumonnée, monsieur Antoine, il en reste ?

Quatre semaines avec Édith. En tête-à-tête. En corps à corps. En cœur à cœur. À découvrir. À revoir. À reconnaître. À renaître. Dans le calme.

– Trois poulets aux olives !

Ses premières vraies vacances en... Combien d'années, déjà ? Antoine ne se souvient plus de ses dernières vacances. C'était avant l'ouverture du *George-Sand*. Sûrement.

– Une escalope et deux entrecôtes, Chef ! Une bleue, l'autre bien cuite.

D'avant le travail à l'hôtel... d'avant...

– Deux tiramisus, Patron.

D'avant l'arrivée au Canada... Plus de trente ans ? Non ! Impossible !

– Une crème brûlée. Une glace aux fraises. Un forêt-noire...

*

Vincent et Brigitte sont partis les premiers. Jérémie dessert les tables que viennent d'abandonner les derniers clients de la salle. Avec un large sourire... de soulagement, David, le barman, remet la monnaie à un habitué qui s'est attardé plus que de coutume. Annik, au bout du bar, termine un bol de potage.

La toque à la main, monsieur Antoine sort des cuisines, fuyant l'écho strident des commandes qui assaille encore ses oreilles. La soirée a été exténuante. Le chef sent la tension se retirer peu à peu à mesure que l'enveloppe la musique qui joue en sourdine.

– Vous ne mangez pas, Patron ? s'informe Annik, tout en rinçant son bol et sa cuillère.

– Je n’ai pas tellement faim.

– Un brandy ? offre David.

– Non. Non. Ça va comme ça. Partez, les Enfants. Je fermerai. Je dors ici. Je suis trop las pour prendre la route, ce soir.

Antoine suit ses employés jusqu’à la porte.

– Passez de belles vacances, lui souhaite Jérémie, en ajustant son sac à dos.

– Reposez-vous, ajoute David en serrant la main du patron.

– Vous travaillez trop. Vous avez maigri, s’inquiète Annik en minaudant un peu. Vous devriez faire attention à vous.

– Je garde la forme, tout simplement, répond Antoine en embrassant la jeune fille sur les deux joues.

Trois mains s’agitent derrière la vitre. La clé tourne dans la serrure. Les lumières du bar s’effacent dans la nuit approximative de la rue.

Antoine ferme les yeux. La suggestion d’Annik lui revient : il n’a rien absorbé depuis le matin. Mais la seule pensée de manger lui donne la nausée. Ce qu’il lui faut, c’est quelques heures de sommeil. Il monte à l’étage.

Il consulte sa montre : trop tard pour appeler Édith. Antoine sourit en songeant à elle. Un flot de tendresse l’envahit, le submerge.

La chaleur de l’eau, sous la douche, lui fait d’abord grand bien. Mais, l’instant après, il semble à Antoine que sa fatigue, au lieu de se vider, de couler avec l’eau qui gicle, s’abat de nouveau sur lui. Plus lourde qu’à la fin du coup de feu.

Maintenant allongé sur le lit défait, il cherche à se détendre tandis qu’au mur nu de la pièce des images de bonheur se projettent. Antoine se fait son propre cinéma. Le film du voyage prochain se déroule devant lui, sans brume matinale qui obstrue la vue, ou aplatit le paysage. Sans voilure blanchâtre qui descend du ciel et dilue le sang des géraniums pendus aux balcons des chalets montagnards. Une pellicule couleur. Elle interdit le vent qui fait frissonner les marcheurs et la lumière qui fuit pour s'engouffrer dans les replis alpins. Dans la tête d'Antoine, aucun nuage ne cache l'éclat des sommets, nulle pluie ne grisonne les villes. Le soleil dore les pics neigeux qui fendent éternellement l'azur et se mirent sans cesse dans l'étain calme des lacs profonds. Le chef, épuisé, flotte dans un rêve de volupté paisible. Il sourit aux images inventées.

Brusquement, il émerge du songe, criant sous la lame d'une violente douleur lombaire. Le mal irradie vers la gauche. Intense. Antoine se traîne vers la salle de bain mais ne peut y parvenir. Péniblement, il réussit à atteindre le téléphone. Il sue. Il a froid. La panique s'empare de lui. Il appuie sur le premier bouton...

À l'autre bout du fil, Édith a saisi l'urgence. À demi-mots. Alarmée, elle réveille la maisonnée. Paul-André, qui somnole devant son téléviseur, sans consulter les autres, prend le volant et se précipite au *George-Sand*. Danielle, avec plus de sang froid, compose le 9-1-1, donne calmement l'adresse du restaurant et, d'accord avec Gérard, juge qu'il vaut mieux se rendre directement avec Édith à l'hôpital.

Antoine est amené un peu après l'arrivée du trio. Édith ne peut lui parler. Le géant tourne tristement son visage vers elle, mais les ambulanciers la repoussent. Elle dérobe du temps. Précieux peut-être. Elle n'a réussi qu'à toucher une main glacée au passage de la civière et la forme allongée a rapidement disparu derrière le rideau de ses larmes.

Paul-André, sans un mot, rejoint ses amis dans la salle d'attente de l'urgence. Les minutes passent. Toutes identiques.

Une seconde ambulance freine et accouche d'une autre civière derrière les vitres coulissantes qui s'ouvrent instantanément. Une troisième survient, ses feux fouettant la nuit. Une quatrième s'ajoute, sirène hurlante. Un accident à un carrefour du quartier. Le sang sur les draps. Une nuée de médecins et d'infirmières. Des cris. Des plaintes. Des ordres drus.

Tout redevient muet.

Danielle et Gérard entourent Édith, paralysée par l'incrédulité ; ils cherchent à la réconforter d'un geste, d'un mot, d'un peu d'eau... et de beaucoup de silence. Paul-André s'est rapproché d'eux. Tous les quatre, ils attendent dans la salle où plus rien ne bouge.

Les heures coulent. Pareilles à elles-mêmes. Odeurs aseptisées, murmures d'impatience, pas feutrés, roulements sourds, vêtements pastel finalement plus tristes que les blancs. L'engrenage des soins se tisse. En secret. À son implacable rythme, dans la section arrière, derrière les vénitiens inclinés. Examens, radiographies, transfusions... Que se passe-t-il ?

La nuit cascade vers le jour qui rosit déjà derrière les portes vitrées de l'entrée. Indispensable incongruité, un appel au micro jaillit du silence. Édith a longtemps pleuré. Elle est plus calme à présent. Enroulée dans un manteau léger, elle ferme les yeux pour ne plus apercevoir l'horloge, suspendue au mur d'en face, et dont l'aiguille vibre à chaque minute, hoquète, hésite avant de sauter d'un trait noir au suivant. Danielle tend à son amie un verre de café que Gérard est allé chercher dans une machine. Le goût en est horrible. Cartonné. Qu'importe ! Cette imbuvable potion réchauffe. Un peu.

– *Misses Doumass,* articule avec difficulté une infirmière anglophone.

Danielle se lève d'un jet. Édith est prise d'un incontrôlable tremblement nerveux. Les deux femmes suivent la préposée qui les guide dans une pièce exiguë où attend un médecin. La quarantaine. Chauve. Sec. Efficace. En pleine possession de son savoir. Il expose le diagnostic sans circonvolution :

– Rupture anévrismale de l'aorte abdominale. Monsieur Malatrais vient d'être amené en chirurgie. Je dois rejoindre l'équipe.

Aucun son ne sort de la bouche d'Édith. Du regard, elle implore Danielle qui ose, d'une voix éteinte :

– Il... s'en sortira ?

– Nous ferons tout pour qu'il en soit ainsi, Madame.

Anéanties, les deux amies se sont assises dans le salon de l'étage où Paul-André et Gérard les rejoignent bientôt. L'intervention chirurgicale doit durer plusieurs heures.

L'attente recommence.

Gérard et Paul-André se rendent à la cafétéria dès son ouverture. Les femmes, elles, refusent toute nourriture. Danielle est maintenant pleine d'espoir et cherche à encourager Édith qui, pâle et fragile, fixe obsessivement la porte anonyme qu'a franchie le médecin, une porte pareille à des centaines d'autres, mais derrière laquelle se joue le destin d'Antoine. Et le sien.

L'équipe de nuit a quitté l'hôpital. Celle du jour envahit l'étage. Les sons changent de registre. Les claquements succèdent aux cliquetis, les voix aiguës aux chuchotements, les sonneries aux bruissements. Les déplacements s'accélèrent. Les couloirs s'enflent du va-et-vient des employés. Pieuvre gigantesque, le poste de garde déborde de bras agités, de têtes inquiètes, de feuilles annotées, de plateaux de médicaments.

Et soudain, tout s'arrête devant les yeux d'Édith. Danielle lui saisit la main. Gérard et Paul-André se taisent.

Le chirurgien s'avance vers eux. Défait. Éteint.

Édith se lève. Momie au regard énorme. Les termes médicaux deviennent indistincts. Du vent inutile qui ne peut plus servir l'espoir... Les sons s'effilochent, se désagrègent.

Devant le médecin qui hoche la tête, baisse les bras, les quatre amis comprennent.

C'est debout, coude à coude, comme de vaillants soldats du quotidien, qu'Édith, Gérard, Paul-André et Danielle reçoivent en plein cœur l'horrible nouvelle : Antoine Malatrais est mort.

*

Le deuil est lourd.

Il donne lieu à de bien sinueux détours dans un univers parallèle où la réalité se mire sans se laisser étreindre, ni effleurer ni même deviner. Un retour au quotidien, long, fragile, risqué. Pour tous. Car tous ont été frappés de plein fouet.

Le couvent est interdit de vie, de joie, de plaisir. Le sang s'est figé dans les veines. Le souffle est resté suspendu. Apnée chronique. Les pas happent le silence des couloirs. Mais ne chassent jamais le vide ambiant. Antoine a laissé un trou béant dans la vie de chacun. Et chacun réagit à sa façon, à travers la grille de ses propres symboles, dans les replis de ses plus intimes souvenirs.

Paul-André, avec des lenteurs de zombie, a rangé le jeu d'échecs qui, au salon, sur une table basse, attendait une joute promise. Les figurines de marbre blanc et d'onyx, enroulées dans du papier de soie, reposent dans une boîte anonyme dans un placard sombre. Le grand rire d'Antoine ne les fera plus jamais vibrer. Gérard n'est plus retourné au *George-Sand*. Durant cette dernière session de cours avant sa retraite, il a préféré aller manger ailleurs. Danielle revit le deuil d'Alex. Elle sait le désert que traverse Édith. Elle sait le temps, elle sait la douleur. Antoine vit toujours dans les yeux d'Édith. L'écho de sa voix résonne avec plus de force dans les pièces du couvent que ne le faisait sa présence tonitruante.

Ébranlés. Secoués. Bouleversés. Durant des semaines. Des mois. Des saisons.

L'hiver les a glacés bien avant que ne tombe la première neige. L'homme heureux les a laissés à leur solitude intérieure, à leurs petites lâchetés quotidiennes, à leurs angoisses, à leurs sempiternelles remises en question.

Le printemps les a lentement désengourdis. Ils ont retrouvé un semblant de vie dans la mécanique bien huilée de la routine. Train-train sans spontanéité, sans rire, sans élan. Leurs ailes restent refermées. Coupées, comme celles des canards qui pataugent dans un étang vaseux. Les repas sombrent dans le non-dit. L'appétit manque. Autour de chaque table, dans la salle à manger ou au jardin, une chaise semble toujours rester vide. Une voix manque à chaque conversation.

Édith demeure dans un état de choc psychologique qui se prolonge. Les tentatives de la sortir de sa torpeur ne donnent rien. En quelques mois, elle a beaucoup vieilli. Ses mains s'agitent d'un tremblement, malgré le calme apparent où elle se réfugie. Deux Édith vivent dos à dos. Annihilant l'énergie l'une de l'autre. Reflets jumeaux, tiraillés de contradictions.

L'une pleure la nuit. L'autre s'accroche un sourire timide aux lèvres, le jour. La première se révolte dans la solitude de sa chambre, frappant ses oreillers, se mordant les jointures pour que ne s'échappent pas les cris de sa rage. La seconde sort de chez elle au matin, coiffée avec soin, habillée avec élégance, polissant ses mots, mesurant ses gestes. Le sourire du jour n'a rien d'heureux. Les larmes du soir rassurent comme un édredon contre le froid. Chaque image a sa propre existence, et ces existences se hantent l'une l'autre.

La visite régulière des enfants et des petits-enfants, un séjour à Vancouver chez Michel et Claire, rien ne semble pouvoir réussir à fusionner les deux versants de la même montagne. Édith accepte les réunions familiales avec un apparent plaisir, remercie avec douceur et gentillesse, suit Danielle au cinéma, au théâtre, au musée, l'accompagne à Montréal, à Queenstown, avec docilité et bonne humeur. Jamais, elle ne s'oppose aux divertissements inventés, aux prétextes échafaudés avec affection.

L'anniversaire de la mort d'Antoine pointe au bout de cette année irréelle. La jonction entre les deux Édith siamoises n'a toujours pas eu lieu. Danielle se désespère de ne jamais retrouver l'amie d'autrefois dans son intégrité.

– Il faut reprendre le fil, là où il a été rompu, lance Gérard à Danielle qui s'affole.

– Ce qui veut dire...

– L'emmener en Suisse.

– Tu es fou ?

Danielle rumine l'idée. Elle l'examine sous tous les angles, durant plusieurs semaines. C'est en bafouillant qu'un matin, après le déjeuner, elle suggère l'impensable à son amie...

D'abord, Édith reste bouche bée, se contentant de fixer Danielle d'un regard perdu que celle-ci interprète comme un amer reproche. Puis, elle baisse la tête, réfléchit un long moment. Elle place finalement ses mains à plat sur la table et, le dos bien droit, le menton relevé, acquiesce :

– C'est la seule solution.

Les deux amies s'envolent un soir d'octobre. Tel qu'Antoine l'avait prévu. L'itinéraire est celui que le couple avait préparé, ensemble. Danielle mêle ses pas à ceux de son amie, mais elle sait qu'Édith voyage seule. En elle-même. Il lui faut du temps. Beaucoup de temps.

Chaque jour, un peu plus de sérénité pénètre Édith. Pèlerinage vers les sommets. Revigorantes promenades en montagne. Contemplations des crépuscules sur les pics blancs. Païennes prières devant les premiers fils de l'aurore. Hymne à la vie qui coule encore en soi. Peu de mots. De longs et respectueux silences. Danielle accompagne une silhouette endeuillée dans les vallées étroites d'un cimetière alpin...

2000

Sainte-Mélodie, mi-juillet, 16 heures

Assis en un demi-cercle ouvert sur la rivière, ils sont tous là : Paul-André, Gérard, Danielle, Édith et Armand venu de Queenstown où il habite depuis trois ans. Ils se sont rassemblés sous le saule, à l'abri du vent et de la rumeur du village. La conversation s'anime.

– La catastrophe promise au tournant de l'an 2000 ne s'est toujours pas produite, rappelle Édith.

– Les feux d'artifice et les festivités monstres, c'était pour quoi, au juste ? demande Paul-André avec ironie.

– Un chiffre ! explique Gérard avec une moue éloquente.

Danielle prend l'intonation d'une conteuse et commence d'une voix modulée :

– Il était une fois... il y a deux mille révolutions de notre Terre autour du Soleil, un gars a décidé que c'était l'an 1. Comme il était un puissant empereur, chacun s'est vite convaincu que c'était une très bonne idée.

– Nous avons bu à un nombre qui ne signifie rien du tout... à un événement qui n'en était pas un ! enchaîne Gérard en levant son verre.

– Mais la boisson était pétillante et son effet euphorisant, complète Armand.

Chacun sourit en se rappelant cette veille du premier jour de l'an 2000, leurs rires et l'appréhension secrète qu'ils cherchaient à dissiper. Ils avaient beaucoup bu, cette nuit-là, et longtemps célébré le lendemain.

Sous les mèches blanches de Gérard, la sueur perle.

– Quelle planète, tout de même ! soupire-t-il en s'épongeant le front.

– Après nous le déluge ! lance Danielle, le sourire en coin.

– Pas après... pendant, rectifie Gérard.

Armand s'informe de ce qui attriste tant le professeur. Après un court moment de réflexion, Gérard s'explique :

– L'inflation du langage, par exemple. On masque les mots, on les triture, on les gonfle. À -10 °C, on parle d'un froid « sibérien ». On vit l'« enfer » pour un ralentissement de la circulation à un carrefour. Écoutez les commentaires à la radio ou à la télé, les mots jaillissent comme des pétards : catastrophique, dantesque, apocalyptique ou, de l'autre côté du balancier, super ! excellent ! génial ! prodigieux ! miraculeux ! Ce monde sans nuances me fait peur.

– On tente de compenser pour le beige informe dans lequel nous plonge la rectitude politique, laisse tomber Armand, résigné.

– Moi, ce qui m'agace, c'est les acronymes, intervient Paul-André. Ils poussent comme des champignons. Deux semaines sans lire les journaux et on ne s'y retrouve plus. Et puis, vous êtes pas fatigués, vous autres, des entrevues à la télé ou à la radio qui ne font qu'effleurer les sujets ? Des survols, des résumés, des condensés... comme si notre capacité d'attention ne pouvait pas dépasser une minute trente secondes !

– Dans votre inventaire des malheurs de ce monde, vous oubliez l'inflation des sentiments, enchaîne Armand avec humour. On pleure beaucoup sur beaucoup, beaucoup de malheurs, de nos jours. Surtout les drames vécus par les gens riches et célèbres. Des marées de fleurs sur les trottoirs ou sur les lieux d'un accident. Des inconnus perpétuent le drame, se noient dans les pleurs...

– De préférence devant les caméras, ajoute Danielle, sarcastique. On participe, le temps d'une phrase et de quelques larmes, au glamour de ce monde...

– Pendant que la faim tenaille des populations entières, des humains qui n'ont pas, eux, le vent des médias dans les voiles ! ajoute Armand.

Édith acquiesce et fait part de ses frustrations personnelles :

– J'ai de plus en plus de mal à supporter les vendeurs de rêves. Tous les mois, je gagne un voyage en Floride ou un condo dans les Laurentides... J'ai jamais été aussi chanceuse de ma vie !

Le regard en feu, Danielle s'en prend aux conversations par boîtes vocales interposées, aux réceptionnistes automatiques qui commandent : appuyez sur le 1, le 2, le 3...

– Le pire, se plaint-elle, c'est quand mon téléphone sonne et qu'au bout de la ligne, c'est un robot qui me parle.

– Pis le maudit Internet... c'est pas une belle perte de temps, ça ? demande Paul-André.

– Au contraire, c'est un lieu d'échanges. Un réseau d'informations. On y trouve des sites riches, intéressants, objecte Gérard.

– Mais il y en a aussi d'autres... laisse tomber Danielle.

– On séparera graduellement l'ivraie du bon grain. On apprendra à juger d'un site Web comme on juge d'un livre, d'un magazine, du sérieux d'une référence, répond Gérard. Il faut du temps.

Armand écoute avec le sourire les remarques acerbes de ses amis. Pour faire bifurquer la conversation sur des horizons plus lumineux, il ose :

– Pas de voyage en vue, cet automne, pour aucun de vous ?

Ce n'était pas la meilleure question à poser. Les commentaires se succèdent à la mitrailleuse.

– Les voyages m'attirent de moins en moins, s'attriste Gérard. La terre est devenue un immense Disneyworld...

– Michel m'a parlé avec beaucoup d'ambivalence de son voyage de l'hiver dernier, ne peut s'empêcher de commenter Édith. Selon lui, l'authenticité est une mise en scène ! Les traditions sont en carton pâte. Un spectacle. D'un côté, on joue au touriste. De l'autre, on mime le local, le du-pays, le *native.*

– Quel paradoxe : il n'y a jamais eu tant de monde à circuler sur la planète, et le soir chacun rentre chez soi regarder les mêmes émissions de télé américaines ! lance Gérard sur un ton sentencieux. Nous participons à une vaste re-création... On se déplace tout en restant bien branché sur son nombril, ses besoins, ses douleurs, ses fantasmes, son baladeur, son cellulaire, son portable. Qu'est-ce qu'on laisse à nos petits-enfants !

Soudain, Danielle se lève. Altière, déterminée, elle commande :

– C'est assez. J'accepte qu'on devienne vieux. Mais pas des vieux grincheux.

– La critique, Danielle, c'est tout ce qui nous reste, se lamente Paul-André.

– Faux, répond fermement Gérard. Il nous reste nos voix, fortes et claires, pour nous insurger...

Édith sourit et ajoute qu'il leur reste aussi des yeux pour contempler les matins sur la rivière...

– Et surtout, souligne Armand, la liberté d'être enfin soi-même. Ça nous a pris du temps pour en arriver là, mais ça valait toute la peine qu'on y a mis.

Un silence d'assentiment suit.

Paul-André rejoint Danielle qui se dirige vers le monte-plat suspendu à l'une des fenêtres de la salle à manger. Ensemble, ils reviennent vers la compagnie, l'un avec un seau à glace et une bouteille de champagne, l'autre avec, sur un plateau, cinq élégantes flûtes de cristal.

Paul-André déclare avec une solennité affectée :

– Nous ne nous sommes pas rassemblés en ce lieu paisible pour devenir amers, mais pour célébrer les 70 ans d'une amie.

D'un geste d'habitué, il fait sauter le bouchon. De la bouteille s'échappe une vapeur fragile... Danielle remplit les verres et les distribue. Un bouquet de vœux s'envole aussitôt : « Bon anniversaire, Édith ! Longue vie ! »

Édith mouille ses lèvres dans la mousse ivoire et réplique aussitôt :

– Longue vie à vous tous ! parce que sans vous, je n'aurais jamais pu passer...

– Santé ! interrompt Paul-André qui ne veut pas laisser trop de place à la sentimentalité.

– Ce mot prend beaucoup de place à notre âge, commente Gérard. Dans nos souhaits du Nouvel An qui de nous parle encore d'amour, de succès et de prospérité, hein ?

Armand ne s'est pas assis quand les autres l'ont fait. Il marche vers le couvent, le contourne et disparaît un moment pour revenir, le sourire éclatant, sur une tricyclette pour adulte. Édith ouvre grand les yeux et rit de plus en plus fort à mesure que l'homme se rapproche d'elle.

– Fini de rester seule au couvent quand nous faisons nos randonnées, explique Danielle.

– Vous êtes complètement fous ! Il va falloir que j'apprendre à monter là-dessus ?

– Apprendre garde vivant et lucide.

En faisant le tour du véhicule, Édith découvre, entre les deux roues arrière, un porte-bagages métallique.

– Il y a même un panier ! s'exclame-t-elle.

– C'est une tricyclette de vieux... ironise Gérard en fixant Paul-André, qui esquisse un rapide rictus.

– Vous pensez vraiment à tout, vous autres.

– Alors tu l'acceptes, notre cadeau ? s'informe Danielle

– Pourquoi pas ?

« Pourquoi pas ? » répète Édith pour elle-même. Après le souper, elle est revenue sous le saule pleureur et les mots ont déclenché cette fois une immense nostalgie. Un état de manque qui envahit son cœur et son âme. Le temps érode le passé, mais il fragilise aussi l'avenir. Malgré les années écoulées, Édith n'a jamais accepté le départ précipité de son géant. Poursuivre la série des *Contes pour Lionel,* c'est la stratégie qui garde Antoine vivant au tournant magique des mots.

« Pourquoi pas ?... »

La rivière roucoule en frappant le muret. La vie s'amenuise. Le sable s'épuise au sablier. L'absence, elle, perdure. Édith a soudain mal. Très mal. Elle devient inquiète. Fébrile. Le vide va l'aspirer. Elle va devoir se battre, une fois encore.

Mais, la brise du soir s'amuse à soulever les longues lianes du saule. Une mèche végétale effleure les épaules d'Édith, caresse sa nuque, passe et repasse. Chaude, rassurante, apaisante.

Comme une présence...

*

SUJET : L'EXPRESS DE SAINTE-MÉLODIE
DATE : 14 août 2000 10:42:59 -0000
DE : DANIELLE SAINT-MARTIN
<dasama@hotmail.com>
À : CLAIRE SAINT-MARTIN
<csaint-martin@yahoo.ca>

Bonjour ma grande,

Mon ordinateur est enfin installé. Je t'écris mon premier courriel, même si je sais que Michel et toi, vous ne revenez que dans trois jours. Je célèbre mon accession à la technologie du XXIe siècle ! Voici les dernières nouvelles de la famille et des amis, d'où le titre de ce courriel : L'Express de Sainte-Mélodie. C'est le numéro 1 de l'an 1.

Olivier a reçu ces derniers jours confirmation de deux expositions : une en octobre dans le Vieux-Montréal, l'autre dans une galerie de la rue Sherbrooke dont le nom m'échappe pour l'instant (c'est l'âge !), au début de 2001. Suzanne a quitté Montréal avec les enfants comme prévu. Olivier part demain les retrouver aux Îles-de-la-Madeleine. Ils reviendront à temps pour la rentrée d'Emmanuel à la maternelle, et de Fabienne à la garderie. Le peintre aura enfin ses journées libres...

Ici, tout le monde va bien. La santé se maintient. Édith a été très touchée que vous téléphoniez de Nouvelle-Zélande. Comme moi, elle est d'une génération qui s'émerveille encore de recevoir un appel des antipodes ! Le cadeau que nous lui avons offert pour ses 70 ans l'a vraiment prise de court. Et le passage de la tricyclette a eu son petit effet dans le village ! Après quelques sorties dans les rues avoisinantes, Édith a décidé de nous suivre sur une partie seulement de notre parcours, car ce nouvel exercice la fatigait. Mais depuis deux semaines, elle complète l'itinéraire avec nous. Nous roulons maintenant sur le sentier aménagé à l'emplacement de l'ancienne voie ferrée. On traverse le village et, par la rue Desbiens, nous rejoignons la piste cyclable qui louvoie entre deux rangées d'arbres. C'est moins achalandé que les routes que nous prenions avant.

Paul-André, qui tient toujours à mener quelque chose ou quelqu'un, prend la tête. Il ouvre le chemin avec des airs de clown. C'est son masque. Il lui en faut un... Même quand il rencontre ses petits-fils. Ils ont maintenant trois ans et 15 mois, les enfants de William. Paul-André les visite régulièrement. Ils viennent de temps à autre au couvent. Jonathan, le fils de Louis-Julien, est venu dimanche dernier avec sa compagne. Une première ! Comme Paul-André a toujours de la difficulté avec la simplicité, il s'est lancé dans des recettes extravagantes qui ont fait grimper sa tension, l'ont épuisé et ont gêné ses invités. On ne changera pas

Paul-André sur toute la ligne et d'un seul coup !

Sur la piste, Édith suit. À mesure qu'elle apprivoise le sentier, elle se détend et apprécie mieux la promenade. Tous les jours, elle travaille aux illustrations du cinquième des *Contes pour Lionel*. Je t'avoue que j'avais eu très peur qu'elle renonce quand j'ai refusé de prendre la relève d'Antoine pour les textes. Heureusement, Ginette s'est offerte. Avec elle, les histoires ont pris des reflets exotiques. Elles font bonne équipe, la mère et la fille. Édith a déjà reçu une invitation d'une école pour parler de ses livres... et l'année scolaire n'est pas encore commencée.

Dans les rues qui mènent au sentier, ton père se crispe quand une voiture le dépasse ou vient en sens inverse. Je le vois qui raidit le cou, le dos et les épaules jusqu'à ce que le véhicule s'éloigne. La détente arrive dès que nous parvenons au sentier. Il développe d'autres audaces par contre. Cette semaine, il a convaincu le maire de Sainte-Mélodie d'afficher la *Galerie du couvent* sur le site Web du village et d'y lister les exposants de la saison. Elle fonctionne bien, la galerie. Ton père ne fait pas de sou, tu t'en doutes. Je le soupçonne même de perdre de l'argent à chaque vernissage. Mais il est rayonnant, même quand il discute avec les artistes. Je ne t'apprends rien en disant que les egos de certains dépassent parfois les dimensions de leurs œuvres ! C'est un spectacle inusité de voir ton père négocier avec astuce et diplomatie.

Son club de discussion a un nom, maintenant : *Vif argent*. Les réunions reprennent en septembre et se poursuivront jusqu'à la fin du printemps, le troisième mardi de chaque mois. Le groupe commence à être connu des médias et du grand public. On sollicite de plus en plus l'opinion de ses membres sur les politiques relatives à l'éducation, à l'art et à la culture... Ils doivent garder l'esprit alerte, rester au fait des événements, consulter les journaux et les sites de recherche sur Internet, argumenter, et « s'insurger » comme dit ton père. Comme ils ont aussi la plume acérée, ils persistent et signent...

Moi, je ferme la file. Pour mieux les observer, mes amis de fin de vie. Derrière eux, je m'attarde un peu, je prends le temps de humer les odeurs qui s'attaquent à mes narines et les parfums qui les chatouillent. Je reste fidèle à mon violoncelle, tout en me sachant au bout de mes capacités musicales. Mes limites ne m'empêchent pas de plonger chaque jour dans le lac de la musique. Les vibrations de l'instrument m'enveloppent d'une sérénité qui m'est devenue indispensable. À chacun sa drogue. Et ça garde mon arthrite en bride. Pour le moment. Cette année encore, à partir d'octobre, la direction de l'école m'enverra des jeunes à aider. J'aime ces tête-à-tête pédagogiques : mon expérience sert au moins à quelque chose. Et à quelques-uns.

Ainsi se passent mes heures, Claire. Du temps pour moi. Du temps pour les autres. Des moments pour les muscles, d'autres pour la tête et le cœur. Je m'emploie à cultiver en moi la paix... Pour oublier les décadences entrevues, je savoure les splendeurs que m'offre encore et toujours la vie à travers de simples choses comme une perle de rosée qui s'irise dans le nid d'une feuille. Bien sûr, ma mémoire s'amuse parfois à remuer d'anciennes rancœurs et à pleurer des départs toujours vivants. Certaines nuits, mon imagination fait gonfler les voiles de l'angoisse. Mais, au matin, la joie fragile d'un espoir s'incruste sur le grain du jour, même si le temps s'égrène et que se dessine, inéluctable, la fin du voyage...

En toute honnêteté, je peux dire que je suis heureuse. Après toutes ces années d'interrogations intérieures, d'inquisition psychologique, de recherches aveugles et... aveuglantes, je te fais part de ma plus précieuse découverte : le bonheur, ma grande, c'est d'abord une décision à prendre. La décision de s'ouvrir corps et âme sur l'aventure de la vie qui, comme disait Jacques Brel, « commence à l'aurore, à l'aurore de chaque matin... » Et tu sais combien j'aime les aurores !

Il faut que je te quitte. Édith m'attend au jardin.

Ta mère, Danielle... enfin...
Moi

P.S. Ta question concernant la nature exacte de ma relation avec ton père ne me choque aucunement. Permets-moi, toutefois, de n'y point répondre. J'ai droit, moi aussi, à mes petits secrets !

*Ce livre est publié aux Éditions L'Interligne,
dans la collection « Vertiges », à Ottawa (Ontario). Il a été
achevé d'imprimer sur les presses de l'imprimerie
AGMV Marquis (Québec), en octobre 2004.*